绘画迷魂

HUIHUA MIHUN

是谁的眼睛，在洞穿人性深处的潜在秘密，爱笑的男人、恐怖的地铁站……每晚一个离奇怪闻课题，谁能解密？

异度社●著

中国華僑出版社

图书在版编目（CIP）数据

绘画迷魂/异度社著. —北京：中国华侨出版社，2014.10

ISBN 978-7-5113-4834-0

Ⅰ.①绘… Ⅱ.①异… Ⅲ.①短篇小说—小说集—中国—当代 Ⅳ.①I247.7

中国版本图书馆CIP数据核字（2014）第187870号

绘画迷魂

著　　者 / 异度社
责任编辑 / 文　筝
责任校对 / 高晓华
封面设计 / 㗊Design
经　　销 / 新华书店
开　　本 / 710毫米×1000毫米　16开　印张/17.5　字数/250千
印　　刷 / 深圳市希望印务有限公司
版　　次 / 2014年10月第1版　2014年10月第1次印刷
书　　号 / ISBN 978-7-5113-4834-0
定　　价 / 29.80元

中国华侨出版社　北京市朝阳区静安里26号通成达大厦3层　邮编：100028
法律顾问：陈鹰律师事务所
编辑部：（010）64443056　传真：（010）64439708
发行部：（010）64443051
网　址：www.oveaschin.com
E-mail：oveaschin@sina.com

目录

故事一　同桌的你

难道，晓彤才是我的同桌？这不可能，如果她是我的同桌，就算我记不起来，其他同学也不会记不起来的。

快　刀

绘画 002 迷魂

－1－

在遇到海燕之前，我已经有很长一段时间没有在 QQ 上聊过天了。QQ 对我而言，仅仅是我与工作上的朋友的交流工具而已。

那天，我依旧和往日一样，坐在电脑面前，隐身挂着 QQ，做着自己该做的事情。就在这时，QQ 图标突然变成了一个小喇叭，我想也没想，顺手就点开了它。

屏幕上弹出一个加好友的对话框，消息栏里写着这样一句话："我是你的同学哦，你还记得我吗？"

这样的消息我看得多了，多半是卖铁观音之类的广告，我毫不犹豫地点了拒绝，连拒绝理由都没有写。

谁知，对方马上又发了一条消息过来："我真是你的同学！"

这人可真烦，我依旧点了拒绝，这一次为了让对方死心，我输入了拒绝理由："你是哪个同学，报上名来。"

很快，第三条消息又来了："我是海燕！"

我看着屏幕上的消息，一时间竟有点发愣。海燕！那是中学时我们班上公认的牛人，成绩好到让人忌妒的一个女生。当时，在我们所有同学的眼中，她绝对是考清华、北大的主儿。但让人大跌眼镜的是，毕业时，她竟然连高考都没有参加，莫名其妙地就不见了人。后来我们才听老师说，她家里给她找了很好的工作，毕业后就直接工作了，所以没有参加高考。

我们全班同学为此惋惜了很久，大家都觉得，即便是再好的工作，也无法挽回她放弃高考的损失。何况，在这个竞争日益激烈的社会上，一个高中毕业生又能找到什么真正的好工作呢?

毕业后，大家各奔东西，随着时光的流逝，很多同学都失去了联系，海燕更是音讯渺然。我从来没有想到，有一天，她会突然联系上我，而且还是在 QQ 上。

收回思绪，我赶紧点了通过，加上了她。和她随意聊了几句之后，我就肯定了她确实是我记忆中的那个海燕同学。

失散多年的老同学突然恢复了联系，心里多少还是有些小激动的。那天上午，我什么事也没做，净顾着和海燕聊天去了。我们聊得最多的，不是现在的情况，而是当年在校园里那些人、那些事。

看得出来，海燕对我们这些老同学是十分挂念的，她翻出了不少照片给我看，都是我们在毕业前夕相互赠送的单人照、纪念照什么。最让我吃惊的是，其中一张照片居然是我们的毕业照。我记得，我们照毕业照的时候，海燕已经离开了学校，天知道她是从哪儿弄来的这张毕业照。

下线前，海燕问我还有哪些同学的联系方式，有的话就全部告诉她。我给了她一些老同学的电话和 QQ，她高兴坏了，还说要建一个同学 QQ 群，把大家都拉进去，好好聚一聚。

接下来的几天，我因为处理手头一些急待完成的工作，忙得焦头烂额。中途，海燕好几次和我打招呼，我都只是满怀歉意地回了她一句话："不好意思，有事在忙，空了再聊。"

等我终于把手里的破事儿处理得差不多了之后，这才想起海燕似乎有好几天都没和我打招呼了，不知道她现在在干嘛。

于是，我点开了海燕的 QQ，发了一句话过去："在吗？"

海燕立刻有了反应："在！"

我发了一个笑脸过去："前几天太忙了，没有理你，没生气吧？"

海燕回了我一个鬼脸表情："老同学了，生什么气啊。对了，我建了一个同学群，拉你进去吧。"

– 2 –

一进海燕建的同学群，我大大地吃了一惊，群里竟然已经有了三十多个同学，几乎占了当年我们班人数的五分之三。要知道，那天海燕找我要其他同学的联系方式时，我把自己知道的全部告诉了她，而那所谓的全部，其实也就只有五个人。

"你可真牛！从哪儿联系到这么多同学的？"我在群里和同学们打了招呼之后，又专门发了一句话给海燕。

海燕发了个羞涩的笑脸："多亏了你告诉我的那几个同学的联系方式，我挨个儿联系上了他们，又让他们把自己能联系上的同学全部拉来，就这样你拉我、我拉他、他又拉她，人就渐渐多了。"

"我懂了，你用搞传销的方法拉人，难怪效果显著。"我笑着开了个玩笑。

随后，我们就在群里和老同学们热火朝天地聊了起来。都是熟悉的同学，用不着客套寒暄也能找到许多共同语言，大家相谈甚欢，回忆往事，不胜唏嘘。

接下来的几天，同学群里热闹非凡，而且陆续还有新的同学找到组织。我也整天泡在群里，和老同学们有一搭没一搭地聊着。可不知道为什么，每回聊着聊着，我心里偶尔会莫名其妙地掠过一丝淡淡的伤感。

这伤感的情绪淡淡的，似乎无从捉摸，却又阴魂不散。

"喂，老刀，你想得起来吗？"有一天，我正对着电脑出神，突然看见海燕在群里问我。

“想得起来什么？”我回过神来，反问道。

海燕怒了：“敢情我们热火朝天地说了半天，你还不知道什么事儿啊！”

“我刚才有点事，离开了一会儿。”我一边搪塞，一边飞快地回翻着聊天记录。原来，同学们正在群里回忆自己的同桌，许多同学都已经想起了自己的同桌是谁，在线的甚至已经开始套起近乎来了。

我低头想了想，脑子里却有些迷糊。这时，我看到李瑜洁在 QQ 里发了一句话：“刀，最后一学期，我就坐在你背后。不过，有点奇怪，我怎么也想不起来，当时是谁和你同桌了。”

毫无来由地，李瑜洁的话像一记重锤，在我的心房上猛敲了一下，有什么很重要的东西仿佛在我的脑海里一闪而过，我想要抓住它，它却早已了无踪迹。

“我的同桌到底是谁？我的同桌到底是谁？”我嘴里喃喃自语着，手指同时不由自主地在键盘上敲打着，把一连串的问话发到了群对话框里。

“老刀，你疯了，刷什么屏啊！”海燕的话突然出现在了群里，为了引起我的注意，她特别更换了鲜红的大号字体。

我醒过神来，定定地望着电脑屏幕，呆住了。我在群里连续发出相同的问话，已经有好几十条了，那些问话霸占了整个群聊窗口，而我竟然毫无知觉。看着满满一屏相同的问话，我的心突然一紧，就像是被什么东西揪了一下。

“老刀，你没事儿吧？”海燕用私聊关切地问我。

“没事，我准备在同学群里搞个悬赏，发动大家一起帮我寻找同桌。”我故意用一种漫不经心的戏谑口吻回复了海燕的关心。

–3–

我忘记同桌的小插曲并没有影响群里同学们的聊天热情，大家依旧在群里聊得热火朝天。而群聊这种方式，似乎对增近同学感情有着不可抗拒的魔力，大家在回想起许多往事的同时，渴望重聚的心情也日渐迫切。

看来，举办同学会已是势在必行，只差一个引子而已。

而这个引子，很快就出现了。

那天，海燕突然在群里说，她的同事看见她这几天的状态，断言我们就要开同学会了。毫无疑问，她的话说到了大家心坎上，讨论的话题立刻转移到同学会上。

讨论了一阵之后，李瑜洁建议道："要不，我们就定在下周二开同学会吧。下周二是我的生日，而且刚好是 2 月 14 号，情人节，很美好的日子。"

她的建议得到了大多数同学的认可。很快，大家便做好了分工，海燕负责收集同学的电话，收集好后交给建伟，由建伟来通知能联系上的同学，而作为寿星的李瑜洁，自然而然负责起了预订茶楼饭店的具体事宜。

没过多久，我就接到了建伟的电话。当建伟在电话里问我周二是否有时间参加同学会时，原本一直兴致勃勃的我突然鬼使神差地冒了一句很虚伪的话出来："到时候看吧，我怕有事去不了。如果那天没什么事儿，我一定去。"

建伟还要忙着联系其他同学，没和我多说便挂掉了电话。我怔怔地看着手中的电话，心里突然有些后悔。

好在海燕比较善解人意，她在听说我有事可能去不了后，立马在 QQ 上劝我一定得去。她告诉我说，这次同学会人聚得比较齐，还有一些没有来得及加入同学群的，也已经电话联系上了。最后她还说，说不定和同学们一见面，就会想起我那神秘的同桌是谁了。

这一次，我没有再故作矜持，很爽快地就答应了。不过，她的最后一句话又勾起了我的心结。我坐在电脑前陷入了沉思之中，脑子里开始使劲回忆读书时的情形。那些回忆，像入春的花草一般，在我脑海里慢慢发芽，但却始终没能开出那朵我想看见的花儿……

我的记忆中，竟然根本就没有关于同桌的任何印象，这个奇怪的事情让我有些害怕。难道，我根本就没有同桌？抑或是我的记忆缺失了关于他（她）的那一部分？但为什么会这样呢？我百思不得其解。

时间过得飞快，转眼就到了周一。想到第二天的同学会，我竟然有几分莫名的忐忑。夜幕降临之后，我关掉了所有的灯，把自己锁在黑暗的屋里，来回地踱着步。

不知道过了多久，心里烦躁的情绪终于平复了一些，我这才走进书房，打开灯，从书架上翻出一本去年出版的短篇小说集《同桌诡友》，翻开扉页，在上面工工整整地写下了一段话："谨以此书赠给我曾经的同桌，并纪念已逝去的岁月！谢谢你，我的青春！——快刀"

那一刻，我的心中确实产生了一种很强烈的预感。我预感到，在这次同学会上，我终究会记起谁是我的同桌，我甚至坚定地认为，我一定会见到他（她）！

－4－

周二，我准时赶到了聚会地点，那是一个环境很幽雅的茶楼。一走进包房，我就看到了一群有些熟悉的面孔，虽然岁月的刻刀毫不留情地在每个人的脸上都留下了痕迹，但那依稀残留的轮廓，还是让我感到一阵亲切。

一边喝着茶，一边和老同学们叙着旧。聊了一阵之后，我开始心神不宁起来，目光频频地望向门口。时间一分一秒地过去了，同学们陆陆续续地赶到了，我却始终没能盼到我期待中的意外和惊喜。

当同学们大多来齐之后，李瑜洁招呼大家去早就订好的饭店就餐。我瞅了个空子，将海燕拉到一边，悄悄问她："今天要来的同学全都来了吗？"

海燕看了看走在前面的一群人，回答道："应该全都来了吧。"

"哦……"我有些怅然若失。

海燕似笑非笑地瞟了我一眼，又说道："不过，我听建伟说，好像还有一个同学有点事，要晚饭后才能来。”

“是谁？”我一下激动起来。

海燕“噗”的一声笑了出来：“看你那猴急样儿，我也不知道是谁，建伟说暂时保密，你想知道就去问他吧。”说完后，她转身就跑开了，朝前面那群人追了上去，把我一个人扔在了原地，傻傻地发着愣。

我犹豫了半天，最终还是打消了去问建伟晚饭后来的同学到底是谁的念头。想那么多干嘛，爱谁谁吧！

饭桌上，我抛开低落的情绪，逐渐被同学们的热情所感染，一杯接一杯地往肚子里灌着烈酒。喝到一定程度之后，无论是谁，在我眼里看来都特别亲近，我找着各种各样的理由，挨个儿地找人碰杯，碰完后又絮絮叨叨地拉着人说个不停。好在同学们都喝得比较尽兴，谁也不会以我的失态为忤。

最后，我端着酒杯，踉踉跄跄地走到建伟跟前，对他说道：“建伟，咱兄弟俩有日子没在一起喝过酒了吧？今天能聚到一起，可真不容易。来，干一杯！”

建伟端着一杯饮料站了起来，尴尬地看着我，说道：“不好意思啊，我今天开了车来的，真不能沾酒。”

“那怎么行，这酒必须喝！喝完咱们就把车停这儿，打车回家！”

我一边说着，一边伸手去夺他手里饮料杯，他敏捷地躲开了我的手，解释道：“我真不能喝，晚点我还得先送几个女同学回去。”

“你小子不厚道啊，重色轻友！”我不依不饶。

建伟脸上露出无奈的苦笑：“那你说怎么办吧，只要不喝酒，怎么都成！”

我听了他的话，嘿嘿一笑，凑近他耳边，悄悄问道：“那你得告诉我，那个晚饭后才来的神秘同学到底是谁？”

也许建伟完全没有料到我会突然问起这个问题吧，他先是一愣，随即便露出一个看上去很诡谲的微笑。他的反应如此奇怪，倒把我给弄糊涂了。我莫名其妙地看着他，实在想不出这个问题有什么不对。

“你看到她就知道是谁了。”建伟凑近我的耳边轻声说道，然后又加了一句，“说不定是你的同桌哦。”

他的话让我一下怔住了，好半天才回过神来，问道：“你想起谁是我的同桌了？”

建伟没有理会我的问话，反而回过头去，朝着饭店门口看了一眼，伸手一指：“她已经来了。”

我顺着建伟手指的地方望过去，蓦然看到一个身影款款地走了过来。而当我看清那人的面容之后，手里的酒杯“哐当”一声，落到了地上。

– 5 –

顷刻间，我已经被酒精麻醉得有些迟钝的脑子，像是被什么东西敲醒了一般，蓦地想起了很多东西，那些埋藏在脑海深处的记忆，也仿佛在刹那间苏醒了过来。

是的，她就是我的同桌符杰！

此时，我不但记起了她的样子、她的名字，还记起了我们读书时朝夕相处的点点滴滴。除了这些，我甚至还想起了一件更重要的事情，那就是当年我一直暗恋着她！

对于我而言，同桌符杰的出现让整个同学会变得更加美好，也更有意义起来。

吃完饭后，同学们又一窝蜂似的涌进了一家 KTV 的大包里，这是此次同学聚会的最后一个节目，气氛热烈、欢乐祥和。

整个晚上，大家的情绪一直都很高涨，唱歌、蹦迪、用蛋糕打仗，玩得十分疯狂。但对我而言，能和符杰躲在角落里聊聊往事，回忆回忆我们的青春岁月，就已经足够了。那天晚上，我不记得自己又喝了多少啤酒，也不记得自己对着符杰絮絮叨叨地说了多少话。

值得庆幸的是，当同学们忙着合影留念时，我还没有把自己完全灌醉，于是也拉着符杰照了不少合影。之后，我还把那本早就准备好的《同桌诡友》悄悄地送给了她。

那天晚上，我不记得聚会是什么时候结束的，也不记得自己是怎么回家的。第二天我醒过来时，发现自己躺在家里的床上。我挣扎着爬起床来，却觉得头痛欲裂，赶紧倒了一杯凉白开灌下肚去，这才稍微感觉好了一些。

洗漱完后，我走进书房打开电脑，登陆上了QQ，点开了同学群。当我看到建伟的QQ挂在线上时，便迫不及待地叫他把昨晚照的照片赶紧发给我。

片刻后，建伟就把打包好的照片给我发了过来。我一张张地点击查看那些照片，照片上的同学们，动作千姿百态，脸上的笑容也灿烂无比，看得出来，昨晚大家都玩得非常尽兴。

没花多少时间，我就已经把全部照片浏览完了，但却没有看到我想看的照片。我皱着眉头，在QQ上问建伟："就这些啊，还有其他照片吗？"

建伟很快就回答我："全部照片都在里面了，我的抓拍技术还不错吧。"

我顾不上鄙视建伟的自我陶醉，说道："不对！肯定还有其他照片。"

建伟发来一个委屈的表情："真没有了，我不骗你。"

"那怎么没有看到我和符杰的合影？"我实在忍不住了，直杠杠地问道。

"符杰，谁是符杰？"

看着屏幕上建伟发出的问话，我一下就懵了，他怎么会问出这么奇怪的问题来。我急忙提醒他说："我的同桌符杰啊，还是你帮我找到的呢。先前你瞒着，要不逼你喝酒，你还不肯告诉我。"

"谁帮你找到同桌了？你小子酒还没醒吧！"建伟的回答让我越发地莫名其妙了。

我生气地说："晚饭前海燕就告诉我说，你联系到一个同学，要晚饭后才能来。后来我在酒桌上问了你才知道，原来那个晚到的同学就是我的同桌符杰，你难道不记得了！"

“你肯定记错了，确实有个同学是晚饭后才来的，可那是我们的班长晓彤，我为了给大家一个惊喜，才没有提前告诉你们的。”建伟的解释让我感觉很混乱，脑子也有点迷糊起来，但他接下来的一句话，更让我无法接受，他说，“何况，我们同学里根本就没有叫符杰的。你要不信，可以去群里问问其他同学。”

我听从了他的建议，在群里发出了一句问话：“同学们，你们谁还记得我的同桌符杰？”

不一会儿，挂在QQ群里的同学纷纷有了反应。

“不记得！”

“不认识！”

“谁是符杰？”

……

－6－

我目瞪口呆地望着电脑屏幕，思维一片混乱，同学们的回答，几乎完全颠覆了我的记忆。过了好半天，我依旧心有不甘，分别点开同学的QQ，私下悄悄地询问他们，我们班上到底有没有符杰这个人。

同学们的答案都很统一，是让我失望的答案。难道，昨晚我真的醉得那么厉害，醉到让自己产生幻觉的地步？

我极力地压抑住纷乱的思绪，仔细回忆着昨晚的情形。一点一滴的细节渐渐在我的脑海里浮现出来，那些细节异常清晰真实，仿佛在确凿无疑地告诉我，我所记得的一切，不是什么幻觉，全都是真实的！

不过，在我的记忆中，还是出现了一段空白。我无论如何也想不起来，同学聚会结束时，我是怎么跟我的同桌符杰道别的，又是怎么回到家中的。

我掏出手机，准备打电话问问其他同学。考虑到男同学大多喝醉了，而女同学没怎么喝酒，也许更清醒一点，我直接就拨通了海燕的电话。

谁知海燕在电话里告诉我，她昨晚也喝得不少，有些迷糊，只记得是建伟开车送她和晓彤回家的，至于是谁送我回家的，她真想不起来了。

我失望地挂掉电话，心里很是郁闷。又该找谁问呢？李瑜洁！对，就是她了，我记得她是不喝酒的，她肯定清醒。

果然，我从李瑜洁那里了解到了昨晚的一些情形。不过，她说的一切也和我的记忆有些出入。

她说，昨晚醉得最厉害的人就是我和最后才来的班长晓彤。我在饭局上就已经喝多了，而晓彤是在 KTV 里被我给灌醉的。一进 KTV，我就拉着她不停地喝酒说话，生生地把人家给灌倒了，害得她躺在沙发上一直睡到聚会结束。而我更是喝得找不着北，最后是张智开车送我回家的。

和李瑜洁通完电话，我的信心有些动摇了。也许，在昨天的同学会上，我真的没有见到过符杰，大概是这段时间我太想记起自己的同桌是谁，才臆想了这么一个人出来。酒醉后的我其实只是在和晓彤聊天，却在脑子里将她幻想成了我的同桌。

符杰，难道真的是一个并不存在的人吗？可我为什么又会将晓彤当作一个并不存在的人呢？而且这个我幻想出来的同桌竟然还有名有姓，这是不是太奇怪了一点。难道，晓彤才是我的同桌？这不可能，如果她是我的同桌，就算我记不起来，其他同学也不会记不起来的。

就在这些莫名其妙的问题将我的脑子绞成一团乱麻时，我的目光忽然落到了书架上，看见上面空出了一本书的位置。

对，我昨天带去了一本《同桌诡友》。我还清楚地记得，自己亲手把书送给了符杰。就算昨晚任何时候我是醉着的，但送书那一刻，我绝对是清醒，因为就在我将书递给符杰那一刻，曾在心里告诉自己：这是我祭奠自己青春的最好仪式。

假如我将符杰和晓彤搞混淆了，那么这本书，我一定是送给了晓彤。想到这点，我心里突然冒出一个主意来。

拨通晓彤的电话之后，我问她：“那本书好看吗？”

“什么书？”晓彤在电话里反问我。

这正是我要的答案！它证实了晓彤并不知道我送出的那本书，她根本就不是符杰。

可是，符杰为什么会莫名其妙地消失呢？起码是在我们班同学的记忆里消失了。想来想去，我终于想到了一种可能性，符杰也许是存在的，她和我同校或者同级，却不同班，所以班上的同学才不知道她的存在。

但如果这种可能性成立的话，我又怎么会记得她是我的同桌呢？

天啦！所有的事情都充满着矛盾，我觉得自己快要崩溃了！

－7－

正当我为符杰是否真实存在这个问题纠结万分的时候，我的手机突然响了。我一看屏幕，上面显示着“张主任”三个字。是张智，他毕业后回我们读书的学校做了老师，现在已经混成教导主任了。我摁下了接听键：“张主任啊，听他们说昨晚是你送我回家的，谢谢啊。”

“老同学了，你说得那么客气干嘛。不过昨晚你醉得可真厉害，我这会儿打电话就是问你酒醒了吗？”

“差不多已经醒了，谢谢关心啊。”

“醒了就好，有空再联系。下次我不开车，咱们俩好好喝一回。”说完，张智就挂断了电话。可就在他挂断电话的那一瞬间，我猛然觉得有一点什么极其重要的信息在我脑海里一闪而过。

我很想抓住那点信息，却又觉得它无迹可寻。我努力地让自己静下心来，仔细地回味刚才和张智通电话时，他到底说了什么话，会让我觉得里面藏着很重要的信息？

可惜的是，我把脑袋都想痛了，也没想出什么结果。无奈，我决定亲自去见张智一面，说不定会在他那里有所收获。

我又摸出手机，准备先和他约个时间。可是，当我把他的电话号码调出来后，看到“张主任”三个字时，脑子里却豁然开朗。

原来重要的信息并不是隐藏在我和张智的通话中，而是隐藏在他的职务中。作为学校的教导主任，他肯定有调阅学生档案的权力，我只要去学校找他帮忙，就不难查出当年我们读书时，班上或者学校里，到底有没有符杰这么个人。

我立刻拨通了张智的电话，约他晚上一起吃饭，地点就定在学校附近的一个小餐馆里。张智虽然感到有些莫名其妙，但碍于老同学的面子，最终还是答应了。

傍晚时分，我赶到那家小餐馆时，张智已经等在那儿，连菜都点好了。落座后，我们开了一瓶酒，边吃边聊。

拉拉杂杂地闲聊了一阵，我渐渐地把话题朝我想了解的方向引去。但让我不解的是，当我提到读书时的一些往事时，张智的反应十分奇怪，他总是巧妙地把内容岔开，让我无法深入下去。最后，我终于失去了耐心，不想再和他兜圈子了，直接问道：“你记不记得，咱们班有个叫符杰同学？”

这一次，张智的反应十分快，他立马摇头回答：“没有。”

我疑惑地看着他：“你这么肯定？”

张智的表情有些尴尬，解释说：“今天我和建伟通过一个电话，听他提起过这个名字。”

他说的话虽然很委婉，但我仍然听出了话里的意思，不由皱起了眉头：“你也觉得，符杰这个人根本就是我喝醉酒臆想出来的。”

张智一言不发地看着我，他的沉默已经说明了一切。我叹了口气，说道：“我想求你帮一个忙，行吗？”他略为考虑了片刻，点了点头。

“我想看一看当年的学生档案。”当我说出要他帮这个忙时，他的眉头皱起来了。

－8－

现在的学生档案全是由计算机管理，要查什么人，只要在电脑上输入姓名、学籍等关键字，很容易就可以查到。但我们读书那时，电脑还是个稀罕玩意儿；所以要查那时候的学生档案，就只有在故纸堆里去翻了。

当张智掏出钥匙打开档案室的大门后，我感觉一股阴冷的凉风迎面扑来，忍不住打了个寒噤。张智打开灯，我只朝室内扫了一眼，就觉得心里一凉："这么多，要找到什么时候啊。"

"没关系，学生档案是按年份分了类的。"张智一边说着，一边径直走到房间中央的一个档案柜前，说道，"应该是这里了，你来看吧。"

我并没有跟他走过去，而是站在原地对他说道："我不想看了，咱们走吧。"

"怎么又不想看了？"张智有点纳闷。

"因为我肯定看不到自己想看的东西。"说完后，我不再理会张智，转身离开了档案室。

出了校门，我独自踯躅在昏黄的街灯下，心头的疑问却是越来越多。虽然当我提出要查学生档案时，张智似乎犹豫了一阵。但当他真的带我去档案室时，却又有太多的细节让我感到奇怪。首先，他是一个教导主任，怎么会随身带着档案室的钥匙呢？而且很少有人会经常进档案室的，他却熟门熟路，直接就能找出我想查的档案在什么地方。

这只能说明一个问题，那就是在我找到他之前不久，他已经进过档案室，并且还查过我想要查的档案了，假如他有什么不想让我知道的，那么肯定已经在档案上做了手脚。因此，我不想再把自己的时间浪费在查没用的档案上了。

而张智的表现还让我想到了另外一种可能性。那种可能性，就是同学们都在说谎，他们早就商量好了，合起伙来骗我。

可是，他们为什么要这样做呢？我想不出任何让他们这样做的理由。

这天晚上，我做了一个噩梦，梦到了同学会那天的情形。在梦里，我又见到了符杰，她是那样的清纯高雅、美丽迷人。她安静地站在舞池中央，笑盈盈地看着我。我身不由己地走到她身边，拉起她的手，将她揽入怀中，翩翩起舞。当我与她共舞时，她一直深情款款地望着我，眼眸中流淌着似水柔情，几乎将我整个淹没。

而就在我陶醉在她的眼波中无力自拔的时候，那些隐没在周围黑暗中的同学突然一拥而上，活生生地将我们分开了。我和符杰拼命挣扎，想要重新冲回到对方身边，但那些同学却在我们面前站成两排人墙，将我们阻隔开来。我无奈地哀求他们，他们却无动于衷。我看见，他们的脸上，挂着诡谲的微笑。最后，他们一步一步地将我和符杰分别逼到两个角落里，然后张牙舞爪地朝我们扑了过来。那一刻，同学们那一张张熟悉的面孔，看上去格外狰狞……

醒过来的时候，我发现自己身上的衣服已经被冷汗浸透了。回想起梦中的情形，我感觉有些后怕，难道我的同学们真有那么可怕吗？

虽然那只是一场梦境，我所感受到的恐惧却是那么的真实。我靠在床头，脑子里一阵眩晕，迷迷糊糊中，我下意识地抓过放在床头柜上手机，翻开了通讯录。

海燕、建伟、李瑜洁、晓彤、张智……我将这些同学的电话号码从手机里一个个地删除掉。

删着删着，我的目光定格在通讯录里的一个名字上，一下就愣住了！几秒钟后，我按下了拨号键。

看着屏幕上闪动着的那个名字，心想："同学们合起伙来说谎骗我，班主任隗老师肯定不会骗我的。"

-9-

虽然十几年没见了，隗老师还是只看了一眼就喊出了我的名字，招呼我赶紧进屋。

坐下闲聊了一会儿，我便直接问她："隗老师，当年我们班上有一个叫符杰的女同学吧？"

隗老师仔细想了想，语气很肯定地回答我："没有。"

"不可能吧，我记得她是我的同桌，要不您再好好想想。"我对隗老师的答案心有不甘。

"如果是我教过的学生，我不可能不记得。"隗老师笑着说，"要不，我把你们班的毕业照拿来，把所有同学的名字一个个地告诉你。"

隗老师的记性还真不是一般的好，她不但记得毕业照上所有同学的姓名，甚至还记得他们各自的性格特点，她挨个儿点着照片上的人头，絮絮叨叨地说道："这是班长晓彤，这个是学习委员海燕，这个是符建，班里个子最小的就属他了……"

"你说他叫什么？"我指着隗老师刚才说的那个同学，急切地追问道。

"符建。"隗老师重复了一遍他的名字。

我一把将那张照片抓到眼前，仔细地看着符建的面孔，喃喃自语道："就是他，就是他，他的样子看上去和符杰一模一样。可是，他为什么是个男的？"

隗老师看着我失魂落魄的样子，似乎突然想起一件事来，说道："我知道你说的符杰是谁了，符建有个姐姐，比他高一级，她肯定就是符杰。"

"真的吗？"隗老师的话让困惑已久的我终于看到了一线曙光。但是，我依旧有一个很关键的问题想不通，她既然比我们高一级，可为什么我一直记得她是我的同桌呢？

隗老师的神情忽然变得有点奇怪，她似乎犹豫了一会儿，才说道："也许你并没有记错，你们俩很有可能真的是同桌。”

“为什么？”我不明白隗老师为什么会这样说。

“你原本应该是和她一个年级的，但你因病休学了一年，才留级到了我们班上。”隗老师解释道。

我一下就懵了，因为我完全不记得，自己曾经因病休学过一年。过了好半天，我才回过神来，问道：“您知道符建的电话吗？”

隗老师立刻明白了我的心思，我是想通过符建找到符杰。她沉默了片刻之后，缓缓说道：“你找不到符杰的。当年学校发生过一件事，一个女生在下晚自习回家的路上被车撞死了。后来符建请了一周假，我才知道，那个出事的女生是他的姐姐。”

“符杰死了！”隗老师的话对我而言，不啻于一道晴天霹雳。

我苦苦查找的同桌，竟然是一个已经死去的女孩，难怪所有的同学都不记得她的存在。可是，为什么我会在同学会上见到她呢？难道那真的我的幻觉？或者，我见到的根本就只是她的灵魂？

猛然间，我感到有些毛骨悚然。

– 10 –

走出隗老师家，户外阳光灿烂，可我却感受不到一丝太阳的温度，从心底冒出的寒意早已将我团团包围，无尽的恐惧仿佛把我隔绝在了另外一个世界里。

我恍恍惚惚地回到自己家中，像疯了似的翻箱倒柜，将压在箱底的一些影集、日记、同学录、毕业纪念册之类的东西翻了出来，然后一本本地翻看起来。

看着看着，我觉得身上越来越冷。因为在那些东西里，同样找不到任何与符杰有关的记录。可是，隗老师已经向我证实了符杰的存在，我为什么依然无法寻找到她存在过的痕迹呢?

我心有不甘，继续翻阅着那些东西，看得也更加仔细了。终于，我有了发现！我不但在一本影集里看到了很多的空白，还在一本日记中发现了一大叠撕掉的残页。

可惜的是，影集中那一个个开着天窗的地方，本来放的是什么照片，我却无从推断；而日记本的残页上，也同样找不到只言片语。

不过，我也并非全无收获，起码，我根据日记本上未被撕掉的日记记录时间，确认了那些被撕掉的日记，正是在我因病休学之前记的。

我坐在地上，脑子里的各种信息搅成一团糨糊，虽然真相呼之欲出，我却始终不得要领。我摇了摇头，努力让自己冷静下来，再把我现在知道的信息按照时间顺序回忆了一遍。当我回忆到隗老师告诉我的那一切时，一个令我心惊肉跳的念头从我脑海中冒了出来。

符杰出事和我因病休学的时间隔得很近，难道两者间有什么联系？想到这一点之后，我背心上的冷汗禁不住冒了出来。

回忆，让我惶惶不安，而就在我深陷其中无法自拔的时候，门铃突然响了。我从地上站了起来，揉了揉被压得发麻的双腿，然后慢慢地走到门口，把眼睛凑到了猫眼上。

符杰！门外站着的人竟然是符杰！

我心头大骇，踉踉跄跄地后退了几步，脚下一个不稳，摔倒在地。

“叮咚、叮咚、叮咚……”

门铃声持续地响着，我却根本不敢再靠近门口，我拼命地在地上挪动着，十分狼狈地爬进卧室，蜷缩在角落里瑟瑟发抖。

天色渐渐了晚了，黑暗笼罩了整个卧室。虽然门铃声不知道什么时候消失了，但我的恐惧却并未因此稍减。我就那样一动也不动地缩在墙角，直至坚持不住，迷迷糊糊地睡了过去。

当阳光穿过窗户照在我脸上时，我终于醒了过来。我揉了揉惺忪的睡眼，朝周围环顾了一圈，所有的一切依旧，我还是在自己的卧室里待着，并没有坠入冰冷的地狱之中。

我站起身来，活动了一下酸痛的筋骨，脑子渐渐恢复了几分清醒。我走到门口，鼓足勇气将眼睛凑到猫眼上。

门外空荡荡的，什么也没有！

我走出家门，漫无目的地在街道边游荡。走着走着，我眼角的余光突然瞟到一个让我感觉有些熟悉的身影，便下意识地偏头看去。

当我看清那身影的面容时，全身的血液仿佛在顷刻间凝结成冰。

她是符杰！我那早已死去的同桌！

我拼命地跑啊跑啊，想要摆脱身后追着我的同桌。可是，她却始终阴魂不散地跟在我的身后，一步都不肯落下。

我大口大口地喘着粗气，肺像要炸开一般，双脚已经软得迈不开了，缺氧的脑子也越来越恍惚。可即便如此，我仍然不敢停下来……

终于，我的体能已经达到了极限，身体无法再受意识的支配，脚下一软，一头栽了下去。恍惚中，我突然感觉到有人猛地拽了我一把。随后，一阵刺耳的刹车声将我拉回到了现实世界里。

— 11 —

我望着眼前那张略有几分熟悉的面孔，脱口喊出了他的名字："符建！"

符建的脸上没有一丝表情，他冷冷地望着我，说道："昨晚去找你，敲了半天门，你都不开。今天一见到我就没命地跑，你是不是做了什么见不得人的事，心里有鬼！"

我茫然地看着他，什么话也听不明白。

"你不是特别想知道关于我姐的消息吗？我来找你，就是想把我知道的全部告诉你。"符建沉默了片刻，脸色变得有些凝重。很显然，有些事情是他也不愿意回忆的。

“当年我姐之所以会出车祸，是因为她发现那段时间一直有个人在跟踪她。那天晚上，她想摆脱那人的跟踪，慌不择路，闯了红灯，才被车撞到。这些，是她临死前告诉我的，说完后她就走了。我姐走了之后，我最大的愿望，就是让那个一直跟踪她的家伙，也让车子撞死。”

我傻傻地望着符建，根本不知道他在说什么。

“可惜的是，我一直没有查到那个家伙是谁。直到同学会那天，我和晓彤一起到了饭店，你竟然冲过来拉着我的手，喊着我姐的名字。后来在KTV里，你依旧把我当作是我姐，拉着我的手说你一直暗恋我，又不敢表白，所以每天下晚自习后，都悄悄地跟着我，一直送我回家。”

“送我回家，送我回家……”我喃喃地重复着符建的话。

“当年我调查跟踪我姐的家伙时，把目标放在她的同学中，却忽略了一个人，一个在我姐走后不久就休学了，一年后才回到学校，又和我做了同学的人。如果不是你在KTV里告诉我一切，我真的联想不到你。虽然你终于亲口对我说出了一切，但我并不知道你说的是真是假，我怀疑你是故意说给我听的，目的是要掩饰真相。所以我决定试探一下你，就叫建伟删掉了有我出现的照片，又请求其他同学帮助我，不要告诉你同学会那天晚上和你说话的人其实是我。”符建顿了一顿，又继续说道，“我想看看，当你面对这一切的时候，会有什么样的反应。”

符建完全没有注意到我一脸茫然的表情，自顾自地继续说道：“后来我发现你清醒过来之后，拼命地想要找到和我姐有关的信息，我这才相信，你是真的忘记了一切。于是，在你寻找与我姐有关的记忆时，我也托朋友查了你因病休学的原因，你想知道是什么吗？”

我依旧面无表情地望着符建，对他的话置若罔闻。

“当年我姐出车祸时，你亲眼目睹了当时的情形，精神上受到巨大刺激，心理完全崩溃了，所以才会休学。在你休学的那一年里，一直待在一家心理诊所里做治疗，心理医生用了很多治疗方法，最终才成功地让你忘记了一切与那场车祸有关的东西，其中就包括我姐。查清楚了这一切之后，我这才相信，害死我姐，只是你的无心之失，所以我决定原谅你。否则，刚才我不会救你，现在也不会把真相都告诉你！”

符建说完后，决然地转身离开了。我望着他渐行渐远的背影，脸色突然变得十分难看，我感觉在我脑子里，似乎有些东西拼命地想要冲出来，那些东西像一根一根的银针，无情地折磨着我，让我头痛欲裂。

就在这时，已经走远的符建突然又转身走回到我的身旁，对我说道：“差点忘了告诉你，你送给我姐的那本《同桌诡友》，我已经烧给她了，希望她能喜欢。我想，如果你是真心喜欢我姐，就不该忘记她，而是将她记一辈子……”他的声音十分飘缈，我痴痴地看着他的脸，眼前的一切却渐渐变得模糊起来。

朦朦胧胧中，我仿佛回到了许多年前的那个夏天。

我坐在教室里，偷偷地望着符杰的侧影。窗外的阳光透过窗户，照在她的脸上，她眨着眼睛，长长的睫毛扑闪扑闪的，美丽极了。

“符杰！”我悄悄地叫了一声她的名字，却不小心被她听见了。她回过头来看着我，脸上带着温柔的微笑。

她就那样一直笑着、笑着、笑着……

其实，从那一刻起，我就知道，她脸上那柔软得足以将我的心完全融化的微笑，必将纠缠我一辈子。

故事二　恐怖地铁站

那女人的上半身趴在白洁面前，果然没穿衣服。在她白皙的背上，写着一行红色的字：“欠钱不还，天诛地灭！”

庄秦

绘画 024 迷魂

— 1 —

白洁在地铁站外的马路上看到了令她恐惧的一幕。

当时，她正匆匆向地铁站 C 口走去，时间有些来不及了，人行道上却人潮汹涌，想要正常走进地铁口实在困难。白洁索性绕过护栏，走到马路上，这儿没有行人，只要小心一点避开汽车，就可以快速走到地铁口附近。刚走上马路，一位戴着红袖箍的老太太就拎着扩音器在马路对面大声吼道："喂，那位穿黑皮裙的女人，回人行道去，危险！"

白洁才不在乎什么危险，她就不信走在马路上，会被迎面而来的汽车撞到。但老太太的吼声却让不少行人向白洁侧目相视，白洁也有些小尴尬，但考虑到自己马上要见的人，以及这件事的重要性，这点小尴尬又算得上什么。所以她迎着无数陌生人鄙视的目光，迈开腿沿马路向地铁站 C 口的方向快步走去。

就在这时，一辆白色面包车"刷"的一声停在了白洁身前，轮胎在地上划出两道白森森的印痕，却没有熄火。白洁清楚地看到，这辆车的车牌被一块黑布蒙住，坐在主驾座上的男人，则戴着棒球帽、墨镜和口罩，与电影里的银行劫匪一模一样。白洁一看到这样的车和这样的人，心里忍不住"咯噔"一下。她听闻过太多离奇的都市恐怖传说，其中有一则就是，没有牌照的面包车突然停在面前，戴着棒球帽、墨镜和口罩的男人拉开侧滑的车门，把从车外经过的陌生女人强拽进车内，然后用一块浸过乙醚的湿布蒙住陌生女人的鼻子……

想到这，白洁就下意识发出一声尖叫，同时向侧面移动身体，紧紧抓住马路护栏，防止面包车里的人把自己强拽上车。

面包车的侧面车门果然向后滑动，打开了，隐约可以看到车内也有一个戴着棒球帽、墨镜和口罩的男人，在男人身前还有一个四四方方的长方形物体，看不出是什么。

白洁再次发出一声尖叫，可是人行道上人潮汹涌，所有人都朝着地铁站 C 口的方向走去，大家都这么忙，谁有时间去理会马路上一个女人的尖叫？即使有人好奇地朝白洁望了一眼，也因为身后挤满了人，而且都在朝地铁口行进，根本没法后退，就更别提来帮她了。

白洁几乎绝望了，只能紧紧抓住护栏。她大脑一片空白，虽然四周非常喧闹，但她却只能听见马路对面那个老太太通过扩音器发出的冷漠声响，呜里哇啦的，不知她说了些什么。

“砰”的一声，车内那个戴棒球帽、墨镜和口罩的男人，把他身前那个四四方方的长方体推到了车外。紧接着，坐在主驾座上的男司机则猛踩油门，随着马达轰鸣，面包车快速向前驶去，转眼便汇入了车流。与此同时，白洁听到了“呜呜”的呻吟声。呻吟声，正是来自于刚从面包车内推出的长方形物体。

这是一个用来装冰箱的瓦楞纸箱。不过，现在纸箱里装着的不是冰箱，而是一个女人，一个头和脚都露在纸箱外的女人，但她的眼睛被一块黑布蒙着，嘴里也塞着布团，头发凌乱，额头上还有淤青。从纸箱上方露出的白森森的肩膀，可以看出她没有穿上衣。纸箱下方露出的脚，也赤裸着踩在马路的地面上。

被纸箱包裹着的赤裸女人，突然身体晃了晃，由于蒙着眼睛塞着嘴巴，她的平衡能力显然受到极大影响。转瞬之间，她和纸箱一起倒在了地上，一辆迎面而来的卡车避让不及，“砰”的一声撞在了纸箱上。

“啊……”白洁发出一声尖叫，而那个女人也被撞出了纸箱。准确地说，是上半身被撞出了纸箱，飞到白洁脚下，趴在地面。而她的上半身依然还在纸箱里，不过，同时也在那辆卡车的车轮下，此刻被压瘪的纸箱下方，正渗出一汪汪鲜血。在剧烈的冲撞下，这个女人命丧车轮之下。

那女人的上半身趴在白洁面前，果然没穿衣服，在她白皙的背上，写着一行红色的字：“欠钱不还，天诛地灭！”

–2–

马路上有人呼救，没有人会去管，但路上出了车祸，立刻就有人停下脚步，绕过护栏，围在尸体旁。

白洁几乎被吓傻了，她愣愣地站在原处，直到警察来了，她才恢复意识，朝后退了几步，躲在密密麻麻的围观群众之后。大部分行人都停住脚步来围观车祸现场，通往地铁站 C 口的人行道反而显得空旷。白洁赶紧加快脚步，向地铁口走去，她还有很重要的事要做。

她走进地铁口，站在下行扶梯上，狠狠呕吐了起来，差点把胃液都呕出来了，那个赤裸女人的惨状总在她脑海里不停盘旋萦绕，令她难以消受。

来到候车厅，左右都刚各走了一班地铁，大厅里很空旷。白洁深吸了一口气，整理了一下裙摆，从挎包里摸出手机，拨打了一个电话号码。铃声从不远处的一根柱子后方传来，紧接着，一个脸色苍白的大男孩从柱子后绕了出来，站在了白洁身前。

这是个年约二十几岁的大男孩，他穿着一件白色 T 恤，T 恤上写着一排英文，是“too young，too simple”。

“你就是给我投稿的‘白月生雪’？”白洁诧异地问。从笔名上来看，她一直以为今天要见的作者是个女孩。

大男孩点了点头："我就是……"

"为什么约在这里见面？"白洁问。

白月生雪露出腼腆的笑容，答道："这里人多，我觉得安全。"

看来他是个缺乏安全感的年轻人，果然"too young，too simple"。不过，由于地铁口外面出了状况，地铁站候车厅里人并不多，这也让白月生雪的表情很不自然，总想把自己的身体藏在柱子的阴影之中，头总是埋着。他的鼻梁很挺拔，这也让他脸上的轮廓上出现一道阴影，表情阴晴不定。

刹那间，下行扶梯送了一大堆人到乘车大厅内，地铁站就像一只永远吃不饱的老虎一样，把地铁外的人吞进来，又排泄到从此经过的地铁车厢里。现在地铁还没来，在人群里，白月生雪显得放松多了，长长吁出一口气，又对白洁说了一句："再说了，我觉得在这个地方讨论我那个恐怖微电影，更有身临其境的感觉。"

白洁笑了，确实如此。

白洁在一家电影公司里担任策划人，最近正在筹备制作一系列恐怖微电影，于是在几个恐怖小说论坛里发布了征稿启事，稿酬很有吸引力。她收到了不少来稿，而白月生雪交来的电影剧本创作大纲，绝对是所有来稿中最能吸引眼球的一部。白月生雪的这个故事，名字就叫《恐怖地铁站》。

故事的开端是这样的，在人潮汹涌的地铁站内，一个女孩一边玩手机，一边等地铁。这时，一个陌生男人突然走到她身边，猛地抽了她一耳光，然后大叫："你这臭婊子，老子在外面累死累活赚钱，给你丫买苹果手机，请你丫吃大餐，可你却天天在微信上找男人，今天还约着和人坐地铁私奔！臭婊子，跟我回家！"陌生男人一边说，一边揪着女孩的头发，朝地铁外拉。

女孩完全懵了，脑海一片空白，当她清醒后，便大声呼救，说自己根本不认识这个男人，但这男人又狠狠给了她一脚，怒吼道："臭婊子，吃我的用我的时候，你怎么不说不认识我？"陌生男人的气势完全压倒了女孩，也让周围的人都以为这只是情侣间的争吵。清官难断家务事，去管了，说不定还惹一身麻烦，这世道，多一事不如少一事，所以大家都冷漠地如看笑话一般，看着女孩被那男人拖走。

其实这个故事一点都不新颖，这个桥段已经是很流行的都市恐怖传说了，后面的结局，要么是女孩被卖到偏远山区，成为一对傻子兄弟的共有妻子，然后生下七八个嘴角流涎的小孩；或者女孩醒来后发现自己躺在满是冰块的浴缸里，对面的镜子上用口红写着“赶快拨打 120”，然后在身上发现一道刀口，自己的肾被割走了。

不过，白月生雪却在这时候来了个神发展，让女孩突然做了一件事，不仅让自己脱离了险境，还让那个陌生男人落入了法网。

白洁看完大纲后，就给白月生雪发了邮件，约对方见面签约，而白月生雪约定了在地铁站见面。不过，就在今天来地铁站的路上，白月生雪发来短信，说他对这个故事还有些新想法，可以让故事有更多曲折，更多神发展。如果这个想法行得通，甚至可以把故事扩展成为 90 分钟的大电影。

这让白洁很兴奋，她到现在这家电影公司的时间并不长，虽然三年前曾经在另一家公司策划过一部挺有影响的恐怖电影，在市场上大获成功，但时过境迁，她已经三年没出新作品了，现在并没太受重用，微电影在公司里也只是个不起眼的小部门。如果现在能拿出一部让人眼前一亮的大电影故事，无疑能让她在公司的地位大大提升。

而现在，在地铁站内，面对眼前这个腼腆的大男生，白洁问道：“你准备让这个故事出现什么曲折，什么神发展？”

一提到自己的故事，白月生雪的眼中闪过了一道光芒，他仿佛变了一个人，浑身充满自信，眼神都闪闪发亮了起来。

“白老师，在我原来的故事里，那个女孩不是想了个办法，得到了一个旁观者的帮助，最后逃离了陷阱？在我新的想法里，那个旁观者，其实也不是真正的旁观者，他因为自己在帮助女孩的时候受到了一些损失，因此他要女孩补偿自己。但他要求女孩补偿的方式，令女孩无法接受，于是他掳走了女孩。”

白洁看着浑身散发闪闪发亮气质的白月生雪，瞪大了眼睛。这真是个让人眼前一亮的故事呀!

“然后呢？”白洁满怀期待地问道。

白月生雪深吸了一口气之后，说道:“那个旁观者掳走了女孩，得到了他想要的一切之后，也厌倦了。最后，他把女孩的眼睛蒙上，嘴堵住，扒光衣服，裹在装冰箱的瓦楞纸箱里，开着面包车，把女孩载到繁闹的街道，把女孩推到了街上。他知道，随后而来的车流会把女孩撞倒。但推出女孩的时候，不可避免会被目击者看到，那个旁观者为了掩盖真相，特意在女孩赤裸的背上写了一行字‘欠钱不还，天诛地灭’！”

白洁顿时觉得天旋地转，差点晕倒在人来人往的地铁候车厅里。

– 3 –

白洁站在人来人往的地铁站里，看着白月生雪的嘴唇不停翕动，虽然对方的声音不断传进自己的耳朵里，但她却没办法把一个个音节组合成完整的语句。巨大的冲击感，令她丧失了理解能力，她全身仿佛被抽空了一般，没有一点气力。

隐约中，她终于听清白月生雪说的一句话:“白小姐，我回家就把大纲整理出来。不过，我希望在发出邮件之前，能先收到一部分定金。这个要求不算过分吧？最近，我太缺钱了。”

白洁不由自主地点头，其实她知道白月生雪提出的要求，她没有权限作出任何承诺，毕竟大电影和微电影不同，需要公司一层层审批，只有立项后才能批出定金给编剧。而白月生雪，现在白洁连他真名叫什么都不知道，更不知道以前他有过什么作品。在没有看到大纲之前，公司上层怎么可能批得出定金？

但白洁依然点着头，她现在只想赶紧离开白月生雪，走得远远的。这个大男孩编出的故事，已经让她感觉到深入骨髓的恐怖了。她以后再也不想见到白月生雪，这个电影大纲就让它见鬼去吧。

终于，白月生雪露出满意的笑容，说："白老师，您真是太好了，如果没什么事，我就先走了。我们随时保持联络。"

"嗯，嗯，好，好……"白洁继续如行尸走肉一般点头。点了很久头，她抬起眼睛，才发现白月生雪已经不见了踪影，而身边则围着不少人都用怪异的眼神看着她，仿佛在动物园里围观一只从背面露出屁股的孔雀。

"白月生雪什么时候走的？我这是在干什么？我在这里点了多久的头？"白洁禁不住浑身打了个哆嗦 真丢脸！幸好这个地铁站是白月生雪指定的，附近应该没有认识她的人。白洁赶紧转过身，面前的人群立刻让开了一条道，白洁钻进人群，想要若无其事地离开。

可就在这时候，一个男人突然挡在了她身前。白洁抬起头，这个人年约三十，面貌憨厚，穿着一件黑色T恤，T恤上绘着一只可爱的黄色鸭子。这个人拦在自己面前干什么？白洁搜索了一下记忆库，确认自己并不认识眼前这个男人。

穿着黄鸭T恤的男人当着众人的面，扬起胳膊，手臂快速落下，"啪"的一声，一巴掌狠狠抽在了白洁脸上。然后伸出手，一把揪住白洁的头发，朝自己拽了过来。白洁顿时感觉头皮传来一阵尖锐的疼痛。"啊……"她不由自主发出一声尖叫。

而黄鸭男人则紧握拳头，厉声怒孔道："你这混蛋女人，在家里不洗衣服不做饭不带孩子，穿这么短的裙子到地铁站来干什么？想找男人解馋？老子满足不了你？"周围则爆发出一阵嘲笑，黄鸭男人越说越生气，竟用手压低白洁的脑袋，抬起膝盖，用力撞在白洁的脑袋上。

"啊……"白洁惨叫一声，眼前一片漆黑，晕倒在地上。

当她恢复神智的时候，感觉身体正在艰难移动，背部传来摩擦的痛觉。睁开眼睛，她看到一张张人脸从两侧快速滑过，白洁意识到，那个穿着黄色鸭子T恤的男人，现在正揪着她的头发，拖着她，想把她从地铁候车厅里拖出去。

天哪，这不是和白月生雪在微电影大纲里写的故事一模一样？等待她的将会是什么？

想到可能出现的结局，白洁开始大声呼救：“我……我不认识他！我不认识这个男人！快帮我报警！”

可周围的人群都冷漠地看着他们。不认识的男人会无缘无故打你？你穿这么短的裙子出来，肯定有问题啦！这男的看上去挺老实的，别人两口子打架，我们掺合什么？报警，万一你俩真是夫妻，回头警察怪我报假案，罚我款怎么办？

一张张陌生而又冷漠的面孔，继续从白洁身体上方快速掠过。

白洁绝望了。

但这时，白洁用尽全身气力，挣扎着伸出手，一把抓住身旁一个看起来比较强壮的陌生人的手腕。那人忙不迭地摆手，想把白洁的手拍掉。白洁立刻松开手，与此同时，又以极快的速度从那个强壮的陌生人手里抢过了他握着的一部苹果手机。紧接着，她狠狠把这部手机砸在地上。“砰”的一声，苹果手机落到地上，四分五裂，粉身碎骨。

– 4 –

白月生雪在他一开始的微电影大纲里，曾经提到过一个女孩在地铁站遭遇陌生人的劫持，女孩在千钧一发之际，通过一个动作不仅让自己逃出生天，还让劫持者也落入法网。当时，女孩用的办法就是一把夺走围观人群中某人的手机，狠狠砸在地上。

无辜被砸手机的旁观者顿时急了，抓住女孩和那个劫持者，女孩大叫：“我会赔你手机，但你得帮我抓住这个人，我根本不认识他！”

这一下，尽管其他围观者都抱着事不关己的态度观望，但被砸了手机的人被卷入事端，为了自己的手机，只好紧紧抓住了劫持者，并拨打了报警电话。

现在，白洁也用了这个办法，果然非常有效。那个看起来很强壮的陌生人顿时急了，死死钳住白洁的手腕，大叫："神经病！你干了什么？赔我手机！赔我！老子卖了个肾，才买回来的苹果手机！"

白洁则指了指身穿黄色鸭子T恤的陌生人，虚弱地笑了笑，说："这个男人不是说了，他是我男人……你找他赔吧。"然后便晕倒了过去，再也不省人事。

白洁陷入昏睡之中，这大概是她从婴儿时期之后，睡得最沉醉的一次吧。虚空中，她感觉自己躺在一艘随波漂流的小船里，四周萦绕着海浪声，身体自由起伏，全身心完全放松，就象夏日里度假一般。

还记得上次度假是什么时候吗？大概是三年前吧，白洁和当时的男友在马尔代夫，湛蓝的海面上，海鸟鸣叫着从上空飞过，她与男友躺在香蕉船上，即使闭着眼睛，也能透过薄薄的眼皮，感受到金黄色的阳光洒在面庞上。那时，她与男友讨论结婚的细节，讨论该穿什么样的婚纱，可一回到国内，男友留下一封信就和白洁的闺蜜私奔了。最让人郁闷的是，闺蜜之前与白洁在同一家公司里任职，这个致命打击，就如同漂浮在海面上的香蕉船突然漏水并导致沉没一般，让白洁不得不成为了别人的笑柄。从此白洁远离海水，远离河水，远离泳池，远离一切可以漂浮小船的地方。

可是这次的昏迷，却让白洁再次感觉自己躺在了小船中。这让她很不理解，尤其不理解自己为什么还会感觉躺在船上竟如此舒服。

白洁悠悠睁开眼睛，终于明白为什么自己会感觉自己躺在一艘小船上。事实上，现在她躺在一张摇椅上，摇椅正微微晃动着，就仿佛随波浪起伏的小船。躺椅对面，是一台台叠在一起的电视机，横着四台，竖着四台，总共十六台电视，每台电视的画面各不相同，但都很单调，全都是黑白的，镜头拍摄角度静止不动，画面上人来人往。

这是十六台监控设备，所有画面都是地铁站的某个角落，有自动扶梯，有候车大厅，有铁轨，有金属探测器……白洁诧异地坐起身体，四下张望，她明白自己待在什么地方了，这应该是地铁站的监控室吧。自己为什么会在这里？白洁思索着，终于回忆起在地铁站里发生的一切了。

忽然，她听到了脚步声，然后“吱呀”一声，门开了。白洁转过身，看到一个人走进监控室内，一件胸前印着“too young，too simple”字眼的T恤映入白洁的眼帘。是白月生雪！原来他在电梯的监控室里工作？

“啊……是你救了我？”白洁感激地说道，她下意识地站起来，向白月生雪走了过去，可刚走了一步，白洁就直挺挺地摔倒在地上，从脚踝处传来一阵尖锐的疼痛。白洁诧异地向脚踝望去，然后看到了一根铁链，一端缠绕在她的脚踝上，另一端则绑在躺椅上。

– 5 –

白洁的意识陡然混乱，这到底是怎么回事？

自己为什么会被铁链锁在躺椅上，而且，很显然，这一切都是白月生雪干的！

“为……为什么？”白洁喃喃问道，“你为什么要这么对待我？”

白月生雪没有回答这个问题，而是绕到白洁身后，从躺椅下拾起了白洁的挎包。白洁心里骤然一紧，想要阻止，但她已经变成案板上任人宰割的鱼肉，根本无力阻止。

白月生雪打开白洁的挎包，把包里的东西一件一件扔了出来。

“香水，记事本，IPAD，手机，钥匙，嗯，还有一支注射器……”

“那是胰岛素！”白洁叫了起来，“我有糖尿病！”

白月生雪微微一笑：“真的吗？那这是什么？”他又从白洁的挎包里取出了一把刃口锋利的水果刀。

“是……水果刀，我爱吃水果。”白洁解释。

白月生雪放下水果刀，拾起注射器，走到了白洁身边，耐心地问："要不要我为你打一针？"

"不，不要！"白洁恐惧地望着眼前这个穿着"too young，too simple"T恤的大男孩，说，"我今天已经注射过了，这针不能打多了。"

白月生雪退到监视器旁，弯下腰，从监视器下的柜子里取出一个笼子。笼子里，有一只正在攀爬着滚筒的仓鼠。他将针尖穿过笼子，扎在了仓鼠的腿上，然后，推进了一丁点儿针筒里的液体。

白洁看着白月生雪在她眼前做着这一切，因为恐惧，她的瞳孔紧缩成了一条缝。只过了一刹那，仓鼠突然倒在滚筒上，四肢剧烈地抽搐着，几秒后，仓鼠不再挣扎，变成了一具可怜的小小尸体。

"现在，你还要说这是胰岛素吗？"白月生雪转过身，冷冷问道。

白洁沉默片刻，便歇斯底里地叫了起来："你是谁？你要干什么？"

白月生雪嘴角抽搐了一下，盯着白洁的眼睛，一字一顿地问："你还记得李小丫吗？"

白洁的脸色顿时一片苍白，颓然无力地坐在了躺椅上，一言不发地望着白月生雪。

"我叫李小默，是李小丫的弟弟。"白月生雪缓缓说道，"我猜，三年前，你就是把这注射器里的氰化钾注射进了我姐姐的体内吧？一周前，警察找到了她和薛先生已经白骨化的尸体，从他俩的骨骼里检出了氰化钾的成分。"

– 6 –

李小丫，三年前和白洁同在一家电影公司里任职，她就是那个和白洁男友私奔的闺蜜。没错，三年前，白洁确实将一针致命毒物氰化钾扎进了李小丫的体内，她一直认为无人知道真相，天知道为什么李小丫的弟弟今天竟会突然找到她，并将她囚禁在地铁站的监控室里。

既然已经被囚禁了，白洁也不再寄希望于李小默会放了她。于是她索性破罐子破摔地问："你……这是打算要替你姐姐报仇？你姐姐的死是罪有应得，谁让她勾引了我的未婚夫！"

李小默走到白洁面前，反问："真是这样？"

"是的！就是这样！"白洁狂笑了起来，"我把他俩的尸体藏在这么隐秘的地方，警察居然还是找到了，真厉害呀！"她记得，当时她把闺蜜和男友的尸体一起埋在了某个山洞的角落里，她以为全世界的人都没法找到那个地方。

"是几个小孩发现的……他们本想在角落挖个坑，埋葬他们心爱的宠物，一只猫。"李小默岔开话题，问，"白老师，你怎么不问问，为什么我会猜到你的挎包里会有加有氰化钾的注射器？"

"为什么？"白洁问。

李小默坐到监控设备前，用手调控着几台监视器上的画面。很快，一张屏幕上出现了一副连贯的画面，是那个身穿黄色鸭子体恤的陌生男人，一耳光抽在了白洁脸上，嘴里骂骂咧咧，又用膝盖撞晕白洁。接着，白洁按照李小默在微电影大纲里写的那样，从身旁某个陌生人手中抢来苹果手机，狠狠砸在地上。

"这个穿着黄色鸭子T恤衫的男人叫何竹，我不知道你以前是否听过他的名字，他是我姐姐青梅竹马的男朋友。"李小默说道。

是的，白洁听过这个名字，但从来没见过。三年前的那个夜晚，白洁在男友和李小丫的酒里掺进安眠药，然后开车把两人拉到野外的山洞外。在车上，白洁就曾听到李小丫呢喃着何竹的名字。

"哼，既然有青梅竹马的男朋友，为什么李小丫还要勾引我的男朋友？"白洁狠狠咒骂道。

李小默冷笑一声，继续调控监视器。一阵短暂的快进之后，画面上的白洁晕倒了过去，那个被砸了手机的人则纠缠何竹，何竹抛开白洁和那个男人，狂奔着离开了地铁候车厅。紧接着，李小默出现在人群中，他穿着地铁员工制服，与那个男人交涉，然后拿出钱包，拿出一叠钱给了对方。最后，李小默抱起白洁，离开了画面。

“我以地铁员工的身份，告诉那个被砸了手机的人，地铁站会先行赔偿他的损失，以免在地铁站内造成人员淤积，危害公众安全。我还对其他围观者说，我要把你送到医院进行检查。当然，随后我把你送到了这里。”李小默冷静地说道。

“你……还没回答我，为什么你会知道我的包里有注射器？”白洁问。

李小默微微一笑，答道：“因为我知道，你会向对待我姐姐一样对待我。”

“可我根本不知道你是她弟弟呀！”白洁辩解。

“是的，你不知道我是她弟弟，你只知道我是个有前途的电影编剧。而三年前，我姐姐也同样如此。那时，你杀了我姐姐，就是为了获得我姐姐刚写好的一个电影剧本。当时姐姐没给任何人说过那个超赞的电影创意，除了你，因为她把你当成了最好的朋友。你苦心制造出假象，让众人以为我姐姐和你未婚夫有了私情并私奔。但实际上，你是为了杀死姐姐后藏匿尸体，造成两人失踪的既成事实，然后你就可以独吞我姐姐写出的这个剧本了。说实话，你成功了，那部剧本很快就卖给了公司，随后拍成电影，票房大获成功，你也成为炙手可热的一线恐怖片编剧。可惜，这三年来，你拿不出新的作品了，因为你根本就不是个合格的编剧，所以很快你就被制片人们淡忘了，现在你急切地需要一个新的电影剧本。当然，你依然写不出来，所以只好利用征稿选择合适的项目，然后用以前的办法，获得这个剧本！”

白洁脸上一片苍白，她知道，自己的秘密全都被李小默识破看穿了。白洁还记得三年前的那个夜晚，李小丫拿出自己写的剧本，白洁花两个小时看完后，便激动得不能自已。那个故事太棒了，前半段看起来就像是某个精神病人的呓语，几条线索同时并行，看似毫不相关，但到了最后却完美地组合在一起，成为一个惊世骇俗的恐怖故事。从看到的第一眼起，白洁就下定决心，一定要在这部电影的编剧栏里写上自己的名字。为了这个目标，她不惜杀死了跟自己最要好的闺密，甚至不惜杀死自己的男友。

而今天，是的，她这次来，本来就是想约所谓的“白月生雪”见面，再以签署“保密协议”为名，开车把对方载到某个人迹罕至的荒山，出其不意地将灌满氰化钾的针管注射进对方体内。她需要一个新故事，来改变被人说她已经“江郎才尽”的评语。可是，没想到白月生雪却约她在地铁站见面，还在来的路上，说自己准备对故事再进行一次大改动，可以让故事更加完美。

“原来，一切都是你安排好的？”白洁喃喃说道。

“是的，我在微电影剧本里写出了砸路人手机的桥段，你看了后，留下深刻印象。随后，何竹在地铁站内故意装作企图劫持你，迫使你只好砸了某个路人的手机。随后我及时出现，赔偿路人，然后就可以顺理成章带走你，把你带到这里来接受惩罚。”李小默答道。

“可是……可是你怎么知道，我窃取了你姐姐的剧本？你没理由知道的！”

李小默脸上顿时露出严肃的表情，脱口答道：“我有理由知道，我绝对有理由知道！你知道吗，其实三年前你看的那个剧本，并不是我姐姐原创的，而是我编出来讲给她听的。”

白洁终于无语，她喃喃问：“为什么，你为什么三年前不找我复仇？”

李小默淡然一笑，说道：“三年前，我在精神病院里接受治疗。你看剧本的时候，难道没感觉到，前面大部分段落看起来都像是个精神病人的呓语吗？”

－7－

“刷”的一声，李小默撕开了白洁穿着的上衣。

“你……你要干什么？”白洁发出尖叫。

“放心好了，我不会侵犯你！我嫌你太脏！”李小默狠狠说道。随后，他从监视器下的柜子里拿出了一个小瓶，还有一枝毛笔。他打开瓶盖，用毛笔蘸了一下瓶中的液体，笔尖顿时变得一片通红，是红漆。

“我要在你的背上写一行字，‘欠钱不还，天诛地灭’。然后，你应该知道我要干什么了吧？”

白洁禁不住浑身颤抖。她知道，自己即将被蒙上眼睛，堵住嘴巴，被扒光衣服，裹进一个瓦楞纸箱里，然后被李小默抛弃在车来车往的高速公路上……

“天哪，我上午在地铁站外遇到的那桩车祸，那个被扔出面包车的女人，和你的故事一模一样……那件事也和你有关吗？”白洁问出她的最后一个问题。

李小默摇了摇头，答道：“不，完全和我无关。我正是听说地铁站外发生了这么一件事后，用半分钟的时间，编出了这个故事，然后讲给了你听。不过，我已经查出了开面包车的人是谁。”

李小默回到监视器前，调控着设备。很快，他调出地铁站外的一段监控画面，正是面包车停在白洁面前，然后把那个裹在纸箱里的女人推了出来情景。李小默调节镜头远近后，屏幕上出现了那个女人清晰的面庞。

随后，李小默又调出另一幅画面，是地铁站候车厅内，时间则是一周前。那个女人站在候车厅里，突然一个男人冲到她面前，毫无征兆地给了一耳光，嘴里骂骂咧咧，随后又揪着头发，用膝盖重击她的脑袋。接着，这男人拽着女人的头发，把她拖出了画面。周围，有无数人冷漠地看着这一切，然后事不关己地离开，只当自己看了一场情侣间的闹剧。

“这些监控视频，我已经打包整理完毕，发到了警察的邮箱里，相信过不了多久，他们就会被抓起来。另外，当警察发现你被碾压成肉泥的尸体后，也会以为你是被这帮劫匪杀死的，然后并案处理。”李小默淡然说道，然后拿起了毛笔，准备在白洁后背上写下了“欠钱不还，天诛地灭”八个大字。

然而，就在这时候，外面冲进来几个警察，他们本来是跟踪白洁的，却没料到后面竟然发生那么多事，但好在，一切都水落石出了。

故事三　阴魂终散

QQ旁边的摄像头很快出现一个画面，上面的人也一点一点地出现在眼前，她正是死了的林姗姗。

风雨如书

— 1 —

这是最长的一夜，也是最短的一夜。

灯光昏暗，宿舍里安静无语，肖兰半靠在床头，她把被子全部裹在身上，只露出一个头。她听见自己的心跳像钟摆一样轻轻地扣动着，每跳一下，她的眼睛便急剧地收缩一次。

桌子上的蜡烛一点一点消耗，像是一个人的生命缩影，那些滑落下来的蜡油正是消逝的年华岁月。蜡烛旁边，放着一张五寸照片。照片上的女孩穿着一件白色的棉布裙子，长发飞扬，笑容满面地站在一棵杨树下面。

照片上的女孩叫林姗姗，她生前和肖兰是最好的姐妹。是的，林姗姗已经死了。三天前，她的尸体被发现在江河大学的后山上。警察通过 DNA 确认，死者就是已经失踪了两天的林姗姗。这是肖兰第一次接近死亡，她不知道该怎样表述自己的心情。以前，她去参加爷爷的葬礼，只觉得悲伤难过。现在，和自己最要好的朋友真实地死在自己面前，肖兰除了难过以外，还有一种莫名的感觉，那就是恐惧。

林姗姗尸体被发现后，肖兰只要一闭上眼便会看见林姗姗。有时候，她甚至感觉林姗姗又像从前一样和自己钻到了一个被窝，就像一条蛇无声无息地缠到你身上，然后又无声无息地离开。

肖兰之所以如此恐惧，是因为林姗姗是被人谋害的。在肖兰的老家一直有个说法，被谋害的人因为死得冤枉，他的魂魄便一直徘徊在生前最留恋的地方。

所以，今天肖兰要为林姗姗守夜一晚，希望林姗姗能离开自己。这个办法是奶奶教给她的。

对此，宿舍的其他人认为，这简直就是迷信。人死了，如果真的冤魂不息，那也应该去找那个杀她的人，为什么要来宿舍纠缠好朋友呢？

夜已经深了，肖兰有些困了，两个眼皮开始打架。虽然对面桌子上的蜡烛还有一大半没有融化，肖兰还是睡着了。

不知道过了多久，一阵风吹来，桌子上的蜡烛灭了。林姗姗的照片晃了晃，似乎活了一般，慢悠悠地飘到了桌子下面。

肖兰感觉有什么东西在轻轻拂弄着自己的脸，那感觉又痒又挠心，她拨弄了几次都没有拨掉，于是，她不禁睁开了眼。

“啊……”肖兰惊了一身冷汗，她看见林姗姗坐在自己床边，一头乌黑的长发垂在眼前，泛着冰冷的寒光。肖兰全身都在抖，牙齿也跟着打战。

“那天，她就是这样坐在我床边的。”林姗姗忽然说话了，跟着抬起了头。

肖兰这才发现床边坐着的人并不是林姗姗，而是隔壁宿舍的杜若兰，只不过她穿着一件和林姗姗很像的衣服，再加上垂着头发，自己才没有认出来。

“这是她出事前收到的东西。”杜若兰说着把一个信封放到了肖兰的手里。拆开信封，里面是一张照片。看到那张照片，肖兰感觉浑身发冷。那张照片上是肖兰和一个男孩的合影，那个男孩面容清秀，他叫岳明。

再抬起头时，杜若兰竟然已经走了，桌子上的白蜡烛早已经熄灭，林姗姗的照片不知道什么时候被风吹到了地上。

肖兰低头看了看手里的信封，突然像坠入了冰窖里一样，全身不由打着寒噤。

– 2 –

信封上的地址写着三个字——香木镇。

香木镇是岳明的家乡，那里有一条神秘的河，名叫三涂河。三涂河的旁边开满了红色的花朵，那些花是引路花，又叫蔓珠莎华。岳明说，他的家乡一直有个传说，三涂河的尽头便是阴府地狱。

肖兰和岳明是在网上认识的。最开始是简单的聊天，后来肖兰便被岳明深深吸引住了。让她着迷的除了岳明的才华外，还有岳明的家乡，那个神秘的香木镇，还有那条连着地府的三涂河。

在肖兰的一再要求下，岳明答应带肖兰去自己的家乡。

每当说起香木镇时的时候，岳明仿佛一个老人在回忆一段青春日子里最美好的时光一样，沉醉，悲伤，又难以释怀。

肖兰和岳明在香木镇玩了三天，在他们准备离开的当天晚上，岳明出事了。岳明的尸体漂在三涂河上，等到发现的时候已经泡得又白又胀，无法辨认。最后，肖兰一个人回到了江城。他们美好的爱情也因此走到了尽头。当然，这段悲伤的故事一直被肖兰隐藏在心里，是她一个人的秘密，就连男友聂明飞，她也没有说过。正因为如此，肖兰的心里一直沉甸甸的，直到后来她把这个秘密告诉林姗姗，她才没有了之前的沉重。

可是，现在林姗姗死了，并且在她死之前曾经收到过香木镇寄来的照片。照片上，肖兰和岳明站在一起，后面就是那条泛着浊浪，涌动着诡异的三涂河。

现在，肖兰有种莫名的感觉，林姗姗的死似乎有些异常。她为什么会收到香木镇的照片，照片又怎么会到了杜若兰的手里呢？想到这里，肖兰不禁满腹疑惑，她要去问问杜若兰。

天已经蒙蒙亮，宿舍走廊里人很多，大家都在争着去卫生间洗漱。推开门，肖兰看见了坐在床边正在梳理头发的杜若兰。

对于肖兰的到来，杜若兰显得很吃惊。尤其是当肖兰把那封信放到桌子上时，杜若兰神情大变，嘴角甚至也跟着哆嗦起来。

“我什么时候给你的？这个东西林姗姗说无论如何也不让我交给你的。”杜若兰摇着头，对于肖兰所说的话简直无法相信。

“是你昨天晚上亲自给我的，你不记得了？”肖兰也疑惑了，杜若兰的样子看起来似乎不像说谎。

“难道，难道是她？”杜若兰低头沉思了几秒，突然说话了。

“谁？”

“林姗姗，她说过，这个东西她要亲自交给你。”杜若兰一字一顿地说道。

肖兰怔住了，想起昨天晚上杜若兰交给自己东西时的样子的确很奇怪，简直就像林姗姗一样。可是，林姗姗已经死了，难道真的是她的鬼魂回来了？

想到这里，肖兰不禁打了个冷战。

－3－

这个世界上有鬼吗？

如果以前的话，杜若兰绝对不信。但是，现在她确信不已，因为她亲眼见到了林姗姗的鬼魂。

那封信是林姗姗让杜若兰交给肖兰的。

杜若兰以前和林姗姗关系并不好，但是杜若兰不知道为什么林姗姗死了以后会来找她。那天夜里，当杜若兰打开 QQ 时，她看见林姗姗的 QQ 竟然亮着。

起先，杜若兰以为是谁在搞恶作剧，拿着林姗姗的 QQ 乱吓唬人。可是，几句聊下来，杜若兰感觉 QQ 背后坐着的人似乎就是林姗姗。

就在她揣摩不定的时候，林姗姗突然发过来一个视频聊天的请求。

杜若兰顿了顿，最后点了点接受。QQ旁边的摄像头很快出现一个画面，上面的人也一点一点地出现在眼前，她正是死了的林姗姗。杜若兰吸了口冷气，她顿时愣在那里不知道该怎么办。

画面上的林姗姗还调皮地冲着她做了个鬼脸，然后继续和她聊天。

于是，她便按照林姗姗的话，在学校实验楼的门后面取出那封信，然后在夜里交给了肖兰。现在，杜若兰仍然惊魂未定，她只希望林姗姗的鬼魂能快点离开自己，不要再让她做任何事情。

杜若兰把眼霜沿着自己的眼角轻轻涂抹，整个人的精神也随之轻松下来，她只愿昨天晚上的一切对她来说只是一场噩梦。天亮了，梦也就醒了。

肖兰站在实验楼阳台上，俯瞰下去。校园操场上，几名男生正在打球，旁边围着几个女生，时不时听见她们的尖叫与喝彩声。

以前，肖兰和林姗姗总是站在这里看聂明飞打球。那时候，林姗姗总是说："肖兰，你应该去球场帮聂明飞加油。"

但是，肖兰总是摇头不语，因为她的心里总会想起岳明。

爱情的夭折不是因为感情，也不是因为背叛，而是因为有人中途退场。肖兰不知道为什么，只要她的心里想起爱情这个词，岳明的尸体就会浮现在眼前。

岳明的母亲反对他们在一起，没有理由地反对。当岳明出事后，她果断把肖兰赶走了，并且把岳明出事的原因推到了肖兰的身上。如果不是当地民警的帮忙，也许岳明的母亲会愤怒地把肖兰杀了。肖兰曾经试着给岳明家打电话，可是只要听见肖兰的声音，对方便无情地把电话挂掉。

后来，肖兰知道为什么岳明的母亲会如此讨厌自己。三涂河的传说里还有一个说法，外地的人如果到了三涂河一定要在天黑之前离开，否则便会惹祸上身。所以，岳明的母亲一直认为是肖兰害了岳明。

对此，肖兰无话可说。

“肖兰。”身后传来一个声音。转过头，肖兰看见聂明飞走了过来。

“你怎么才来？”肖兰看了他一眼。

“我去了趟警察局，法医已经找出了林姗姗的死因。”聂明飞的脸色有些肃穆。

“她是怎么死的？”肖兰愣住了。

“被水淹死的。我还知道了一些关于你的事情。”聂明飞迟疑了一秒，继续说道，“你认识一个叫岳明的人吗？”

－4－

聂明飞转身走了，他的眼泪也随之落了下来。

那个人说的没错，肖兰的确有事情在瞒着自己。第一次见到肖兰是在学校举行的摄影展上，肖兰一个人站在一组照片前，目光忧伤地看着展栏里的作品。仿佛一道光瞬间把肖兰的影像缩成亮点蹿进聂明飞的心里，他不禁呆住了，就连旁边同学喊他走都听不到。

最初的记忆，永远是最美的记忆。肖兰就像一个浮在云端上的翩翩仙子，忽然之间就降临在聂明飞的世界里，他用所有的真心和温柔呵护着他们的爱情，可是，聂明飞没有想到，肖兰的心一直恋着另一个人。

当那个人把肖兰和岳明的照片发过来的时候，聂明飞彻底蒙了。他没想到肖兰温情的背后竟然隐藏着另一段感情。肖兰很坦诚，她告诉了聂明飞自己和岳明的事情，并且她还说自己从来都没有忘记过岳明。

有时候，活着的人却无法敌过死去的人，这就是记忆的残忍。聂明飞无奈地叹了口气。

天黑的时候，聂明飞站了起来。整个公园已经没有一个人，冰凉凄清的情景如同此刻他的心情。整个下午，聂明飞都坐在公园的长椅上。这里是他和肖兰以前经常约会的地方，此刻却成了缅怀的伤心之地。他把他们的爱情从头到尾想了一遍，虽然心里再不舍，但是想起肖兰的心里根本就没有自己，他终于明白其实这一切早该结束了。

走出公园的时候，聂明飞看见旁边有个人影闪了过去。虽然只是瞄了一眼，但他还是看清楚那个人是隔壁班的杜若兰。两天前，聂明飞还因为一件事情和她大吵一架。现在，这么晚了，杜若兰来这里做什么？如果是来约会为什么没有走公园的正门，而是从偏门进去。一定是有什么见不得人的事，想到这里，聂明飞不禁提步向前跟了过去。

杜若兰似乎很怕，不时张望着四方。聂明飞不紧不慢地跟着她来到了公园的假山旁，然后杜若兰停了下来。远处隐约有灯光晃过来，把假山下的阴影幻化得鬼魅森然。聂明飞这才发现杜若兰的手里拿着一个黑包，那个黑包里竟然是香烛纸钱。聂明飞疑惑地看着杜若兰把那些香烛纸钱点着，火光映着杜若兰的脸，在寂静的公园里显得格外恐怖。

聂明飞往前走了两步，他听见杜若兰嘴里喃喃地说着一句话："快走吧，林姗姗。别再缠着我了。"

聂明飞惊呆了，杜若兰跑到这里来竟然是来祭拜林姗姗，难道林姗姗是杜若兰杀害的？

这个时候一个黑影拿着一根木棍，悄无声息地贴到了聂明飞的身后，等到聂明飞发觉的时候，那个黑影手里的木棍已经打了下来。聂明飞脑袋一沉，眼前一黑栽到了地上。

听见响声的杜若兰抬起了头，她的瞳孔里闪过一丝恐惧，一个面目狰狞的影子出现在眼前，一步一步向她走来……

– 5 –

宿舍里很静，肖兰坐了起来。

爱情里总会有伤害。肖兰知道今天她伤害了聂明飞，在他离开的那一刻，肖兰的心顿时像陷进了无底深渊一样，就那样一直坠落着。她不知道该怎样向聂明飞解释，所以她只能让聂明飞离开。

“吱”，宿舍的门突然响了一下，像是什么东西在刮门一样。肖兰站起来走到门边，拉开门，她看见地上有一个白色的盒子。

走廊里空荡荡的，一盏昏暗的灯亮着，发着惨白的光。肖兰打开那个盒子看了看，身体顿时像触电般跳了起来，那个盒子里竟然是一叠纸钱和两根香烛。那是给死人用的东西，怎么会跑到这里?

肖兰四处看了看，她不知道是谁这么无聊，把这东西扔到了宿舍门口。肖兰刚想转身回宿舍，却听见走廊旁边又响了一下，似乎有人。

肖兰的火气上来了，她拿着那个盒子径直向前走去。她现在倒想看看，是谁这么无聊。

走到拐角处，肖兰看到一个影子正投射过来。肖兰的心突然跳了一下，是谁躲在那里? 也许那个纸盒子是故意放在宿舍门口，引自己过来的。就在肖兰犹豫的时候，那个影子忽然动了动，像是要往前走来。

肖兰顿住了脚步，警惕地看着前面。

这时候，声控灯突然灭了，肖兰一惊，刚想拍手。灯又亮了起来，肖兰看见一个人站在自己面前。

“你……你……”肖兰惊呆了，她简直无法相信自己的眼睛。

“你知道那些纸钱是给谁的吗?”那个人说话了，他的笑容已经不再温柔，变得阴森恐怖，因为他本来就是一个幽灵。

“不，不是的，这不是真的。”肖兰摇着头，她用力掐了掐自己的手，一股生疼让她明白眼前看到的不是幻觉，而是真实的。她真的看到了鬼，看到了幽灵。

“也许，我们太久没见了。我带你去个地方。”那个人说着抬起一只手，缓缓地向肖兰伸去。

“什么，什么地方?”肖兰感觉自己全身都在哆嗦，可是她却无能为力。当那个人的手搭在自己肩膀上时，一股冷气也随之侵入她的身体里面。

“三涂河，又叫忘川河。”那人微笑着说道。

聂明飞醒了，冷风吹着他有些发胀的脑袋。很快他想起了自己被人打晕的情景，抬起头，他看见对面的杜若兰也躺在地上。

杜若兰已经死了，她的胸口插着一把锋利的尖刀，胸前的衣服被鲜血染得通红。那个黑包里的纸钱洒落了一地，此刻看来更像是在为杜若兰悲伤流泪。

突然，手机响了。尖锐的铃声像一把刀子划过聂明飞的心，他从口袋里拿出手机，上面的来电显示竟然是无号码。

深吸一口气，聂明飞接通了电话。

“你现在有两条路，第一，去警察局自首，承认杀害你眼前女孩的事实；第二，听我的话，离开现场，当作什么也没发生过。”电话里传来一个阴沉的男声。

“你是谁？是你诬陷我的，我要去警察局告你。”聂明飞愣了一下，突然叫了起来。

“插在女孩胸口上的凶器上有你的指纹。要知道，我可是拿着你的手行凶的。两天前，你和这个女孩曾经大吵一架，最后你还忿忿不平地说要她好看。这就是动机，现在凶器上又有你的指纹，警察至少会因为这把你当作嫌疑人。”电话里的男人有些扬扬得意。

终于，聂明飞声音软了下来：“你……你到底要让我做什么？”

“你马上就会知道的。”男人阴恻恻地笑了起来。

– 6 –

杜若兰的尸体是被公园的清洁工发现的。

高之昂盯着手里的勘察报告，两条剑眉紧紧纠锁在一起。这已经是第二起凶杀案，两名死者都是大学生。对杜若兰的调查很快有了答案，经过询问，杜若兰的舍友说杜若兰是昨天晚上九点多离开宿舍的，之后便一直没有回来。最近几天，杜若兰也是神情恍惚，好像有什么心事。其中一名室友还提供了一个线索，昨天下午，杜若兰曾去寿衣店买了一些香烛纸钱。

高之昂放下了报告，杜若兰的死有些蹊跷。她买香烛纸钱做什么，现场发现的纸钱和香烛应该就是杜若兰留下来的。

她在祭拜谁？高之昂陷入了深深地沉思中。

就在高之昂百思不解的时候，IT 部传来一个令人震惊的消息，林姗姗的 QQ 竟然亮了起来。

IT 部负责监控网络的小刘本来在检索机器，却无意中发现林姗姗的 QQ 亮了起来。林姗姗出事后，IT 部曾经对林姗姗的 QQ 做过整体勘察，但是因为网络太广，网友又是天南地北的，一直没有什么大的成效。

高之昂坐在一旁紧盯着电脑屏幕，经过小刘的追踪，他们锁定了对方的 IP 地址，江河大学附近的金胜网吧。

高之昂一方面让小刘监控对方，另一方面立刻派人前往金胜网吧抓捕嫌疑人。

这个时候，林姗姗的 QQ 突然出现了视频会话。小刘看了看高之昂，然后点了下接通。电脑屏幕晃了晃，画面渐渐清晰起来。

一个女孩出现在视频里面，竟然是林姗姗。

“我要走过三涂河。”

聊天框里多了一句话，血红的字体伴着画面上诡异的女孩，让人触目惊心，不寒而栗。高之昂惊呆了，这怎么可能。林姗姗早已经死了，她的尸体是高之昂亲自送到法医室的。难道是林姗姗的鬼魂？

电话响了起来，高之昂拿起电话一看，是去金胜网吧的警察打来的。

“我们在金胜网吧的一个包间找到了那个 IP 地址，但那个机器并没有开机。”

对方的电脑没有开机？高之昂盯着眼前屏幕上林姗姗的画面，一丝冷气钻进了心里。

“高队长，你问一问在那个机器旁边的网卡口有没有插什么东西？”忽然，旁边的小刘说话了。

很快，电话里传来了答案：“有一个类似于U盘的东西。”

小刘依然在敲打着键盘，那个黑色的小插盘是一种覆盖转移IP的工具。这种东西只要你登陆一个国外的网站就能买到。只要把这种小插盘插在网卡上，便可以把IP覆盖转移。现在，小刘正在分析对方的真正IP。

此刻高之昂的心里又恢复了先前的冷静。如果那个出现在QQ里的林姗姗真的是鬼魂，那么她为什么会覆盖IP？对方一定有着自己的目的，也许对方就是杀害林姗姗的人。

终于，小刘停了下来，一行数字出现在屏幕上，那是对方真正的地址，林家桥22号1楼。

–7–

三涂河，我们的爱情曾经在那里绚烂如花。

其实那具漂在三涂河上的尸体是一名出意外的过路人，却被岳明的母亲用来斩断他和肖兰之间的爱情。岳明醒过来的时候，肖兰已经走了。母亲告诉他香木镇不可能让外人进来，岳明无法接受这个事实。他深深爱着肖兰，他知道肖兰也深爱着他。于是他想方设法要离开香木镇，可是却被母亲囚禁了起来。

一年后，岳明的情绪渐渐平复下来，岳明的母亲也渐渐疏忽了对他的看管。这个时候，一个女孩来到了香木镇，她是林姗姗。

林姗姗是听到肖兰的故事后才想到来香木镇的，她不相信肖兰和岳明的故事会那么巧合。来到香木镇后，她真的见到了岳明。岳明请求林姗姗转告肖兰，自己并没有死，他会想办法离开香木镇去找她。

林姗姗离开后，岳明对肖兰的思念更加强烈，于是他在一个晚上从香木镇逃了出来。当他来到江城，却发现林姗姗并没有告诉肖兰自己还活着。更让他没想到的是，肖兰竟然已经有了男朋友。

岳明无法相信这一切，他所有的爱变成了恨。他先杀了林姗姗，他恨林姗姗对自己的欺骗。

现在，他找到了肖兰，他们之间的故事走到了结的时间段。

肖兰不知道该怎么说，她只是在哭泣。

岳明坐到肖兰对面，他的脸上泛着淡淡的忧伤，说道："三涂河，在香木镇是忘记一切的河流。传说，在地府也有这样一条河。迷途的亡灵走过三涂河，喝下孟婆汤便可以轮回转世。现在，我们面对犯下的错误，一起走向真正的三涂河吧！"

肖兰的眼泪落了下来，她用力地摇着头却说不出话来。她用力挣脱着手上的绳子，却丝毫无法动弹。

岳明端起一个杯子慢慢向她走过来，肖兰仿佛听到自己的生命正在一点一点地消逝……

林家桥 22 号。

高之昂推开门，看见一个人倒在地上，他的面前还放着一个显示屏幕保护的电脑。随行的小刘走过去一看，这个电脑的网络地址正是他们寻找的真正 IP。同时，小刘也发现了一段影片，影片里正是他们在警察局看见的林姗姗画面。

"我明白了，对方并不是和我们真正视频。而是给我们播放了一个林姗姗以前的视频录像。"小刘恍然大悟，明白了对方的手段。

这个时候，躺在地上的人悠悠地醒了过来，他是聂明飞。

林姗姗的 QQ 是他登陆的，同样，那个视频录像也是他放的。指使他的人说只有这样才会放过他。他没有杀人，但是那个人说得很对，凶器上的指纹和杀人的嫌疑让他不得不听从了对方的安排。

在聂明飞登陆林姗姗 QQ 这段时间，那个神秘人一直和他在一起，只是后来忽然告诉他一个地址，然后便把他打晕了。

那个地址是江河大学后面的一个废弃工厂。

听到这里，高之昂呆了呆，然后猛地站了起来。

– 8 –

推开那道门，高之昂看到倒在地上的人。

一个是肖兰，她的两只手被绑在一起，另外一个人是个男孩，他紧紧抱着肖兰。两人已经死去多时，旁边还有一封信。

高之昂打开看了看，里面是岳明的忏悔。前面是他和肖兰的爱情，然后是林姗姗的死，最后一段，高之昂不禁多看了两眼。

"所有的一切都是我做的，在爱的世界里我们都有罪。林姗姗的欺骗，肖兰的负情，让我迷失了眼睛。唯一无辜的是杜若兰，她只是一个棋子。我不想在我做最后决定的时候，被警察发现。

"现在，我带着罪恶和肖兰离开了人世。也许，我的灵魂会被打入三涂河内，永世不得超生。但是除了爱，我不知道我还能有什么。

"在我们的生命中，爱人总有一天会变成路人甲，也许只是时间的长短而已。永远不要寻找你生命中的路人甲，永远。"

高之昂叹了口气，转身走了出去。

这个悲哀的真相里，究竟谁的罪恶多一些。

夜色下的江城，星火璀璨，可是星火的背后依然是无尽的黑暗。

故事四　指骨

在冬冬画圈的地方，停着一辆货车，它在镜头里一直没有动。直到宋燕下车，一直停在路边的货车才突然发动，径直朝着不远处的电线杆撞过去。

喂小饱

绘画 056 迷魂

— 1 —

天空打雷了，车库房顶上的野猫在奋力地叫着，宋元奎的眼皮子一直在跳。

哗啦啦，暴雨终于降临，远处的路面顷刻汪洋一片。

“要不，就让她自己打车回来吧？刚把冬冬从奶奶家接回来，又要去车站接女儿。”付文雅小声问，“实在不行，就等雨小点再过去。”

“不行。”宋元奎声音不大，却是异常坚决，他抬头看了看挂在客厅墙上的石英钟，还差半小时就六点了。半个小时后，宋元奎的女儿宋燕所坐的那班车就会到站了，如果不是妻子付文雅一再拖延时间，他现在已经等在车站了。

“我现在就去接她。”宋元奎说罢起身，却看到卧室的门突然开了，冬冬光着脚从里面跑出来，小脸上挂着泪，一边喊着“姐姐回来了”，一边跑去开门。付文雅还没来得及制止，已经晚了，门已经被打开了。

一股清冽的风灌进来，穿过玄关一直来到客厅，吹得宋元奎夫妇心里一阵发紧。门外没有人，楼道里连脚步声都没有。付文雅第一个反应过来，她脸上的表情由刚才的恐惧转而变成了愤怒，冲过去扬起手就要打冬冬。

冬冬看着她说：“姐姐说她疼。”

付文雅愣住了，扬起的手定在半空中。

这时候宋元奎的手机响了，他慌忙接听，是女儿宋燕打来的。

“爸，我马上到家啦！”

宋元奎一阵欣喜：“你现在在哪儿？”

“嘻嘻，刚下车，能看到我吗？”

宋元奎慌忙走到窗户跟前，只见一辆出租车停下，车灯穿过雨幕打出长长的光柱，一个身穿黑衣黑裤的女孩从车上下来。宋元奎激动地说：“爸爸看到你啦！”

街边的女孩同时抬头朝小区的楼上看着，说道：“快了快了，等着……”话未说完，街对面一辆货车撞到了电线杆上，一根电线落下来不偏不倚缠在了宋燕身上。

这突降的惨剧发生在数秒之间，宋元奎和付文雅看得目瞪口呆，女儿宋燕在雨中像朵妖娆的黑色大丽花，缓缓倒地。

付文雅一声惊叫晕了过去，宋元奎只觉得双膝发软，踉跄着朝门外奔去。冬冬站在门边，喃喃说着：“姐姐说她的手指疼！”

–2–

宋燕死了。那个间接葬送宋燕性命的货车司机当场毙命，由于此人生前无父无母，也只好不了了之。一个漂亮女孩在人生最好的季节里死去，宋家陷入悲痛中。

办完葬礼后，大家都陆续散去。付文雅坐在宋燕生前的房间里，睹物思人，不禁又难过起来。她想起自己最初来到这个家中，宋燕还只有十三岁，那时的她似乎对付文雅这个后妈充满敌意，有一天晚上还钻进床底下，等付文雅来给她盖被子的时候猛地钻出来，付文雅被吓得连声尖叫，宋燕却像什么事都没发生一样钻进被窝。但是时间久了，两人的关系就缓和下来，最后关系好得就像亲母女。

付文雅这么想着，就往床边瞥了一眼，紧接着她缩着肩打了个哆嗦，心脏怦怦乱撞。她看到床下露出一截衣服，红格子的衬衫，是宋燕生前最喜欢的一件衣服，难怪刚才收拾衣服的时候没发现，原来在这儿。付文雅想着便弯腰去捡，那件衣服竟然自己缩进了床底。

“谁？”

付文雅故意放大声音，在客厅抽烟的宋元奎闻声也赶过来问：“怎么了？”

“床底下……”付文雅指着床下，“这里面好像有东西。”

宋元奎取来手电，膝盖跪在地上朝床底照去，很快他就对着里面说：“冬冬，快出来，不要让爸妈生气。”

付文雅一听是冬冬，赶忙也弯下腰朝里看。只见冬冬穿着姐姐的衣服，四肢着地看着自己和宋元奎，像一只小野兽。

“冬冬，快出来。”付文雅刚失去一个女儿，她不舍得再对唯一的儿子发火。

冬冬丝毫没有要出来的意思，他说：“姐姐说她浑身疼。”

宋元奎干脆坐在地上，又点着一根烟抽上：“文雅，我看咱们把冬冬送去我妈那里住段时间吧，老这样下去，我担心对孩子成长不好。”

没想到付文雅一口回绝，“我不能让冬冬离开我半步，他去哪儿我就去哪儿，除非……”她盯了宋元奎一眼，把话说完，“除非我死了。”

宋元奎沉默了：“这样吧，我们仨都回老家住几天，你简单收拾下东西，我们一会儿就走。”

宋元奎把车从车库里开出来，付文雅把冬冬抱进后座，自己坐在了副驾驶。路上，宋元奎一直没说话，倒是付文雅一副欲言又止的样子。

“有话想说？”宋元奎问道。

付文雅回头看了看冬冬，他正在摆弄变形金刚玩具，这才开口：“咱妈是在哪里算的卦，好准……”最后那个字的气息很弱，因为宋元奎很生气地看了一眼妻子。

“都是瞎编乱造的！”说到这宋元奎终于爆发了，冲付文雅嚷道，“要不是你死活拦着不让我去接她，女儿也许就不会死了！”

付文雅没有吭声，眼泪在眼眶里打转转，那天，的确是自己不让宋元奎去接宋燕的。可是，自己若不这么做，说不定还有什么更大的祸事发生。眼泪又悄悄淌下来，一片模糊中，付文雅回想起两周前的那件事。

由于宋元奎工作太忙，那天，付文雅一个人坐车回了趟宋元奎的老家，去看望他八十岁高龄的母亲。严格地说，是老太太叫宋元奎回去一趟，宋元奎脱不开身就叫付文雅代替自己回去。

宋元奎的母亲是个典型的农村老太太，三寸金莲走路一颤一颤的。她性情开朗，若在平日见到儿媳妇，肯定会亲热得不得了，只是那天，付文雅刚一到家，老太太就神情怪异地把她拉到了自己的房间，从祖传的梨木大铆钉箱子里取出一张皱巴巴折叠起来的纸，似乎稍一用力就能撕裂。付文雅的眼睛却一直盯着箱子里许多用皮子包起来的东西，很有条理地堆放在里面。

“妈，这是什么？”付文雅很好奇。

“这个嘛，是指骨。”说着老太太居然伸手捏了捏付文雅中指的中间一截，继续说，“每个宋家的女人死后都要取下这块骨头，然后在上面刻上字，就算到了下辈子，还可以继续做我们宋家的女人。”老太太说这话的时候屋里静悄悄，她的脸处在阴暗中，只有眸光在闪烁。付文雅吓得赶忙把手抽回来，尴尬地看着老太太。

“你也逃不掉的。”老太太似乎在宣读审判结果，随后颤巍巍地把纸打开，铺在小屋的床上。

借着窗户透下来的光，付文雅看到上面写了些歪七扭八的字，她使劲看了好一会儿还是没看明白，只依稀看到上面有“卦、歹、死”几个字，她问老太太：“妈，这是什么？”

老太太一脸严肃地说：“这是你公公死前留下的，说是三年后我们老宋家必有大难临头！”

付文雅当然不信，从老家回来后就把这事跟宋元奎说了，谁知宋元奎的神色忽然变得十分难看，拿筷子的手也是不住地抖动。宋元奎告诉付文雅，他们老宋家以前世代都是算卦的，到了宋元奎父亲这一辈，经历了时代的变迁，就不再吃这碗饭了。但宋元奎知道，父亲的卦算得相当准。到后来，宋燕出了事，在撕心裂肺的疼痛后宋元奎夫妇惊讶地发现，女儿的死期竟然跟她的爷爷同一天，时隔整三年。

路况不是很好，付文雅随着车子的摇晃从回忆中缓过神来。她觉得背后有种怪怪的感觉，回头就看到冬冬死死盯着前面，这孩子的眼珠子又黑又亮。

“乖儿子，坐好，自己系上安全带。”付文雅哄他。

冬冬不看她，依旧盯着前面颠簸的路自言自语：“姐姐说她的手指疼。”

－3－

宋元奎兄弟姊妹众多，而且混得都很不错，家中两年前盖了村里第一幢三层小楼房。跟老太太一起住的是老大两口子，老大是村支书，平时工作多，一般都是大嫂陪着老太太。

到家的时候，天色已经暗下来。刚参加葬礼回来的老大对于宋元奎一家的到来都感到惊讶。对此宋元奎只简单找了个理由，冬冬因为姐姐的事情受了点刺激，带他回老家住几天。

老太太在自己的屋子里，双腿盘着坐在床上，身子就倚在那个梨木大铆钉箱子。宋元奎一家人到来前，大哥刚把宋燕去世的消息告诉她。老太太让冬冬脱掉鞋上床，然后紧紧握着孙子的手，苍老的脸上开始笼罩着悲伤的神色。

“我说什么来着？不听老人言，吃亏在眼前。坐在家里撑过那晚八点钟就什么事儿都没有了。”老太太看了眼付文雅。

“妈，这都是迷信。”宋元奎说。

“迷信？”老太太突然生气地拍了拍身后的大箱子，“这是你爸临死前专程问的指骨。”

这话让宋元奎的心里“咯噔”了一下子，对于问指骨的事情他是知道的。宋家祖上专门给人算吉凶，靠的就是这满箱子积累下来的指骨。宋家每个女人死后，不管年龄大小，都会取其中指的中间一截指骨，用很多种药材浸泡后在秋天的毒日头下曝晒一整月，然后将其用特制工具上下穿透，凿出直径约半厘米的小口，再细心将两边小口打磨光滑，将先人写好的字条卷起插入指骨洞中，两边都要封蜡，最后用驴皮将指骨包起来。

小时候宋元奎曾问过自己的爷爷，为什么要用驴皮包指骨。爷爷告诉他：“在我们这里吃驴肉被说成是吃鬼子肉，如果你梦见驴，就是梦见了鬼。我们宋家问吉凶，靠的不是卦数，而是靠鬼力。这指骨都来自女人，阴气重，用驴皮包裹最佳。”

宋元奎没再说话，接下来他知道母亲肯定会问他要一样东西——宋燕的指骨。

宋元奎记得，事发当时是自己报的警，宋燕的尸体已经被电击成了一块焦炭，直挺挺地躺在大雨的街头，触目惊心。宋元奎强忍着内心的恐惧，抱起女儿的尸体。后来医院将尸体归还时，宋元奎就发现宋燕的中指没有了，一个负责尸检的医生告诉他，尸体运来时就没有中指了，估计是慌乱中丢失了也说不定，因为死者尸体已经高度碳化。宋元奎没有听下去，他的痛苦已经无以复加。从那时起他就有了个心结，不知该怎么向母亲交代。

果然，老太太说话了：“燕子的指骨呢？别告诉我你把我们宋家的规矩忘干净了。”

宋元奎不知该怎么回答，这时候，一直趴在奶奶怀里十分安静的冬冬突然扭过头来，看着宋元奎。

“我知道姐姐的指骨在哪里。”冬冬说。

一旁有些走神的付文雅听到这话立马瞪大了眼睛，小声训斥儿子："冬冬别乱说话！"

"我没有乱说，我就是没有乱说！"冬冬的小孩子脾气上来了，看到妈妈都不肯相信自己，觉得很委屈。

这时候老太太从后面抱住冬冬，小声贴着他耳朵问："乖孩子，你知道你姐的指骨在哪里？"冬冬含着泪点点头。

屋里一下子安静下来，气氛有些吓人，宋元奎问道："冬冬，那你说姐姐的指骨在哪里？"

冬冬没有搭理爸爸，像猴子一样三两下跳下床，连鞋子都没穿就钻进了奶奶的床底。宋元奎的心一下就提了起来，来不及多想也跟着蹲下来，掏出手机朝床底下照去。只听到冬冬突然大声咋呼："快点滚！下次再敢来我打死你！"

宋元奎听着，脸色一下变得煞白。

这冬冬在跟谁说话呢？

– 4 –

床下一阵窸窸窣窣的响动后，随即平息下来。

冬冬鬼头鬼脑地从床底探出头时，手里还拿着个玻璃瓶子，宋元奎再仔细一看，是个输液的瓶子，里面好象灌满水，拿在冬冬手里感觉沉甸甸的。

冬冬把瓶子往床沿上一放，然后撅着嘴巴看付文雅。这时宋元奎才看见瓶子里有个东西慢慢沉到了瓶底，随即他看清了，那是一根人的手指头！它像是泡在药酒里的一只海参，微微打着弯，像是在勾引人过去仔细观看。

付文雅惊得一下退到宋元奎身后，用手捂着嘴巴不让自己叫出声来。

这时候，在外面一直准备晚饭的大哥推门走进来，老太太大声说："你给我出去！"

大哥闻声，又看其他两人脸色十分难看，就慌忙把门带上了。

老太太动了动身子，移到床边，将那个盛着手指的瓶子举到眼前，仔细看着，然后一行老泪留下来，老太太喃喃说道："没错，是燕子的。"老太太从随身的衣服内兜里取出一个小红包，然后拿出一枚铂金钻戒，上头的钻石闪着夺目的光。

"这不是宋燕的吗，怎么在您这里？"宋元奎感觉舌头在打架，有点不听使唤。

"三天前，燕子来过我这里。"老太太重新移回到大箱子前，倚靠在上头。

"你说燕子三天前来过这里？"宋元奎张大嘴巴，看着自己年迈的母亲。

"是的，她说要来看看我。"老太太的声音很悲伤，"她把这枚戒指给了我，说要我好好保留，等冬冬长大结婚，就把这枚戒指送给她的妻子。我还问她干吗不自己留着，她说自己已经用不到了。我还注意到她的手缠着厚厚一层纱布，问她这是怎么了，燕子说不小心割破了手指，原来她把手指头整个剁了下来！"

付文雅蹲下来，双手握住冬冬的肩膀："你也见到姐姐了？"

冬冬点头，付文雅又指着玻璃药瓶问："这是她给你的？"

"是呀。"冬冬说完，把瓶子紧紧搂在怀里说，"姐姐要我保护好，可是刚才差点被该死的大老鼠吃掉！"

"姐姐说，她还会回来取的。"冬冬说。

宋元奎和妻子互相望着，一股寒气顺着脊梁骨蹿上来。宋元奎低声道："难道燕子一早就知道了自己的死期？她死时就已经没了手指？"

老太太气急攻心，抚胸哭道："可怜的孩子，心里一定有冤屈。燕子，你有什么委屈可以告诉奶奶，叫奶奶替你去死吧！"

冬冬把瓶子抱得更紧了："姐姐说，她会回来的。"

－5－

习惯了城市生活，付文雅在这里住得一点都不舒服，尽管空调不断吐着冷气，她还是睡不着。她的脑子里不时闪现出那根手指，一会儿变成一条蠕动的虫子爬进自己耳朵里，一会儿又变成一根尖针直直刺向付文雅的眼睛。

“元奎，我害怕。”付文雅转身贴着宋元奎的身体。

“害怕什么？”宋元奎问。

“那个瓶子里的手指……”付文雅很纠结地看了眼靠墙桌上的抽屉，那个盛着燕子手指的玻璃瓶子就放在里面。

“你还怕什么？难道你做过对不起燕子的事？”宋元奎没好气地说道。

“你说什么呢！”

宋元奎背对自己躺着，付文雅碰碰他：“你说，燕子会不会还活着？”

“不可能，我亲眼看到燕子被一根电线击中的。”宋元奎说。

“咦，冬冬呢？”付文雅从床上坐起来，把灯打开，房间里只有夫妻两人。

宋元奎坐起来说：“我去找找他。”付文雅赶紧跟着去。

两人从二楼的房间出来，就听到楼下院子里传来一声女人的惨叫，随即一道光柱在地上闪动两下后突然熄灭了。

赶过去的时候，大嫂正瘫坐在地上，眼神里满是惊恐。

付文雅上前问道：“嫂子，你这是怎么了？”

大嫂指了指靠墙的一截阶梯，跟二楼的高度相同。宋家的宅子原本是二层，第三层是后来加盖的，所以这段楼梯已经废置许久。宋元奎把手电捡起来，敲了两下，灯光又亮起来，他向着大嫂所说的方向照过去，见到冬冬正坐在楼梯上，看着下面的几个人。除此之外，再没有其他人。这时候，大哥也从卧室走了出来。

“冬冬，快下来，你在上面做什么？”宋元奎有些生气。

冬冬这回很听话，边从楼梯上往下走边说：“姐姐回来取手指了，我们坐在这聊天呢。”

付文雅看着丈夫说：“咱儿子不会精神出了问题吧？”

“冬冬没有乱说，我看到燕子了，她刚才就坐在冬冬身边，搂着他，但是一眨眼的工夫就不见了！”大嫂一把抓住付文雅的手腕。

院子里起风了，几个人都感到脊背发凉。

宋元奎跑回房间很快又下来，他蹲下，双手扶住冬冬的肩膀：“儿子，那个玻璃瓶子呢？”

“我说了呀，刚才被姐姐拿走了。”冬冬回答道，“姐姐说她手指疼。”

“姐姐还跟你说了什么？”宋元奎又问。

“姐姐说她还会回来的，她说还会有人要死去。”

“告诉爸爸，你怎么知道今晚跟姐姐见面的？”

“是我们商量好的，姐姐那天给我瓶子的时候就说了，我们一周后的晚上见面。”宋元奎在心里大指一算，距离那天正好是一周时间。

“那你们有没有说好下次见面的时间？”宋元奎的声音都有些哆嗦。

“说好了，一周之后。”

–6–

大人通常不会太把小孩子说的话当真。宋元奎夫妇就是这样，几天过去了，生活依旧，一家人还是沉浸在丧女之痛里不能自拔。周三这天，宋元奎接到公司的一个电话，临走前他叮嘱妻子带冬冬出去散散心。

付文雅带着冬冬去了游乐场，她希望儿子在那个人声鼎沸的场所里恢复以前的调皮活泼。可是玩了一遭下来，冬冬依旧闷闷不乐。付文雅有点泄气，只好拉着冬冬给宋元奎打电话，打算带冬冬去医院看看。付文雅就在一家医院工作，宋燕死后，单位放了她一段时间的假。

宋元奎正在公司里忙事情走不开，付文雅只好挂掉电话，再看冬冬的时候，他手里正提着一把破旧的伞。与其说是破伞，不如说是伞的骨架，上面已经没有伞布覆盖，看上去黑乎乎的。

付文雅猛然明白了，这是一把被烧焦的雨伞，随即心里又是一个激灵，这不正是宋燕出事那晚打过的雨伞吗？周围人潮如织，付文雅的心里却像是跌入了冰窟窿，她觉得有一双眼在暗处盯着自己。她把冬冬拉到一边，问他："这东西哪儿来的？"

"刚才妈妈打电话的时候，姐姐给的。"冬冬说完，付文雅脸上已经没了血色，她惊恐地盯着冬冬手上的伞架。

"你姐都跟你说什么了？"

冬冬小小的身子靠过来，嘴巴凑到付文雅耳朵上："姐姐说要杀死你。"

付文雅阴云密布的脸上开始由惊恐转为愤怒，她猛地夺过那把伞，重重地在地上摔打着，全然不顾周围游客诧异的目光。伞架被摔得支离破碎，如同一具被肢解的尸体。发泄完毕，付文雅转身恶狠狠地盯着冬冬说："她想杀我？门儿都没有！"

"姐姐走了。"冬冬似乎毫不在意妈妈的疯狂举动，他盯着前面拥挤的人群，声音里充满留恋。付文雅惊愕地顺着冬冬的目光看去，人来人往，突然一个熟悉的身影回头望了一眼，尽管只是侧面，付文雅瞬间就傻了眼，那个女孩像极了死去的宋燕。

宋燕在自己眼皮子底下跟冬冬做了简短的交代，说要杀死自己的继母。付文雅越想越觉得害怕，高跟鞋碰到一个东西，随即一个东西发出清脆的倒地声。付文雅急忙俯身去看，天啊，这不是那个盛着宋燕中指的药瓶吗？

冬冬捡起来，把它抱在怀里，自言自语地说："是姐姐把瓶子给我送来了，还要继续用来装妈妈的手指头呢。"

到了晚上，宋元奎回家了，脚步沉重。他从自己的手包里掏出一张光碟，扔到了桌上。付文雅看着那张光碟，表情一下就僵住了。

“我今天没有去公司。”宋元奎靠在沙发上，眼神却盯着付文雅，“早晨那个电话不是公司打来的，是一个陌生人。”

“哦？”付文雅在对面的沙发上坐下来。

宋元奎起身让妻子跟自己进屋，打开电脑将光盘放了进去。很快，一个熟悉的路口出现在画面里，大雨中车来车往，随后一个身影下车，那正是宋燕。付文雅张大了嘴巴，屏幕上出现的居然是宋燕被电击的全过程！其实那天被扯断的电线有好几根，其中一根吐着火星子缠在了宋燕的身上，顷刻间宋燕全身发出耀目的光亮，随后倒地身亡。

付文雅把视线从屏幕上移开，看着宋元奎问：“光碟哪里来的？那个陌生人给的？”

宋元奎点头：“是一个年轻的大学生，那天他把这一切拍了下来。但这不是凑巧，而是专程等在那里。”

“什么？你是说那个大学生知道宋燕会发生意外？”付文雅惊声道。

“不，那个大学生在宋燕出事前一天曾跟她见过面。”宋元奎点燃一根烟，“他跟宋燕是高中同学，还追求过她。那个男孩说，估计就是因为这个原因她才找到的自己的。宋燕叮嘱他找个合适的位置，再找一个像素不错的手机，一定要有时间显示。从下午五点半开始朝着后来宋燕出事的路口摄像，结果就拍到了这段录像。”

“难道她的死是自己安排的？”付文雅被自己的猜测吓了一跳，继续说道，“为什么要找人把这段死亡过程拍下来？既然如此，又为什么不选择像素高一些的 DV 之类摄像器材？最后一点，又为什么要求在画面上显示时间？”

“冬冬，你怎么进来了？快出去！”宋元奎呵斥道，付文雅低头，看见冬冬正直勾勾地盯着电脑屏幕，丝毫没有要离开的意思。

“车子没有动。”冬冬说。

宋元奎本想把冬冬抱出去，听到他这句话一下愣住了。冬冬往前走两步在桌前停下，把手放在鼠标上，然后屏幕上的鼠标箭头就画了一个圈。

“车子没有动。”冬冬又说，一眼睛明亮地有几分诡异。

在冬冬画圈的地方，停着一辆货车，它在镜头里一直没有动，直到宋燕下车，一直停在路边的货车才突然发动，径直朝着不远处的电线杆撞过去。

难道说，宋燕的死是别人有计划的谋杀？

－7－

光线从高处的玻璃射下来，房间里一半处在光明中，一般隐藏在黑暗中。一个隔夜的苹果上插着一根香 烟气袅袅。床上是一幅用指骨摆成的图案，老太太眯着眼睛坐在图案前，嘴里不住念叨着什么，突然她睁开原本眯缝着的眼睛，直视着宋元奎说：“可以问骨了。”

宋元奎身子不明显地抖了一下，然后伸出手，随意抓起一枚指骨，然后迅速递给母亲。

老太太戴上老花镜，从身边拿起一个纳鞋底的锥子，三两下就把指骨两端的石蜡抠掉，随即又小心翼翼地从中空的部分里取出一张字条。宋元奎紧张极了，不知那字条上写些什么预言。

老太太借着屋外的光线，匆匆看了一眼，脸色霎时难看起来。

“妈，这上头怎么说的？”宋元奎问道。

老太太把字条完全展开，上头只有一字，“囡”。老太太盯着这个字好一会儿，挺直脊背靠回大木箱子上，她的脸重又隐藏在昏暗中。

“这囡字里面有一女，女被困于其中，这分明暗示我们家燕子活着时曾被人绑架过。而且，燕子已经死了。”

绑架？宋元奎傻眼了，可是再看老太太一脸的严肃，绝不像是在开玩笑。这次回老家问骨，宋元奎就是想知道燕子到底是生是死，没想到却意外从母亲那里获知燕子生前曾遭遇了意外。

回到市里，宋元奎没有立刻回家，而是去了一家私人侦探所，重金委托最有名的侦探调查一个人，还提供了照片。那人正是间接害死宋燕的卡车司机。按说卡车司机已经死了，再没有丝毫调查的必要，但综合那段手机视频和母亲问骨的结果，宋元奎愈加觉得女儿的死得很蹊跷。

在等待侦探调查结果的几天内，宋元奎先是带冬冬去了付文雅就职的医院，医生说孩子的精神完全正常，要他们夫妇不必太在意。

可冬冬没事，付文雅却病倒了，经常做梦，醒来总是冷汗淋漓。宋元奎问她梦到什么了，她说梦到小时候的宋燕了，赤身裸体地站在房间里。宋燕说自己很冷，付文雅走过去想要温暖她，却赫然看到宋燕的下体在流血。

“元奎，她在梦里流了好多血，顺着大腿淌下来，一直淌到地板上汇成一大滩血！”付文雅哭着紧紧抱住丈夫，“为什么会做这样的梦？是不是燕子在暗示着什么？”

宋元奎有些烦躁地推开她，说：“不要多想，梦到的事情怎么能够当真？”

终于到了约好的时间，宋元奎来到侦探所。负责调查的侦探从抽屉里取出一个牛皮纸包，宋元奎刚要伸手去拿，侦探抢先一步把它摁住了。

“宋先生，您可要做好心理准备！”宋元奎皱皱眉，把纸包拿了过来。

货车司机叫祁彧，二十三岁，孤儿，自小在福利院长大，有个青梅竹马的女朋友。宋元奎把被调查人的简介放在桌子上，又去翻看里面的照片。里面多是祁彧跟女朋友的照片，两人感情似乎很好。当宋元奎翻到其中一张时，简直不敢相信自己的眼睛，那是一张女儿宋燕和祁彧走在一起的背影照片。

“那不是您女儿，是他女朋友王果果。这么看上去，两人长得的确是很相似。”侦探说道。

宋元奎没说话，阴沉着脸继续看照片，接下来的一张照片引起了他的注意，那是祁或跟女朋友在一处街心公园拍的照片，在距此几十米的地方有一家医院，妻子付文雅就在里面上班。当年，宋元奎就是在医院看病时认识的付文雅，转眼这么多年就过去了。

“这个王果果看上去体弱多病啊。”宋元奎看到照片上，祁或的动作与其说是搂着女朋友，不如说是在搀扶着她。

“是的，这女孩子得了一种奇怪的传染病。”侦探回答道。

宋元奎突然想到，在传染科工作的付文雅很可能就是她的主治大夫。这时，他又想到一件事，就在宋燕去世前几天，付文雅的账户上少了整整二十万。一个不好的预感出现在宋元奎脑海中。

“根据我这几天的调查，祁或在死前一段时间跟王果果的主治医生来往密切。”侦探的一句话，让宋元奎重又紧张起来。

“那个医生叫什么？”

“付文雅。”侦探带着一种调侃的笑意，“宋先生，今早我收到一个包裹，上面写着要我转给您。”说着侦探从脚下取出一个包裹，推到宋元奎跟前。

宋元奎看着那个包裹，像是在看一个定时炸弹。

－8－

冬冬失踪了。

晚饭时，家中的电话响了，居然是冬冬打来的。

“冬冬你在哪里？”付文雅抢过电话，急切问电话那边。

“我也不知道在哪里，我跟姐姐在一起。”冬冬说。

付文雅现在已经对姐姐这个词过敏了，她大声吼着：“宋燕，我告诉你，你有本事来找我算账，别报复我孩子！”

电话那边传来咯咯的笑声，付文雅感到头皮一阵发紧，这声音她再熟悉不过了，宋燕习惯用手掩着嘴巴，发出这种怪里怪气的声音。

她不再说话了，神情看上去十分绝望，电话就在这时猛然挂断了。

付文雅放声大哭起来："宋燕，你为什么要这么对我？我虽然不是你的亲生母亲，这些年来对你也不薄啊！"然后她猛地愣住了，因为她清楚地听到宋元奎从鼻子里发出两声冷笑。

宋元奎把牛皮纸包里的照片取出来，用手将它们呈扇形划开，付文雅看到这些时，脸色霎时变得苍白。

"那二十万被你转到了一个账号上，而账号的主人是个叫王果果的女孩，我想你对她不会陌生吧？"宋元奎冷冷看着瘫坐在地上的妻子。

付文雅从地上站起来，在沙发上坐下来，翻了翻那些照片说："没错，她是我一个重症病人。"

"王果果的男朋友就是间接害死宋燕的货车司机。"

付文雅显然不感到意外，她挑衅似的看着宋元奎说："那又怎样？难道因为这些你就怀疑我跟宋燕的死有关系？"

"我怀疑是你雇凶杀人。"宋元奎声音简直冷到极点，"那个货车司机祁或深爱自己的女友，于是你就趁机跟他达成协议，让他撞向电线杆，然后那些电线砸落下来正好击中了宋燕。我已经调查过，那些电线并非是老化，而是之前被人做了手脚！"

"请注意，你只是怀疑，证据呢？我要证据！"付文雅也像是变了个人，歇斯底里地嚷道。

宋元奎掏出一盘微型磁带，说："这是刚才我在侦探事务所收到的包裹，里面是你跟祁或交易的全部录音。他为了给心爱的女朋友治病，选择用生命来交换你的二十万。"

付文雅的身子瞬间矮下来，喃喃自语道："没想到他还有这招儿。"说完她抬头看着宋元奎，"不错，宋燕是我花钱雇祁或害死的，我想你肯定很想知道我为什么要这么做吧？"

房间里一时安静下来。

“你以为这些年你对宋燕做的那种龌龊事，没有人发现吗？”付文雅脸上开始出现一种报复的快感，“我调查过，你的前妻根本无法生育，宋燕是你们从福利院里抱来的。后来我们认识后，你托我从医院里分期弄出剧毒药物，然后给前妻服下，并伪造成自杀现场。当时我发现自己已深深爱上你，于是昧着良心帮你做了坏事。我以为你是因为爱我才这么做的，直到有一天，我无意中看见你跟宋燕赤身裸体躺在床上，并且听到你们的对话，才恍然明白自己想错了。你杀死前妻的最直接原因，就是她也撞见了你的禽兽行为。”

宋元奎没说话，身体陷在沙发里，眼睛眨都不眨地看着付文雅。

“我曾经想过离开你，也许你并不爱我，但是我离不开你，我这一生最爱的人就是你。所以，我只能让宋燕在这个世界上消失。”付文雅掩面哭泣。

“也许宋燕并没有死。”宋元奎低声说。

付文雅抬头不可思议地看着他。

“警方最新的尸检报告已经出来，那天遭电击致死的人并不是宋燕，而是王果果。但是，这些已经不重要了。”说罢宋元奎站起身越过茶几朝付文雅冲过来，双手死死扼住她的脖子。

很快，付文雅就没了呼吸。宋元奎转身离开客厅，很快又走回来，空气里慢慢有股刺鼻的味道在蔓延。宋元奎笑着看了眼付文雅：“等下我，很快就来。”

然后他抽出一根烟，打着了打火机。

一股强烈的气流在屋内炸开，一切都结束了。

– 9 –

小屋里，光线依旧暗淡。宋燕和冬冬偎在奶奶的肩头。

就在前段时间，祁或绑架了宋燕，准备几天后实施付文雅制定的杀人计划。但这个计划不巧被祁或的女朋友王果果发现了。王果果听说宋燕这些年的悲惨遭遇后，给宋燕说了一个自己的计划，她要帮宋燕复仇。宋燕很吃惊，问她："为什么不去劝阻你男朋友也活下来？"

王果果告诉她，她的病传染性非常强，常年在一起生活，祁或早已被我感染，换句话说，祁或剩余的时间也不长了。

随后，宋燕回了趟老家，将自己的过去如实告诉了奶奶。老太太虽不是宋燕的亲奶奶，她还是被女孩的真情打动了，决意帮着宋燕一起演这出戏，编造了一个老伴临终前的预言，至于那些指骨已经做过手脚，不论宋元奎抽到哪一根，都会显示同一个字。只是她没想到，最后儿子和儿媳会是这样的结局。

那根泡在药水中的手指是王果果的，当她把瓶子递给宋燕时，宋燕知道，这条路她只能走下去，她没理由辜负一个尝遍世间人情冷暖的女孩对自己的馈赠。为了更加逼真，她将自己的钻戒取下来扔进了瓶子里。当然，手机视频里一身黑色打扮的女孩正是王果果，远处看去，跟宋燕的体型极为相似。宋燕之所以让自己的同学选择手机拍摄，有两个原因，一是担心王果果的样子被清晰拍下来，而此举的目的只是要让宋元奎发现那辆可疑的货车，然后顺藤摸瓜发现付文雅的阴谋。

当然，祁或知道那是自己的女友，也知道自己将不久于人世，在此之前他们做了一件事，将付文雅给的二十万全部捐给了城郊一家福利院。

那个暴雨的傍晚，宋燕躲在不远处看着这一幕，拨通了宋元奎的手机，与此同时，王果果也假装成在通话的样子。随后祁或发动引擎，带走了自己的恋人……

冬冬紧紧抓着宋燕的手说："姐姐，我想妈妈了。"

宋燕安慰他："爸爸和妈妈去了很远很远的地方，以后就我们两个了，要好好活……"

她身边放着那个玻璃药瓶，断指在福尔马林溶液中颠簸起伏着，像个孤独的舞者。宋燕双手把瓶子抱起来，闭上眼睛，紧紧贴在了靠近胸口最温暖的地方。

故事五　爱笑的男人

虽然李涛说他什么都不必做，但他还是对莉莎即将遭遇的一切感到好奇。麦克去了哪里，莉莎的短信内容又是什么，究竟李涛能不能帮自己摆脱困境？

何许人

绘画 076 迷魂

— 1 —

星期天，美院附近的银行里挤满学生，自动提款机前也大排长龙，喻晓东前面还有四个人。

墙上杂乱地贴着许多小广告，更高些的地方贴着两张 A4 纸，一张是银行防诈骗广告，另一张是重金悬赏通缉犯，照片足有半个巴掌大。

闲来无事，喻晓东多看了一眼。通缉犯是个男的，平头，不浓不淡的眉毛，不高不矮的鼻梁，不厚不薄的嘴唇，没有显著脸部特征，也没有表情。

喻晓东想，这种照片谁会记得，难怪通缉六年依然在逃。

喻晓东前面的两个女生嘻嘻哈哈地掏出笔，在广告上涂鸦。几道黑色的放射线围绕着通缉犯的照片，立刻有了明星演唱会招贴广告的感觉。有人在低笑，更多人看了过来，马克笔挥得更欢。喜欢恶作剧的年轻人，大多没意识过自己的所作所为可能会产生什么影响。

一分钟后，全新的通缉犯蓄着八字胡，戴黑框眼镜，三七分头，嘴角向上翘起，朝大家微笑。男生们还把旁边的办证小广告描上边，变成对话框，严肃的通缉犯变成滑稽的广告男。

周围又传来一阵嬉笑，喻晓东却盯着那个面目全非的通缉犯，愣了。

喻晓东是宅男，个头不高，也不壮，站在男同学中挺不起眼的，学妹们却都说他帅，笑起来特像二宫和也。他最大的乐趣就是玩游戏和看书，如果跟一群人在电影院里看电影也算社交活动的话，他也算合群。

在同学们的印象中，喻晓东是个有点内向却又很和蔼的人，见到人可能不太打招呼，脸上却总带着笑。他的笑，有种老少咸宜、人畜无害的亲和力。谁都不知道，像他这样的人，在大一时，曾得罪过一个女同学，差点把命给丢了。

女同学叫莉莎，她男朋友就叫麦克，莉莎身边有一帮狗腿，其中有个铁杆狗腿兼打手，叫大丫。

莉莎家挺有钱的，人不美，却飞扬跋扈，不良少女一枚。麦克老爸好像也有点背景，具体是做什么的，喻晓东至今不知。

莉莎把精心 P 过的照片发上网，想得到更多赞美，不料网友的口水差点把她淹死。有人说她整容过头，有人说她的名包是山寨货，这些还好，至少让她成了全校独一无二的话题女王。

让莉莎不能接受的，是有人把她的真名和学校在网上捅了出来。

莉莎的帖子发在全国最火的论坛上，很快恶评如潮，跟麦克的恋情也同时被爆。网友议论的风向变了，儿女这样，家长肯定是官商勾结蛇鼠一窝。莉莎老爸怪女儿炫富，停了她的卡，麦克老爸也责令儿子注意影响，跟莉莎分手。风头上，麦克只好跟莉莎假装分手，很快就有漂亮妞在他身边晃悠。大小姐一怒之下放出话来，重金悬赏，人肉这个爆料的家伙。

此人就是喻晓东。

喻晓东跟莉莎原本没有冤仇，刚入校军训时，莉莎每天请病假，其实是偷偷跟麦克约会。正巧有一次，喻晓东撞到他俩躲在男生寝室里，最可恶的，莉莎竟然用他的床单擦鞋。当众被逮后，她却不以为然，扔下两百块钱，那态度像是打发叫花子。

喻晓东并不热衷爆料之类的狗血事，他只是看不惯莉莎的做派，看到网友们对爆料反映热烈，说不出的痛快。

悬赏果然有效，有人查到爆料贴 IP，找到用户住址，经过排查，找到了喻晓东。喻晓东是蹭网发的贴，自以为安全，大难临头却毫不知情。

出事那天正好他值日，一个人在教室里扫地，忽然眼前一黑，头被麻袋罩住，手被人扭到背后捆了起来。她听到莉莎和麦克的声音，心道不好，却连哼都哼不出来。书包垫在肚子上，棒球棍猛然打在腹部，发出一声闷响，一秒钟麻木后，剧痛排山倒海般袭来，五脏六腑仿佛被震碎。不清楚挨了多少打，整个腹腔像被人连血带肉挖走一块。

“敢说出去，要你的命。”莉莎走之前叫人解开了麻袋，恶狠狠地说。

整整三天，喻晓东没敢上学，身上的痛让他彻夜难眠。妈妈忙于工作，以为一直省心的儿子只是感冒。

怎么办？性格内向的喻晓东首先想到逃避。虽然他是男生，从小到大却从没跟人打过架，靠着好成绩，高中时班上的几个差生也巴结他，考试时好混个及格。最好的逃避办法，莫过于转学，但是大学岂能随便转，就算换了专业，换了班级，只要他人在本校，就别想避开莉莎和麦克。他也不想把这事告诉别人，丢脸不说，班上的新同学们不会有人为了帮他而得罪莉莎和麦克。

沉默是不能解决问题的。痛苦地熬了一个星期，就在腹痛渐渐减轻时，他以为莉莎已经出了气，事情会慢慢过去。没想到莉莎却卷土重来，这位大小姐舍得花钱，才入校两个多月，已经跟社会上一群来历不明的流氓混在了一起，还有人为了追求她跟麦克打了一架。

两个穿着黑皮夹克的刺青男，二话不说冲进寝室，带他上了天台。有人从后面使劲踹他膝关节，“扑通”一声，他跪倒在地，头被强压着朝地上死命磕去。

“咚咚咚”，很响的三声，天旋地转。莉莎还命令那些人轮番扇他耳光，她自己则用手机把整个过程拍了下来。喻晓东紧闭着眼，恨不能立刻心脏停跳，死过去才好。屈辱的泪犹如硫酸，所过之处的皮肤吱吱作响。

莉莎临走前，当着所有人的面，朝喻晓东脸上吐了口唾沫。那唾沫像一颗子弹，重重地打在脸上，喻晓东想到了死。

– 2 –

喻晓东站在桥上，江风吹乱头发，思绪好乱。

难道只有死，才能解决问题？他只是个瘦弱的普通学生，唯一的优势就是成绩，可在大学里，成绩又算得了什么？沮丧，比脸上烧灼般的肿痛更能难受，喻晓东看着远方，江水和天际混为一色，不争气的眼泪淌了出来。

“别跳！千万别跳！”陌生的声音从桥下冒出来。

一个男人忽然跑上来，吓了他一跳。

“老弟，活着总会有希望，死了就什么都没了。”男人满头大汗，气都没喘匀。

“你是谁？”喻晓东警惕地看着这个多管闲事的家伙，只见他戴着黑框眼镜，分头，不高不矮，不胖不瘦，长得极其普通。

“我是好人。”

这答案太没诚意，喻晓东扭头就走，他的麻烦已经够多了。

那人紧紧跟着，操着蹩脚的普通话：“你死都不怕，何必怕我？”

坏人可不会说自己是坏人，喻晓东头也不回，加快脚步朝周围打量，看有没有公车。

“有困难跟我说，说不定我能帮你，就算帮不上，你说出来心里也舒服点。”男人挤出一个极不自然的笑。

喻晓东干脆跑起来，甩掉那家伙，一口气跑到桥头公交站，周围有好几个等车的人，略微心安些，这才回头。男人已经放弃了他，正在桥心飞奔，不时停下，躲闪疾驰的汽车。大桥正中，百来米开外的地方，有个女人爬过栏杆，正准备往下跳。

有人自杀？喻晓东不想看热闹，正好公车来了，他毫不犹豫地跳上车。

第二天，喻晓东逃了课，不去上课，至少可以不跟莉莎还有麦克打照面。为了消磨时间，他上了环线公车，从起点站坐到终点，足足兜了五六圈，每次经过学校，都没勇气下车。身边的乘客看报纸，喻晓东瞟了几眼，一则“见义勇为好青年，勇救自杀大婶”的新闻吸引了他的注意。

大婶婚姻失败，老公跟人跑了，生无可恋去跳江，却被人见义勇为给救了。英雄的照片上了报，正是昨天跟喻晓东搭话的男人。

报上还说，这是男青年第二次见义勇为，两个月前在公交车上，他帮人抓小偷，被小偷用刀捅了。市长亲自去医院看望，还发了五千块奖金和一面锦旗，号召大家向他学习。

原来真是好人，看来是自己误会了。李涛，这名字跟他人一样普通，喻晓东唯一能记住的就是他古怪的笑，五官扭曲，极不自然。

公车在距离学校不到二十米的地方抛锚，喻晓东不得不下车，正发愁要不要回寝室休息，一转身，看到一张别扭的笑脸。

李涛在街对面，冲他使劲挥手。

虽然打消了昨天的顾虑，喻晓东还是无动于衷，他现在害怕跟任何人打交道。

李涛见他没再逃，松了口气。他走过来，说昨天回家后，一直放心不下，看到喻晓东的校徽，知道他是这里的学生，正好今天来这区工作，就来碰碰运气。

距离学校两条街外的米粉店，味道不错，店面简陋，几乎没有学生光顾。两碗香喷喷的牛肉粉很快端上桌，店里没别的客人，老板娘愁眉苦脸地守在门口，正好方便谈话。

“今天的报上有你，雷锋大哥。”喻晓东表明知道对方身份，也知道他昨天做过的事。

“我是个推销员。”李涛自我介绍道，从包里掏出瓶洗发水，很山寨的牌子。

“你也算有点名气，可以卖车卖房，就算卖手机卖电脑，薪水也比较高。”喻晓东对洗发水很失望，对他的能力也有所怀疑。

“混饭而已，我大学没毕业。”李涛不好意思地笑笑，把话题转开，“别谈我了，谈谈你吧，有什么困难吗？”

“可以先告诉我，昨天为什么要去桥下吗，那可不是好人待的地方。”喻晓东盯着李涛的眼睛，试图看出他的心。

“其实，我是去练习笑的。”李涛犹豫片刻，说了实话。他是个先天性面瘫患者，左脸神经失调，嘴有点歪，鼓起腮帮子的话左嘴角还会漏气。因为这，工作并不好找。为治病他自学针灸按摩，每天对着镜子笑一两个小时，经常练到脸抽筋，怕室友同事嘲笑，只好跑到没人的地方练习。

“听过练字练画，头次听说有人练笑的。”对方的诚恳，让喻晓东放下了心里的石头，“其实没什么，很多工作不用笑，你也不一定要做推销员。”

“任何工作都要跟人打交道，笑容是必修技。推销员不看学历看业绩，门槛低。”李涛一本正经地说。

“我没朋友，不想笑就不笑，酷点挺好。”喻晓东不以为然。

“真正酷的人，不会想跑到桥上去哭。”李涛一语中的，那双不大的眼睛隐藏着某种力量，“冒昧来找你，你不信任我很正常。我不知道你是谁，也不知你遇到什么麻烦，只想提个小建议。”

“你说。”喻晓东很好奇，这个连自己名字都不知道的人，能提什么建议。

“我的建议就是笑。”李涛严肃起来，整个左脸就像被一只看不见的手搓揉着。

喻晓东第一次看到这样的脸，忍不住好笑。

“我是认真的。”李涛面部肌肉失控，眼中却流露出真挚的目光，“如果有人打你骂你欺负你，别怕，再痛也忍着。他们想看你哭，想你向他们求饶。不要满足他们，你只管笑。记住，笑得出来的人，总不会太被动。”

喻晓东的笑容凝固了，没错，既然一定要忍受痛苦，何必露出懦弱的一面，笑着承受，至少还有点自尊。

“人人都能笑，却不是人人都能理解笑容背后的意义。”李涛眼中闪着异样的光，有种说不出的吸引力 “如果你难过，痛苦，甚至马上就要撑不住，千万忍住，盯住对方的眼睛，朝他笑。”

– 3 –

那是喻晓东第一次正式跟李涛打交道。李涛坚持要请客，付钱时喻晓东看到他的钱包，没有一张粉红色钞票，看来他也是个穷人，这么关心自己，为什么？

跟李涛分开后，喻晓东踌躇良久，最后踏进了学校大门。还好，下午莉莎没来，翘课逛街对她来说是家常便饭，看着空座位，喻晓东松了口气，真希望莉莎全家移民别再出现。

第二天，莉莎来上课了。整整一天，喻晓东连大气都不敢喘，听到莉莎的声音，心跳就会失速。放学后，喻晓东又被带上天台，莉莎倚在麦克身上，叼着烟，冲他喷一口，呛得他咳嗽。

“跪下，给我道歉。”莉莎摆出导演的架势，晃着二郎腿，命人用她的手机录像。

“对不起。”出事至今，喻晓东还未真正道歉，他欠莉莎一个交代。只是，他没有跪。

“他居然不跪耶，怎么办？”莉莎故作惊讶地问麦克。

麦克把手一挥，两个混混儿走过来，把喻晓东按定，麦克亲自动手，用棒球棍往喻晓东膝盖后弯用力一击。膝盖发出脆响，他再次跪在地上。依然感觉屈辱，可他已经不像第一次那么茫然不知所措了。

“如果你难过，痛苦，甚至马上就要撑不住，千万忍住，盯住对方的眼睛，朝他笑。”

喻晓东想着李涛说过的那句话，他强忍着痛楚，命令自己千万别哭。整个过程也许只用了五秒钟或者十秒钟，可对他来说，这个瞬间却如一个小时那么漫长。

笑，一定要笑出来，他强迫自己牵起嘴角，肌肉僵硬，牙齿在颤抖，仿佛顶着整个世界，可他还是抬起了头。重新面对这帮恶人时，他觉得自己都要人格分裂了。身体明明是痛，却偏偏要做出完全相反的面部表情，他用尽了全身的力气，可能比哭还难看，但那绝对是个笑！嘴角上翘，眼睛半眯，脸部肌肉僵硬地扭曲。

莉莎以为自己看错了，凑近些又看了一眼，张口就骂："他居然在笑！"

"笑毛啊？"

"神经病！"

"吓傻了吧。"

众人议论纷纷。看来笑还真有点用，至少打乱了他们的心理预期，这就叫不按常理出牌吧，喻晓东有点小得意，眼中多了一丝轻蔑。

"不给他点颜色看看，不知道咱们的厉害！"麦克忽然喊道。

麦克跟莉莎交换了一下眼神，麦克坏笑着，把几个混混儿拢到一起，对他们耳语几句。麦克预感不妙，却不知会有什么更坏的事情发生。

两个混混儿捆住喻晓东的手，不让他动，麦克坏笑着把一个黑色垃圾袋套在他头上。世界沦陷在黑暗中，比肉体的疼痛更可怕的，是对即将发生的事一无所知。

黑暗中，喻晓东感觉自己的魂魄就要飞出身体，空气有限，紧张却令人呼吸加速，加剧消耗氧气含量。在极端混乱和恐惧中，他强迫自己减缓呼吸，聆听外面发生了什么。

除了嘻嘻哈哈的笑声，他连自己的呻吟也听不见，很快，更加痛苦的打击接踵来临。喻晓东也不知道挨了多少拳脚，总之到最后，所有的痛连绵成了一片，缺氧中，疼痛的传递也变得迟钝。

"你个猪脑子，我要慢慢把他搞死才解恨，而不是留下证据让他报警！"

莉莎冲麦克大吼。

喻晓东头上的胶袋被人撕开时，天台已经空无一人，他挣扎着从地上爬起，跌跌撞撞地走进盥洗室，月冷水缓解疼痛。

镜子里是一张陌生的脸，喻晓东没有哭，甚至眉头都没有皱。那些夸张的无用的表情，并不能减轻丝毫疼痛。笑得出来的人，总不会太被动。他再次想起李涛说过的话，牵起嘴角，挤出一个笑来。

原来，也不是那么难。他吐出一口血沫，把嘴对准水龙头，漱了漱口。

走出盥洗室时，天已经黑了，喻晓东像只流浪狗，瑟瑟发抖。已经过了晚饭时间，他也没胃口吃东西，去药房买了点止痛片。寝室里空无一人，其他同学不是忙着追女生，就是去图书馆自习，没人在乎他身上发生了什么。

喻晓东用颤抖的手掏出手机，按下李涛的号码，把刚刚发生的事说了一遍。

"我笑了，可能不够自然，但我真的笑了。"

"别怕，我会帮你。"

成年男人的声音带着镇定人心的魔力。如果不想那平凡得有些丑陋的脸，喻晓东几乎可以把他当成真正的依靠。

半小时后，喻晓东跟李涛在米粉店见面。

"还信任我吗？"他的声音透着不容置疑。

"我想信任你，可我得到了什么？"喻晓东压抑着怒气。

"别急，听我说。一切刚刚开始，从这个笑开始，形势已经逆转了，你打乱她的计划，她被动了。只要能坚持下去，让她继续被动，最后占上风的人绝对是你。无论他们对你做什么，以不变应万变，当他们根本不知道你想些什么，他们会害怕。"李涛像大哥那样拍了拍喻晓东的肩，他胸有成竹。

"你要杀她吗？"喻晓东仿佛见到一线曙光。

“我会在不惊动家长和校方的情况下，完美了结。”李涛的声音石头般坚定。

“我不要你白帮忙，作为答谢，你开个价吧。”喻晓东已经冷静下来，他知道天下没有免费晚餐。

李涛饶有兴趣地看着喻晓东，最后他笑了，笑得很自然，不知练习过多少次，已经完全看不出曾是面瘫患者：“我不要钱，不如，你帮我做件事吧。”

– 4 –

周末，喻晓东一大早出门，带着李涛给的地址和钱，直奔长途汽车站。

那天李涛考虑了很久，说公司请不到假，让喻晓东替他回趟老家，给亲戚送点钱，给老友送封信。这也太简单了，喻晓东觉得，更像是他怕自己欠人情，随口说的。

李涛的老家距离本市只有两个半小时的车程。

巷子很短，两间摇摇欲坠的老式平房，住着一对年近六十老实巴交的老两口。他们衣着朴素，头发花白，表情木讷。按照交代，喻晓东自称受李涛之托，把三千块交给老人。

老两口惊讶地接过钱，打量着陌生的年轻人，问李涛是谁。

李涛交代，老两口老年痴呆，把钱送到尽快离开。喻晓东转身就走。没走出几步，身后老人带着哭腔唤道：“铁蛋啊，回来。”

喻晓东回头，老太太哭着朝自己招手，那表情叫人心酸。他不知道留下来能做些什么，只好离开。

说来也怪，李涛有住贫民区的亲戚，还有住豪华小区的朋友。

那地方居然是全小区里最豪华的独栋别墅。李涛再三叮嘱，不必跟收信人见面，他只要在门外按门禁上的门铃，把信扔进院子，赶紧离开，别忘了避开周围的监控摄像头。对了，信被套在胶袋里，取出来还得带一次性手套，避免留下指纹。

进入小区前，喻晓东戴上渔夫帽和口罩，没让脸暴露在摄像头下，把信从门缝中扔进去，拔腿就跑，找个安全角落探出头去。

一个胖子走出来，见门口没人，捡起地上的信封，看看，撕开，里面掉出几张相片。胖男人一见相片就变了脸，立刻掏出手机，满口脏话地打给某人。

通常胖子都给人心宽体胖性格随和的感觉，可这个胖子却凶神恶煞。这种人怎么是李涛的老友？照片上又是什么呢？

回程的路上，喻晓东脑子里全是可怜兮兮的老人和脾气火爆的胖子。

回城后，李涛跟喻晓东见面，问起老人和胖子的反应，他照实说了，李涛很满意。

李涛告诉喻晓东，他已经有了帮助他的计划，为了这个计划，喻晓东必须按兵不动。按兵不动的意思就是保持冷静和微笑，不把受欺负的事告诉任何人，尽量忍耐。

这一忍，就是半个月。

起初喻晓东还对莉莎心存愧疚，一次又一次的折磨后，愧疚荡然无存。莉莎带着麦克那帮人，变本加厉。暴虐令人上瘾，在喻晓东挑战自己忍耐极限的同时，莉莎也在挑战残忍的极限。

几天后，李涛在网上看到一则新闻，李涛的老家发生一起恶性暴力事件，参与者是二十多个流氓。所有当事人都被抓了起来，其中一张照片上，有那个胖子的脸。

喻晓东很想问问李涛究竟怎么回事，但一想到他肯定不会说实话，只好作罢。

晚上，喻晓东躲在寝室室里看书，虽然看不进什么，但李涛告诉他，一定要在其他同学面前保持正常状态，越正常越好，如果可以，还要尽量对其他人也微笑。

寝室里没人时，就是喻晓东练习的时候，他对着镜子，一遍又一遍地琢磨着怎样笑得自然，是否需要露出牙齿，露出几颗最合适。为了达到最理想的效果，他在网上搜了许多演员的剧照，各种笑着的剧照，一一参照，模仿，反复琢磨。

喻晓东是个好学生，无论学什么，他都舍得花时间，而且格外专心，总能拿到好成绩。当某个动作重复到一定次数后，会量变引起质变，成为条件反射。这段日子里，他已经逐渐习惯靠药物抵抗疼痛，每天笑脸迎人，甚至面对麦克，也用稍嫌夸张的笑容。

迎着喻晓东的笑脸，对他也回以微笑的同学越来越多，就连老师、辅导员都对他印象不错了。在大家眼中，他是个性格内向却和善的资优生。没人了解，每天夜里止痛药效力过去后，他痛出一身身的冷汗。止痛药不能多吃，会伤脑，他只能睁着眼睛熬到天亮，红着眼爬起床，还得继续冲所有人笑。

“我一定是疯了。”喻晓东看着镜子里那张越来越纯熟的笑脸，有种多重人格的感觉，话音刚落，他又笑了。无论如何，笑总比哭好。

莉莎的人还是一次又一次地找到了他，他们把喻晓东叫出去，带到无人的天台。烟头灼热，皮肉吱吱作响，可他不哭，他盯紧在场每个人的眼睛，笑，咬着牙笑，流着泪笑。肉体越是痛苦，精神越是敏锐，他感觉到每次微笑过后，那些眼睛里隐藏的疑惧又多了一分。

莉莎想不通，喻晓东到底在笑什么，快一个月了，其他同学对喻晓东遭遇的折磨丝毫不知。受那么多罪，他既不报警，也不告诉老师，就这样强忍下去，半点也不反抗。

“你是不是神经病？”莉莎叼着烟，烟雾遮掩的面容，略显疲惫，她要的可不是这种结果。

莉莎困惑的结果，就是变本加厉的毒打。直到他们打累了，才住手。喻晓东的眼睛肿得很厉害，得用手才能撑开，他艰难地掏出手机，向李涛求救。

“大哥，我真的撑不下去了。”

“我准备好了，明天就可以动手，告诉我她的手机号码，其他的你不必知道，就像平时一样，做你自己，让大家看到你的微笑。整件事，与你无关。”

虽然隔着电话，喻晓东能听出李涛说这番话时是笑着说的，这感觉让人踏实。

－5－

这晚，喻晓东按照李涛的吩咐，照常回到寝室睡觉。止痛片开始失效，他几乎没睡着，提心吊胆地躺了一夜。这晚麦克没回寝室，他早在外头租了房子。第二天一早，喻晓东也跟平时一样，他没把晚上发生过的事跟任何人说，也没人看出他身上发生过什么。

关键的这天终于到了，喻晓东强撑着下床，同学们惊讶地问他眼睛怎么肿了，他笑着说半夜里上厕所，迷迷糊糊地居然摔了一觉。他笑容的功力已经很不错了，没人怀疑这是假话，同学还关照地帮他带书去教室，给他占位置。不知道怎么地，平日跟莉莎总是同进同出的麦克，没来上课。喻晓东注意到，快下课时，莉莎的手机收到一条短信，她看完后显得心神不宁。

放学后，莉莎急匆匆地走了。

喻晓东小心翼翼地避开同学，跟在后头。虽然李涛说他什么都不必做，但他还是对莉莎即将遭遇的一切感到好奇。麦克去了哪里，莉莎的短信内容又是什么，究竟李涛能不能帮自己摆脱困境？看李涛那么普通的样子，又只有一个人，万一失败了，被莉莎查出跟自己有关，后果可不堪设想。问题就摆在眼前，可他不敢往下想。走在学校里，尽管周围都是人，他的脸却白得跟纸一样，心跳也很厉害。

平时，莉莎家的司机会把车停在学校附近的专属车位，接她回去。今天莉莎出校门后，没朝那边走，喻晓东跟着她走了三条街，两个路口。最后，莉莎钻进一座废弃多年的小工厂。

喻晓东四下张望，没看到李涛，只好在附近找了个电话亭，躲进去偷偷观察。小工厂里没有任何动静，这一带位置偏僻，行人稀少，连的士都很少来。

喻晓东等了好一会儿，也没见莉莎出来。他不断地猜想着里面发生了什么，李涛变身冷血杀手，用绳子把莉莎给勒死，用斧头劈开她的后脑勺，给她缠上高压电全身烧焦？或者，布置一个可怕的陷阱。越想越兴奋，喻晓东恨不能冲进去亲眼瞧瞧。

大概十分钟后，一个戴口罩、穿蓝灰色连身工作服的男人走了出来。男人边走边脱衣服，走出工厂大门，工作服完全脱下，露出最普通的格子衬衣和牛仔裤。

喻晓东一眼看出，是李涛，他果然早就埋伏在此。喻晓东的出现让李涛吃惊，他谨慎地朝周围张望了一下，确定没其他人后，才朝喻晓东走来。

“她人呢？”喻晓东看到李涛身上没半点血迹，可他明明说要彻底解决的。

“我给她闻了点乙醚，砸碎几根骨头而已，放心吧，她不会来骚扰你了。”李涛擦了把汗，把工作服放进包里，工厂里一定很脏，他手上不太干净。

“她怎么会来这种地方？”知道莉莎没死，喻晓东有点失望。

“我借到了麦克的手机，给她发了个短信，要她来这里谈事。”李涛从裤兜里掏出莉莎的手机，“里边应该还存着你的录像，你处理完，给她家人发个短信，让他们来救她。最后把手机卡取出来掰碎，手机最好扔江里。”

“麦克呢？”喻晓东还是有点担心。

“他被我锁在这里边，就在莉莎旁边十米的地方。”李涛轻松地耸耸肩。

"他怎么会听你的话？"喻晓东惊讶地问。

"他很花，QQ 里全是女的，我冒充女网友，发了几张网上找来的美少女照片，他就乖乖来赴约了。"李涛微微一笑。

"你真不怕他们抓你？"喻晓东觉得这一切就像在做梦，太突然了。

"第一，我连她名字都不知道，跟她完全没交集，没有作案动机。第二，我是出名的好人，没人相信是我做的。第三，我戴了这个，她不知道我长什么样。"李涛摘下耳朵上的口罩，揉成一团，小心地揣进口袋。

虽然莉莎没死，喻晓东还是有些激动，他决定问出藏在心里许久的话："为什么帮我？"

李涛停住脚步看了喻晓东一眼，眼神亲切："你长得像我弟。"

"大哥，谢谢你。"喻晓东深深地鞠了个躬，他很想再鞠一个。

"不客气。别忘了，多笑啊！"李涛粲然一笑，非常自然，爽朗，完全看不出他是面瘫患者。

大概鼻子痒，他忍不住拿手蹭蹭，手上的污渍留下了一道好笑的八字胡："我得赶紧回公司，让同事做个时间证人。我马上要出差，在外地会换个新号码，暂时不能联系，你保重。"

– 6 –

在喻晓东的记忆中，那个傍晚有漫天的火烧云，李涛站的位置正好逆光，使得面目模糊，并不高大的体形凝炼成黑色剪影，轮廓线嵌着金边。无意中的那一抹而成的八字胡，令气氛瞬间轻松。重新戴上眼镜的他，又变成熟悉的好人大哥喻晓东的心，怦然一动。

可惜，那是喻晓东最后一次见到他。

通缉广告上写着他的真名，跟李涛差不多的大众名字。名字后面有如下介绍：性格内向沉默寡言，因患有先天性面瘫，表情严肃，从来不笑。

被通缉的原因：杀人。

他有个弟弟，上初中时岁时被流氓抢劫，经常挨打，后来自杀。流氓不满十八岁，因未成年，量刑很轻，家里有点背景，在少管所没待多久，就都保外就医出来了。某天夜里，两流氓喝醉回家，被他勒死一个，重伤一个，然后他开始逃亡生涯。重伤的那个在半年后一次群殴中被人打死，流氓家人怀疑那次群殴跟他有关，但没有确凿证据。

老人和胖子的身份，是困惑多年的疑问，通缉广告上的真相就像一根线，把这几个不相干的人全都串了起来，喻晓东忽然感觉，跟不知所踪的他心灵相通。

两位老人不是亲戚，而是他的父母，儿子遇害后他们急白了头，而他却因命案在身，只能辗转他乡，完全不敢跟父母联系。为了逃避黑白两道的追击，他谨言慎行，干些不那么正式的工作，甚至不敢去银行打款，只能托喻晓东送现金回去。

那个胖子，很可能是当年被他重伤过流氓的朋友或对头。喻晓东送去的照片可能是 PS 过的，也可能是李涛曾经拍下来的，内容足以挑拨两人关系。胖子见到照片，对那个重伤未死的流氓起了杀心，这才有了后来的群殴。算是借别人的手，报了自己的仇。

原来自己也帮了他大忙，这些年来，喻晓东一直觉得欠他天大的人情，终于可以放心了。

那年道别后，喻晓东按吩咐处理了手机里的视频，给莉莎家人发了信息，最后把手机砸个稀烂，掰碎了手机卡，扔进江里。

莉莎被家人发现时，身上四处粉碎性骨折，伤势严重，休学半年。因为事情跟麦克有着说不清的干系，双方家长势力相当，最后不了了之。莉莎后来没来上学，听说后来去了日本。麦克在一次非法赛车中，飙掉了自己的命。

莉莎休学后，喻晓东的一切都好了起来，毕竟年轻，身体很快恢复，尤其那副笑脸，为他带来了好人缘，档案上所有老师都写他好。一转眼，四年过去，喻晓东如今已是研究生在读。要不是见到这张通缉海报，那些尘封的往事，已经恍如隔世。

虽然不知道李涛身在何处，也不知他是否还教过其他人笑，在喻晓东心里，对他始终存着一份特殊的感情。会不会有人想到，性格内向的面瘫患者，可能变成笑容满面的平民英雄呢？会不会有其他人在这张广告上涂鸦呢？

喻晓东从包里掏出笔，准备在那张涂抹得面目全非的通缉广告上浓墨重彩地加上几笔，却不料被银行保安及时制止了。“小伙子，公安局的通告怎么能……”

喻晓东迎着他的目光，大大方方地给出一个灿烂的微笑，吐了吐舌头。

这个瘦小子笑起来跟变了个人似的，还挺帅。保安半张着嘴，忘了要说什么，等他回过神来，喻晓东已经消失在街角。

半个月后，喻晓东又出现在那家银行，正准备排队拿号时，一眼瞄到银行保安手里那份报纸上赫然写着“潜逃罪犯李涛终落网”。喻晓东嘴角的微笑慢慢淡了……

故事六　五行杀

浴室只有一扇门，而赵谋的老婆说，之前家里的门窗都是紧闭的，没有任何可疑的人进入。那么，凶手是怎么潜到浴室作案的呢？

紫龙晴川

绘画094迷魂

— 1 —

正是春末夏初的时节，天气也是乍暖还寒。虽然已经快到晌午，但天空却仍然晦暗不明。黄晓茵到达一方烹饪学校门口的时候，一阵冷风阴森森地吹过来，她不由得打了一个寒颤，伸手抚了抚自己的胳膊。

她大步地走着，绕过教学楼，穿过学生宿舍，最后来到了学校的放生池附近。

放生池周围早就里三层，外三层地围了一堆老师和学生。人群还嗡嗡地议论着什么，她都置之不理，漠然地拨开人群走上前去。

池子旁边的一小块空地早已被警方圈了起来，几个警员神色凝重地守着一边。空地的正中间是一个湿漉漉的大麻袋，麻袋的口大开着，里面是一具阴森森的白骨，白骨边上还散落着几块大石头。

白骨的骷髅头上有什么在闪闪发亮。黄晓茵只看了几眼，便扑了过去，眼里已有泪光闪现，嘴里哽咽地叫了声："爸爸。"

黄晓茵口中的爸爸名叫黄尊，是这所学校的老校长，十年前离奇失踪。

在江城市，一方烹饪学校可以说是家喻户晓。这是一所很有名的烹饪学校，中西餐、各类面点小吃等课程在这里都有传授，从这里走出了很多星级酒店的大厨。

说到一方烹饪学校，就不得不提及学校里一个有着特殊意义的水池——放生池。由于厨师杀生太多，为了积德，学校在校园内修了一个大水池。平时谁要是觉得自己因为杀生罪孽深重的话，就来这里放生几尾小鱼小虾，来减弱心里的“负罪感”。所以这里一直都有不少人光顾，熙熙攘攘的放生池也成了一方烹饪学校的一道风景。放生池里的鱼虾倒也争气，一直生龙活虎。

可就在昨天夜里，池里的生物死了大半，水面上泛着一大片鱼虾的尸体，余下的一些鱼虾也是要死不活，苟延残喘。

不消一会儿，原因出来了：放生池被下了毒。这也太奇怪了，是谁跟池子里的小鱼小虾过不去?

放生池已经成了厨师们的精神寄托之一，不能就这么化为一潭死水。校方召开紧急会议，研究后决定：把池子里的水抽干，重新注入干净的水，再养一些鱼虾。

很快，抽水泵开进了学校，工人们开始抽水。等到水抽完的时候，有人发现水底有一只大麻布袋。麻布袋的有些部位已经朽掉了，看来已经被水泡了很久。

麻布袋子很重，拖动的时候里面有石头的响动。困惑的工人们合力把麻布袋子拖上岸。一打开，大家都吓了一跳——麻布袋里居然是一具被大石头绑着的白骨。

工人们赶紧报警，而这个消息也像长了腿一样，很快在校园里传开了。不多时，警察迅速赶来，校领导也过来了，胆儿大的老师学生也来看热闹。

有人嘴快，说这可能是十年前离奇失踪的老校长黄尊。黄尊的老婆在他失踪后郁郁寡欢，不久也离开了人世，现在他的直系亲属就只剩独生女儿黄晓茵了。警方马上联系了黄晓茵，要她来确认死者身份，这便有了之前那一幕。

据黄晓茵讲，黄尊有严重的蛀牙，所以他安了几颗烤瓷的牙齿。而这几颗牙齿，正是身为牙科医生的黄晓茵为他安上的。她一来便看到了那几颗由自己经手安装的假牙，随即确定死者正是父亲黄尊。

黄尊失踪已经整整十年。十年前的一天，他在学校里神秘失踪，警方找了几个月，也没有结果，便慢慢放弃了寻找。学校早就换了新校长，除了黄尊的家人以外，其他人都随着时间的推移慢慢忘了这个老校长。直到今天，随着一具白骨的发现，黄尊这个名字才再次被人们提及。

验尸报告显示：尸骨上的头盖骨上、肩胛骨上等多处有骨头碎裂的痕迹，所以黄尊很有可能是被人用钝器敲打致死的。之后他的尸体被人绑了大石头，扔进了放生池。要不是昨天放生池里的鱼虾被投毒，黄尊的尸骨也许永远都见不了天日。

负责调查本案的周冲警官分析，那个投毒的人极有可能是想要大家发现池底的秘密，而这个人跟黄尊一定有着密切的关系，而且他一定知道黄尊被害的事情。

现在，问题来了，既然此人知道黄尊失踪的真相，那他为何不在十年前就报警，让真相早日大白于天下，而要等到十年后的今天？又为什么要采用这样极端的方式来让大家发现黄尊的尸体，而不是直截了当地报警呢？难道这人还有别的目的？

据调查，黄尊是个很正直的人，而且厨艺精湛。一方烹饪学校是他年轻时一手创办下来的。他在学校极有威望，对老师、对学生也很好。他生性豁达，从不与人结怨。是谁因为什么事才要这样残忍地杀害他，弃尸池中呢？

– 2 –

半个月后，放生池被重新注入水，里面又重新放养了些鱼虾。慢慢地，池子又恢复了以往的生机。

这天早晨，天刚亮，一对情侣来到池边，要把一对小金鱼放生。

女生来到池边，双眼合十，许了个心愿，才慢慢地把小金鱼放到池中，两个人看着小金鱼快乐地游走，正准备离开，女生突然“啊”地惊叫起来，用手指着水里的某个地方。

借着晨光，男生顺着女友手指的方向，看到了异常鬼魅的一幕：一个黑影慢慢从幽深的水下浮现，他的脸惨白如纸，形同鬼魅。

女生浑身哆嗦着，钻进了男生的怀里。男生安慰着女友，他壮胆望着“鬼魅”，发现他只是戴着一个白色的面具而已。但奇怪的是，面具上竟然有诡异的红色花纹，像血一样的颜色。

这是什么？难道说是水鬼？

二人都被吓到了，只能一动不动地看着那个黑影游上岸，然后迅速跑掉，只留下一道长长的水渍。

等两个人回过神来，黑影早已消失得无影无踪。女生回过头看了一眼放生池，却爆发出了更加惊恐的一声喊叫：“啊！”

水面上漂浮着一具尸体，曾经健美的身材被水泡得有些变形——这个人是学校的西餐教师，被大家称为健美先生的王泽西。

尸体的后脑被人打破了，脑袋甚至有点变形，样子十分恐怖。更为诡异的是，脑浆竟然荡然无存。

王泽西是被金属器械击破后脑勺致死的，可到底是什么金属器械呢？作案凶器在不久后被找到。

警方在池里找到了王泽西健身时用的金属球。金属球的形状与王泽西后脑上的伤口一致，上面残留的血迹也跟王泽西的血液完全吻合。

凶手很狡猾，金属球上没有留下任何指纹或者痕迹。那对情侣看到的那个所谓的“水鬼”应该就是凶手，可惜他带着面具。而情侣两人也因为过度惊吓而没有记住他的体形特征。

这是在放生池里发现的第二具尸体，由于没有绑石头，尸体发胀后浮上水面。难道这两起案件有什么联系，还是只是一个巧合？可凶手为什么要将死者沉入放生池？

在现场冥思苦想的周冲警官没有注意到，围观的人群中，几个老师相视一看，继而面色惊惶，都匆匆离开了现场。

那对发现尸体的情侣都说他们在水下看到了“鬼脸”，宁可信其有，不可信其无，才几天工夫，学校里就有了骇人的闹鬼传闻，说那水鬼就藏在放生池里，专门杀人，吸食人的脑浆。放生池也变得门庭冷落，几乎没人敢再靠近它一步，只有池里的鱼虾不知凡尘事，依旧无忧无虑地游着。

黄尊的案件还没有一点进展，这里又出了一宗命案，真是一波未平，一波又起。

据王泽西的老婆说，王泽西有一个仇家，那人以前是王泽西的朋友，姓黄名波，两人因为一点财务纠纷而反目成仇，对方更是扬言要给王泽西一点厉害瞧瞧。

从逻辑上分析，黄波确实具备杀人的嫌疑和条件，凶手使用王泽西的健身器材杀他，这说明凶手对王泽西的生活很了解，而黄波以前是王泽西的好朋友，自然很熟悉他生活起居的规律。

警方很快对黄波展开调查。

黄波是个商人，警察找到他的时候，他正在外地进货。当黄波听到王泽西被杀害的消息后，竟然哈哈大笑起来，说王泽西是罪有应得，这让前来查询的警察多了个心眼。黄波有着充分的作案动机。而且巧的是，黄波在王泽西被害的时间段内，一个人在仓库验货，没有不在场证明。

作案动机和作案时间都有了，黄波成了警方“关照”的重点，不断地有人来审讯，光是给他做笔录就用坏了两只圆珠笔。但不论警方怎么问，黄波总是那几句话，声称自己跟王泽西的死没有半点关系。

就在警方对这个商人进行严密的调查审讯的时候，一方烹饪学校又出了一起命案：教韩式点心的老师孙仲恺也死在放生池中。

虽然放生池因为闹鬼的传闻而鲜被人踏足，但有的人却不得不去那里，比如学校的清洁工。孙仲恺的尸体是清洁工大妈发现的，她做清洁时惊讶地发现放生池里有一具浮尸，胸口插着一把竹制的匕首。

这匕首还是孙仲恺老师的私人发明。他自制的一道点心——竹香肉点正是用这种匕首制作的。用新鲜的竹片做成锋利的匕首，再将新鲜的五花肉削成薄片，微微腌制，烤熟后夹入事先烤制好的薄如蝉翼的面饼中。因为肉是新鲜竹子削出来的，所以带了淡淡的竹香。这道点心曾经风靡一时，大家都对孙老师的竹匕首创意赞叹不已。然而，孙仲恺老师大概不会想到有朝一日会死于自己的发明上吧。

又一位学校的老师被弃尸于放生池中，而且凶器都是死者自己的东西。从这些相同点，警方可以推断，杀死王泽西和孙仲恺的凶手很有可能是同一人。

而这次案发时间段内，黄波还在看守所里。这样一来，他的杀人嫌疑被排除了。被释放后，他骂骂咧咧地回家了。

这个凶手对两位死者都非常熟悉，可能是他们共同的亲人或朋友。而且，这两起案件都发生在黄尊尸体被发现后不久，三人的尸体都是被沉入放生池。这三起相隔十年的案件之间必然有着千丝万缕的关联。

凶手跟那个投毒的人一定有关系，说不定是同一个人。如果真是同一个人，他为何要让大家发现黄尊的尸体，又为何在这之后连杀两人，弃尸池中？难道三个人都是他杀的，可是为何只有黄尊的尸体被绑上石头，其他两位死者身上没有呢？难道是因为时间紧迫，或者被人察觉了，不得已而为之？对，凶手在处理王泽西尸体时不就被一对情侣撞见了吗？

警方决定从黄尊、王泽西、孙仲恺三人共同的生活圈子着手调查。这是一件工作量极大的工程，需要从三位死者大量的资料中筛选出有用的信息。

而学校那边，经过了又一起命案，水鬼的传说更是甚嚣尘上，说这鬼很厉害，专吃人的脑浆，挖人的心。还有人甚至说这鬼就是老校长黄尊的鬼魂——他身前虽然善良正直，但被人杀害，尸体还被困在水池里多年。人死后如果不能入土为安，他的魂魄也不能重新投胎做人，带着强烈的怨恨就变成了可怕的厉鬼，专找无辜的人索命。所以王泽西和孙仲恺死后才会被弃尸池中，黄校长的鬼魂是要让大家都尝尝被泡在水池里的滋味。

后来，传闻越来越离谱，说即使不去池边，也会被水鬼杀害。一时间，学校里风声鹤唳，草木皆兵，人人自危。

－3－

这晚，诡异的事件再次上演。

有一个不怕死的学生跟人打赌，如果他晚上敢去放生池边溜达一圈，别人就请他吃一个月的大餐。这人胆子也真大，晚上竟然大摇大摆地拿着手电筒溜达到了池边。但他做梦也没有想到，在放生池边上，竟然会看到如此诡异的一幕。

借着手电的光，他看到一个白衣服的幽灵在放生池飘荡。幽灵发出呜呜的哭泣声，十分恐怖。奇怪的是，他居然一边哭，一边在烧纸钱。红色的火光在风中摇晃着、跳动着，他那白色的身体更显得鬼魅。

即使再胆大的人也会被这副情景吓破胆，他被吓得魂飞魄散，一路尖叫着跑回宿舍，身体一个劲地发抖，却说不出话来，把室友们都吓坏了。过了好久，他才能勉强说话，这才打着哆嗦把他刚才所见的事情告诉室友。室友们听得一愣一愣的，他们不太相信，但看到他苍白如纸的脸，这才半信半疑。

第二天一大早，宿舍的一大帮子男生就一起来到了恐怖的放生池边，想看看这里有什么诡异之处。昨晚那个男生说什么也不来，他大概已经被吓破胆了，现在还躲在被窝里打哆嗦。当大家到了池边后，惊讶地看到地面上竟然真的有纸灰。真的有幽灵在这里烧过纸钱，他在祭拜谁呢？难道在祭拜化为水鬼的黄尊的鬼魂？

这件事很快传了出去，学校里又是一番骚动。

有几个老师提议为校长办一场隆重的法事，希望能平息鬼魂心中的怨气。而有的学生也因为恐惧，不顾学校的规定，开始在宿舍门上挂一些符咒或风铃等物件辟邪。对于这些“歪风邪气”，学校破天荒没有明令禁止，破例睁一只眼闭一只眼。

然而法事符咒这些东西好像都不能阻挡鬼魂的疯狂索命。就在校方请了寺庙的和尚来学校办法事的那天晚上，一方烹饪学校又出了一起命案。

出事的是教泰式菜的老师赵谋。

赵谋四十多岁，家里有老婆、一个乖巧懂事的女儿，一家三口过得也算幸福。这天晚上，他约别人打羽毛球，回家之后，他放了满满一浴缸的水，想好好泡个澡。

他半躺在水里，正闭目养神，突然觉得有什么滑溜溜的东西滑过大腿。他低头一看，差点把胆子吓出来：水里面有一张青白的脸，眼睛的部位是两个大大的黑窟窿，脸上染满了鲜血，十分恐怖。他刚想站起身子来，一个插头从他背后丢了进来，他只来得及“啊”地大叫一声，就倒下了。

赵谋的老婆闻声赶来，他已经昏迷了。

在医院的抢救下，赵谋苏醒了，气息微弱的他惊魂未定地向家人讲述了在浴池里的惊魂遭遇。虽然他曾经苏醒过，挣扎过，但最终因伤势过重而没有逃过死神的魔掌。

警方在案发现场的调查取证，确定此案跟前两桩案件的凶手是同一个人。不例外地，现场也没有留下什么作案痕迹。浴室只有一扇门，而赵谋的老婆说，之前家里的门窗都是紧闭的，没有任何可疑的人进入。那么，凶手是怎么潜到浴室作案的呢？难道他在赵谋一家回去之前就已经潜入其中，偷偷地埋伏在某个地点，伺机作案？

已经死了三个老师了，警官周冲心里有一个很强烈的感觉，凶案并没有结束，凶手还会再行动。他梳理着自己的思路，仔细地分析着这一系列案件，试图找出一点共同点。他敏锐地感觉到，尽管凶手每次作案使用的凶器都不一样，但是作案手法很一致，都是把死者自己的东西当作凶器，谋害死者。王泽西死于自己的健身金属球，而孙仲恺死于自己发明的竹制匕首，赵谋死在自己家里的浴缸里。

很明显，这是一桩连环谋杀案，一般会这样犯案的凶手都极其自信，案件与案件之间总有什么联系，只要找到了这些联系，说不定就可以解开连环杀人案的谜团。可是，这几起案件之间究竟有什么联系呢？周冲百思不得其解。

－4－

结束了在赵谋家的调查后，周冲开着警车回警局。

外面狂风大作，黑压压的乌云压得很低，似乎一伸手就可以揪一朵下来，空气闷热而窒息，这是暴风雨的前兆。

警车经过一个红绿灯的时候，周冲将车停了下来。行人们匆匆地在人行过道上走着，这些人当中，一个穿着大布褂的人特别显眼。他梳着一个高高的发髻，留着长长的胡须，一手举着一个牌子，上面是一个太极乾坤，一手拿着一把折叠式凳子，一看就知道是个算命的术士。

看着那个圆圆的太极乾坤，周冲不禁想到，这人说不定还真是一个道士，用道学来给人算命赚钱。中国的道学中，把世间万物分成五个属性，就是传说中的五行。

五行！

电石火光之间，这几个词在周冲脑海里闪过，然后，他嘴角浮上了一丝激动的笑容。

不就是五行吗？王泽西死于自己的健身金属球，而孙仲恺死于自己发明的竹制匕首，赵谋死在自己家里的浴缸里。三个死者分别是死于：金属器械，也就是金；竹制匕首，也就是木；浴缸，也就是水，将他们置于死地的元素不正是金、木、水吗？

五行包含金木水火土，如果推断准确的话，凶手正是按照五行来选择凶器杀人。金，木，水，这顺序也是惊人的一致。如果真的是这样的话，那应该还有火和土，也就是说还有两个人要死于火和土。

周冲警官为自己的推断惊心不已，凶手跟这些人到底有什么仇？要痛下杀手，而且一连杀掉这么多人。而这三位死者，也许将来会不止三位，他们又是因为什么事情会得罪同一个人呢？

警车开到半路的时候，一道明亮的闪电滑过漆黑的夜空。周冲的手机突然响了，拿起来一看，是一个陌生来电。他停了车，接通了电话。

电话那边是一个异常颤抖的女声，她极度恐惧地说："我……我知道凶手是谁。"

"轰轰"地一声响，炸雷响过。周冲在夏雷的轰鸣中听到那个人用近乎癫狂的声音说："是死去的老校长黄尊的鬼魂！他……他来找我们报仇了。我们……我们……每个人都跑不了。"

周冲的心开始狂跳，他能识别出这人的声音，这个人他见过，是一方烹饪学校的老师，教日系糕点的林欣雅。

"林老师，到底是怎么回事，他为什么要找你们报仇？"周冲压制着心里的兴奋，尽量平静地问道。林老师一定知道某些不为人知的事情，而这些事情正是解开这一系列凶杀案的关键。

"是我们的……"林老师带着哭腔，想告诉周冲真相，可才说了几个字，声音就戛然而止。

"林老师？林老师？"周冲焦急地叫道，回答他的只有电话被挂断的嘟嘟声。

不好，要出事了，周冲赶紧调转警车的方向，忙往林家而去。

然而，已经迟了。

林欣雅不知道电话怎么会断掉，或许是天气原因。她连忙按"重拨"，电话却没有声音了。想起之前三位老师的惨死，她心里"咯噔"一下，不安的感觉在心头蔓延，让她直冒冷汗。

外面风雨大作，林欣雅关了窗户，将肆虐的风雨挡在窗外。她打开了卫生间的灯，走近洗漱台，想拧开水龙头洗去脸上的冷汗。水龙头拧开了，可是流到手上的不是水，而是一种黏黏的液体——黑汪汪的紫油。她惊恐地大叫一声，难以置信地看着自己黑乎乎的手掌。

几秒钟之后，只听见"嘭"地一声响，灯泡突然爆炸了，房间立刻陷入一片黑暗之中。碎掉的玻璃碎片四处横飞，她只觉得自己的脸颊火辣辣的疼，有温热的液体流出来，不用看，她也知道那是什么。

片刻，有火苗"呼"地从水管边烧了起来，以极快的速度蔓延。她急忙跑到门边，想打开门逃离。在转动门把手之后，她陷入了绝望，门被反锁了。从猫眼往外面看，外面是一张青白的脸庞，赫然是死去多年的老校长黄尊。

林欣雅惊恐地后退几步，嘴里大叫着："黄尊，你不要找我复仇，我是被迫的！我也不愿意的，救命啊，救命啊……"肆虐的火苗很快吞噬了这个女子的身体，淹没了她的声音。

周冲赶到的时候，林欣雅的宿舍已经被烧了七八成儿。警方从烧焦的房间里找到了林欣雅的尸体——她已经被烧成了一团黑炭。

经检测，宿舍的电话线被掐断了。现场残留的灯泡玻璃片上涂抹了白磷，只要灯泡被打开，升到一定温度，白磷就会自燃，灯泡因为里面的空气膨胀而爆炸。再加上凶手事先在水管里注入的紫油，灯泡一爆炸，整个宿舍就会着火。

林欣雅一个人住在学校的单身宿舍里。今晚又下着暴雨，外面雷声大作，她这样被反锁在宿舍里，呼救的声音也会被雷声掩盖，所以，她被活活烧死了。

周冲想到林欣雅死前来的那个电话，难道凶手是怕林欣雅吐露什么重要的线索才杀人灭口？不对，凶手布置这些应该是在林欣雅回家之前，他极可能躲在暗处，伺机作案。可能是听到林欣雅打电话的时候，他怕泄露什么才掐断了电话线，之后再悄悄离开。有哪个女人晚上会不用浴室的呢？林欣雅打开了浴室灯，就这样踏入了死亡的陷阱。

五行的推断应验了，林欣雅正是死于五行中的火。现在，只差一个土了。这个“土”又会是谁呢？凶手又会采用什么样的手法杀人呢？

周冲觉得头很痛，当警察这么久了，第一次碰到这样棘手的连环凶杀案。明明知道还有一个人会被谋杀，但是案件却几乎没有进展，他感到一股前所未有的压力。

–5–

周冲正暗自伤脑筋，他的手机又响了起来，是警局的电话，同事小张说局里有一个中年人在等他，说是有要紧的事情。

周冲赶紧回到警局，走进办公室，他发现有个人焦躁不安地坐在椅子上。他浑身都湿透了，水珠滴滴答答地落到地板上，样子十分狼狈。

看到周冲回来了，这个人立马从椅子上站了起来，一张脸上全是焦虑。这个人不是别人，正是一方烹饪学校的现任校长方天。

“方校长，您有什么急事吗？怎么出来不带把伞啊？”周冲疑惑地说。

方天并不回答，欲言又止的样子，周冲明白了，他把方天带到了自己的办公室。刚一关上门，方天“扑通”一声就跪在了周冲面前。

方天声音颤抖地说：“周警官，求求你，救救我！”

周冲着实吃了一惊，他赶忙把方天扶了起来，问：“这到底是怎么回事？”

方天慢慢地坐回椅子上，全身发抖，不知是因为害怕还是淋了雨冷的，他哆哆嗦嗦地说：“你……你们警方一定要保护我啊！我害怕……”

周冲心里更加疑惑了，好好的，方天怎么会来要求警方保护自己呢？

“方校长，你好好说说，这究竟是怎么回事？有谁要害你吗？”

方天的脸上闪过犹豫、惊慌、恐惧等一系列表情，最后他咬咬牙，说：“黄尊的鬼魂回来找我们了，他要找我们报仇了，现在他们四个都死了，只剩我一个了。”

“鬼魂，四个？”直觉告诉周冲，方天接下来要说的话将至关重要。他压住心里的激动，用温和的语气说，“方校长，有什么事，你好好说，别怕，有我们在。”

方天的情绪这才稍稍平复一些，接下来的时间里，他讲述了一个惊天秘密。

十年前，老校长黄尊要裁去四个老师的职务。这四个人就是之前被害的四个人：王泽西、孙仲恺、赵谋、林欣雅。他们身上都有污点：王泽西身为老师猥亵女学生，孙仲恺和赵谋滥交社会上不三不四的人，而林欣雅私自收受学生家长的红包。这些不齿的行径让黄尊深恶痛绝，正直的老校长要将他们革职。

这四个老师也不是省油的灯，他们暗中找到当时还是副校长的方天，贿赂了他，让他帮忙说服老校长，别让他们的恶行败露。但黄尊根本不听方天的劝，铁了心地要革他们的职，并不打算遮掩“家丑”，还要把这些为人师表者的所作所为公之于众。这下，彻底激怒了他们四个，他们趁黄校长不备，敲开了他的办公室。黄尊打开门后，还没说上半句话，就被从阴暗处一拥而上的四个老师绑住了手脚，堵上了嘴。

四个老师用了五刑，也就是金、木、水、火、土五种手段残忍地折磨老校长，要老校长收回撤职的决定。整个过程漫长而痛苦，但是老校长并不屈服。最后，发狂的四个人失去了理智，乱刀捅死了老校长，然后趁夜深人静，将他的尸体绑上石头，塞进麻袋，丢到放生池深处喂鱼。

作为帮凶的方天一直在旁边冷眼旁观，他只是没想到他们会杀死老校长。但木已成舟，他已经没有办法，事情败露的话自己也逃不了关系，他只好保持沉默。更何况老校长“失踪”以后他当上了校长，所以就更没有理由揭穿他们了。

十年后，因为养生池的鱼虾被毒死，老校长的尸骨从水下浮出。而这之后，四个当年参与谋杀校长的老师都先后被杀死，方天开始惶惶不可终日了，唯恐自己也被黄尊的鬼魂杀掉，而且也实在受不了良心上的折磨，这才来警局自首。

说完这一段尘封往事，方天颤抖地问周冲："警方应该会保护我的吧。我现在每天害怕得都不敢睡觉，怕一睡着，就看不到明天的太阳了。我好怕，周警官，你们会保护我吗？"

周冲淡淡一笑，有点漫不经心地说："这世界上哪有什么鬼怪？方校长你太多心了，我们警察可不会抓鬼。"

"什么？"方天绝望地叫道，脸都变成了死灰色。

送走了方天，周冲的脸上竟然露出一丝奇怪的笑，那是一种稳操胜券的表情。

－6－

方天有晨跑的习惯，每天早晨，他都会绕着自家房子后面的田间跑步。他住在郊区，这里环境清幽，很适合晨跑。

他身边发生了这么多事，却没有改变这个晨跑的习惯，或许这是他舒缓压力的一种方式。

这天，他照例晨跑。当跑到一个花坛边的时候，脚下突然一软，"扑通"一声，他跌进了一个"突如其来"的坑里。当身体急速下坠时，方天才醒悟过来，这是有人设下的陷阱。

这个洞有一人多高，方天掉下来之后，只觉得脚底一阵疼痛。借着洞口的光，他看到洞底是一排密密麻麻的钢钉。长长的钢钉穿过鞋底，扎进了自己的脚底。

心底升上了一股不好的预感，他的脚受了伤，无法爬出洞去，只好大声呼救："救命啊，救命啊！"

一个人影突然出现在洞边，他戴着一张狰狞的面具，面具上满是红色的诡异图案。面具人俯视着洞里的方天，用低沉黯哑的声音说："你就是叫破喉咙也没人听得到，这么大清早的，谁会到这里来？”

他阴阴地笑着，拿出一把铲子，开始挖土，把土劈头盖脸地往方天身上泼。转眼间，方天的眼里、嘴里都钻进了土，他暗叫一声“不好”，这是要被活埋啊，不由扯着嗓子大声求救，但他心里很清楚，这个时候，有人听到他救命并伸出援手的机会微乎其微。

但“奇迹”还是出现了，几个矫健的身影一跃而起，将面具人摁倒在地。让方天意外的是，来人竟是周冲和几名便衣警察。

在警局里，凶手的面具被强行拿掉。张牙舞爪的面具下面，是一张年轻清瘦的脸。看着这个眉清目秀的年轻人，谁也不愿意相信他就是制造了这一系列凶杀案的凶手。

方天已经被救了上来，此刻，他坐在办公室的椅子上，一身的灰尘，样子十分狼狈。凶手一直用眼睛恶狠狠地盯着他，盯得方天心里一阵发毛。

从被抓到那一刻起，凶手就没说过一个字。

周冲倒也不急，只是指着方天说：“我们早就料到你的下一个目标是方天，所以我们暗中保护，引蛇出洞。”

凶手嘴角浮现出一丝淡淡的笑，那是一股轻蔑的笑，他依然不说话。

不久，黄晓茵赶到警局，当她看到凶手酷似父亲黄尊的眉眼时，禁不住热泪盈眶。

“弟弟。”黄晓茵轻轻地叫了一声，声音有点颤抖。

凶手的身子震了一下，瞪大了眼睛：“你……你知道我。”

“我知道。”黄晓茵咬咬嘴唇，声音低沉而苦涩，“虽然爸爸一直把你跟阿姨藏得很好，可是，我跟我妈妈都知道。爸爸失踪以后，你跟阿姨也失踪了。可你为什么要做这些残忍的事？就算那些人害死了爸爸，也应该由法律来惩罚他们，你为何要用这样偏激的手段呢？”

黄晓茵心痛地看着自己同父异母的弟弟，一声声地质问他。她的声音里有一丝责备，更多的是关爱，是无法给予的关爱。

凶手的肩膀抖动起来，幅度愈来愈大，不知不觉中，他开始抽泣，泪水仿佛开了闸的洪水，一发不可收拾。他伏在黄晓茵的怀里，号啕大哭。

在哭声中，他交代了自己所做的一切。

原来，凶手是老校长的私生子，叫黄家树。他母亲董月是黄尊的初恋，只因双方家长反对，二人最终没有走到一起。黄尊结婚后，董月一直没有再嫁，而是去了外地打拼。黄晓茵三岁那年，董月回到故乡，与黄尊见了面。二人的感情还在，一来二往，最后越过了道德的底线，偷偷在一起了。黄尊的妻子不久后就知道了，但是为了黄晓茵和这个家庭的完整，她选择了沉默。不久，董月就为黄尊生了个儿子。

黄尊很疼爱这个儿子。一次，九岁的黄家树吵着要去父亲的学校玩。黄尊拗不过他，只好偷偷地把他带到自己的办公室玩。

那天正是黄尊遇害的日子。

当方天来敲门的时候，黄尊让黄家树躲到桌子底下，黄家树的身份是不能对外人公开的。小家树很懂事，一直乖乖地躲着，没发出一丝声响，所以他目睹了几个老师行凶的全部经过。小家树拼命捂住自己的嘴，不让自己哭出来。他发誓，一定要为自己的父亲报仇。

十年过去了，但这一幕幕血腥的场面一直在他的脑海里回荡，仿佛是一段循环播放的视频片断，怎么都擦不去。他知道，从那一刻起，自己的人生目标就只剩下复仇，如果不能为父亲报仇，他这一辈子都不会忘掉那可怕的画面，一辈子都要受到良心的谴责。

黄家树长大了，就开始了自己的报仇行动，他要以其人之道还治其人之身，让那几个恶棍在恐惧和不安中到另一个世界。

报仇的第一步就是毒死放生池的鱼，让父亲的尸骨浮现，同时也向凶手发出复仇的信号。

他之所以用金木水火土的方式杀人，是因为父亲是被“五行杀”害死的。还有，老校长黄尊对金木水火土五行最是懂得，而且融入了教学当中。他对五行的运用简直到了出神入化的地步。比如农家豆腐适合用属“木”的豆腐杆子烧，才好吃，而叫花鸡要用上好的黏土烧制才能香气四溢等。

黄家树不想直截了当地杀死这些仇人，他要给这些还活着的凶手制造恐惧，让他们知道自己将死于什么方式，让他们在极度惊恐中结束自己沾血的一生。当然，鬼脸、幽灵等一切诡异事件都是黄家树自己制造出来的，他要让凶手们饱受煎熬，生不如死。

真相大白于天下，事情败露的黄家树说自己甘愿接受处罚。他恨恨地望着方天，咬牙切齿地说他最遗憾的是没有亲手杀掉方天。

周冲看着这个被仇恨蒙蔽了心智的年轻人，沉重地说："方天自有法律惩治他。你有没有想过，被你杀害的这些人，他们有亲人、孩子。你把他们杀了，他们的孩子将来也可能会回来找你报仇。这不是恶性循环吗？冤冤相报何时了！"

冤冤相报何时了，这几个字让黄家树醍醐灌顶，从仇恨中苏醒了过来。可是，一切都晚了。

故事七 恶作剧

火柴是否是凶手塞进林美瑶咽喉里的？如果是，用意是什么？挑衅、预示，还是赤裸裸的变态行为。

王 珂

— 1 —

K 大，傍晚的云像飘在远方的一只帆船，渐渐远了。陈果跟好友林美瑶来到 K 大游泳馆打扫卫生。打扫任务是级部里统一安排的，再由班主任老师按照寝室分配任务。本来今天打扫游泳馆的任务是分配给陈果所在的 402 寝室的四个女孩子，但有个女孩子发高烧，另外一个女生陪她去了校医室。这样，打扫游泳馆的任务就落在了陈果和林美瑶头上。

游泳馆并不脏，只要拖拖地就行了，两个女孩子倒也没觉得什么，一起说说笑笑，时间很快过了六点半。

“我饿了，林美瑶，你饿了吗？”陈果提起拖把往地下一立问道。

“嗯，有点。天黑了，这游泳馆里还挺阴森。”林美瑶答道。

陈果瞧了瞧空荡荡的游泳馆，觉得后背有点凉飕飕：“打扫差不多了，收拾工具，咱们走吧。晚点还得去校医室给王丹送饭呢。”

陈果接过林美瑶手里的拖把，来到游泳馆的洗澡间，洗澡间旁边是储物室，陈果将用具一股脑扔了进去，突然听到洗澡间里传来了淅淅沥沥的声音。

不会吧，这个时候游泳馆里还有人？洗澡间的灯忽的有些昏暗起来，陈果大声问：“有人在吗？”

只有淅淅沥沥的声音，陈果双手握在胸前，原来是洗澡间最里面的一个水龙头没有拧紧，在滴水。

“呼！自己吓自己。”陈果拧紧了水龙头，出了洗澡间。

游泳池旁不见了林美瑶，方才她明明说在这里等自己的，难道她先走了？可林美瑶不是一个做事马虎的人，就算有事先走，也会同自己说一声。陈果在游泳馆里找了一遍，几个休息室里都没有，洗手间里也没有，林美瑶去了哪里？陈果又听到了一阵淅淅沥沥的声音，不由自主地看向洗澡间。

陈果重新按亮了洗澡间的灯，昏暗的灯光洒了下来，像一种阴森的传递，让陈果头皮发麻。水龙头断断续续淌着水，就是刚陈果拧紧的那个水龙头。陈果一圈圈将水龙头拧死，再也拧不动了，她才松开手。这时，一个影子飘了下来，吓得陈果抱着脑袋缩在墙角，好一会儿，才抬起头。

只有一块在地上的帘布，帘布落下来的影子吓到了陈果。

泳馆里确实挺阴森的。

不久前林美瑶的话在耳边萦绕，而现在只有自己一人，陈果感到后背冰凉，她决定先离开这里。陈果暗暗祈祷林美瑶不要出意外，但或者是自己多心了，说不定林美瑶真有事走了，只是走得太匆忙没有同自己说。

几分钟后，陈果发现游泳馆的门从外面锁住了。陈果愣了一会儿，想到了窗户，但窗户怎么也打不开。陈果拍打窗户，希望路过的人可以发现她。但游泳馆地处 K 校偏远地方，这附近没有寝室楼、教学楼，只有一个小礼堂和一大片人工湖，这个时间里，几乎不会有人过来这边。

陈果没有带手机，她感到有些绝望，浑浑噩噩地来到休息室，缩在长椅上，陈果只能寄希望于离开的林美瑶了，她发现自己不见后，可以来找自己。

但很快，一个荒唐可怕的念头出现在陈果脑海里，如果林美瑶没有离开这座游泳馆，又该怎么办？

陈果又饿又渴，她从饮水机里接了杯水喝了，然后在长椅上睡着了。

她做了一个冗长而又恐怖的梦，梦到有一双眼睛盯着自己，只见鲜红色的血从眼睛里滴落，像是一个个红色玻璃球在地上摔得粉碎。

窒息感来了！像被人扼住喉咙，陈果猛地睁开眼睛，发现自己还躺在休息室里。门口，陈果瞅见了一个形似幽灵的影子，一闪而过。

陈果也不知道哪里来的勇气，她飞奔了出去。

幽灵不见了，陈果错愕地发现自己竟然又来到洗澡间，那有些熟悉而绝对让她惊悚的声音再一次从里面传了出来。

淅淅沥沥，像春天来时滴落的细雨，温柔却让人无法捉摸。

陈果听着自己低沉的呼吸，她可以确定，这一次洗澡间里全部的水龙头都拧紧了，那滴水的声音又是从哪里传来的?

陈果走过洗澡的一个个隔间，没人，没人，还是没人，只剩下最后一个隔间了，陈果的心跳明显加速起来，瞬间拉开帘布，一个硕大的黑色人头在里面死死地盯着陈果。

人头双眼凸出，布满了血丝，舌头伸了出来，就像要舔陈果一样。

“啊！”陈果尖叫！

几乎同时，撕心裂肺的惨叫声也从泳池那边传来，林美瑶！

陈果冲出洗澡间。泳池里，林美瑶的身体浮浮潜潜，眼珠子凸出望着上面，脸色铁青，没多一会儿，她沉到了水里。

游泳馆的门开了，两个少女蹦蹦跳跳地跑了进来，手里面提着一个蛋糕。是陈果的另外两个室友，王丹和梅甜甜。

当两人目光从惊魂未定的陈果脸上转到水池里时，又是两声凄厉的惨叫。

– 2 –

K校，陈果面无表情地瞧着在办公室里的两位室友，警察也来了，K

市刑警大队的副队长欧阳鸣，目光犀利的徘徊在三个女孩脸上，最终点起一根烟。

“其实今天是陈果的生日，我们三个人商量好了给陈果一个惊喜，我同甜甜假装生病没来打扫游泳馆，给陈果买生日蛋糕，林美瑶留下来。游泳池的大门是我跟梅甜甜悄悄锁起来的，但也只是想给陈果一个惊喜。”王丹抿了抿嘴，“至于洗澡间里的假面具，是林美瑶非要恶作剧，吓吓陈果，所以她事先藏好了一个假面具，等生日庆祝会时戴出来吓陈果。我们也不同意她这样做……真的只是恶作剧，谁会想到竟然……发生了这样的事！”

王丹说完，梅甜甜惊慌失措地点头：“就是这样，王丹说得是事实。”

欧阳鸣走到陈果面前，耳边传来欧阳鸣富有磁性的声音，让陈果微微有些走神：“林美瑶出事时，你在哪儿？”

“我在洗澡间。”陈果答道。

欧阳鸣继续问道：“你去那儿干嘛？”

陈果抬起头，同欧阳鸣眼神对上，然后说：“我感觉有人在偷窥我，所以当时追了出去，追到洗澡间时，却没有找到人。”

“你的意思是，游泳馆里除了你们两个人外，还有第三人。”

“我不知道。”陈果面色苍白。

“你方才说，林美瑶突然不见了，然后你找过她，但始终没有找到？”欧阳鸣很快掐灭了烟头。

“是。”

“你确定所有地方都找过？”

“不确定，游泳馆很大，但我真的找过了。”

欧阳鸣同班主任曹煌老师嘀咕了几句，然后转身离开了。曹老师走了过来对陈果说：“你脸色很难看，先回寝室休息吧。”

陈果走出办公室，梅甜甜跑过来拉住陈果的手：“陈果，你很害怕吧，我也害怕极了，林美瑶死得太惨了。”

陈果没说话，王丹拉过梅甜甜，冷冷道："别理她。"

"为什么？"

"林美瑶怎么死的，真是自己失足落入泳池里淹死的吗？"王丹眼神变得古怪，"即便是这样，为什么有人可以救她，却不救她。"

陈果沉默了许久，才轻轻吐出几个字："我……害怕水。"

学校以低调的方式掩盖了一名花季少女殒命的消息，没几天，林美瑶的父母来到学校，他们带走了林美瑶的遗物。陈果望着林美瑶父母老泪纵横的面庞，心里说不出的难受。

而接下来的消息更令陈果的精神几近崩溃，13 日下午，班主任曹老师找到陈果，然后告诉了陈果一个震惊的消息。

曹老师透过厚厚的镜片，看着陈果说："法医经过鉴定，确认林美瑶在死前头部受过重物袭击，留下了明显的伤口，而颈部也有伤痕，属于绳索捆压留下的淤青。也就是说，林美瑶不是失足落水，而是被人杀死的！你好好做下准备，最近几天，警方可能还会来找你。"

听到这个消息，陈果整个人都蒙了，曹老师看着双眼空洞的陈果，安慰了她几句，最后也只能是叹息一声。

寝室里，陈果刚一进门，王丹就将书狠狠地砸在桌子上："林美瑶怎么可能淹死，她初中时还拿过全市游泳比赛的第三名，会这样被淹死？是有人想让她死吧！"

王丹也好像知道了林美瑶死于他杀的消息，陈果心里难受，她能理解王丹。王丹、梅甜甜和林美瑶从初中、高中都在一个班里，她们是同学，更是好朋友。

"王丹，别说了。"梅甜甜劝着王丹，她眼圈红了。

"我去洗澡。"陈果不想面对两人，收拾了洗漱用具来到梳洗间。热水淋在身上，内心里仍旧是冰冷的一片。

警方的调查结果证明林美瑶是死于他杀，很有可能就是自己看到的幽灵，但会是谁呢？为什么要杀林美瑶？他还会不会继续行凶？

陈果闭着双眼淋浴，突然感到背后发凉，她匆忙地睁开眼，看到梳洗间门口出现了一个人，双眼凸出，舌头伸出，这人戴的面具同游泳馆恶作剧时是一模一样的。此外，他手上竟然还有一把刀。

“谁？”陈果大声喊，“你想干嘛？”

假面人不说话，高举着刀就要刺陈果。陈果慌忙躲避，但手腕还是被刺破了，火辣辣的灼热感让陈果生出了一股力量，她推开了假面人，大声呼救。

假面人眼看行凶失败，转身逃跑了。几分钟后，王丹和梅甜甜，还有隔壁寝室的人都来了，她们看着满手鲜血的陈果，惊恐地说不出话来。

14 日早，陈果伤口有些感染，去校医室进行治疗，K 市刑警队的欧阳鸣找到了陈果的班主任曹煌，说出了接下来警方的安排和布置。

“要对陈果进行保护，也对，陈果的伤兴许就是凶手干的，小心点好，不能再出意外了。”曹煌说。

欧阳鸣离开了曹煌的办公室，在走廊上望着校园。自己离开校园多年，此刻静静地看着窗外的世界，不由有了几分怀念。平静和快乐是应该属于这里的东西，但现在已然有了一片笼罩在平静校园上空的死亡阴霾，而这阴霾下，可能还会有学生成为受害者。

欧阳鸣觉得脑子有点大，他倏然想起了法医从死者喉咙里取出的东西，那是一截被弯折成九十度的火柴。

火柴是否是凶手塞进林美瑶咽喉里的？如果是，用意是什么？挑衅、预示，还是赤裸裸的变态行为。欧阳鸣无从得知，他想到了那名叫陈果的女学生眼神里躲避的东西，她在恐惧，可她到底在恐惧什么？

许久，欧阳鸣握着手里的资料，长长地呼出一口气：“终于知道她在害怕什么了。”

校医室病房里，陈果看到一个高大男子出现在病房外，用心想想，陈果就明白了，这是派来保护自己的警察，也许还监视自己。

“吱呀”！房门开了，梅甜甜来了，她带来了午饭。

“陈果，有你喜欢喝的南果粥。”梅甜甜放下饭盒，开始给陈果盛粥。

陈果望着梅甜甜：“甜甜，你也觉得是我害死了林美瑶吧。你来照顾我，不怕我也害了你？”

梅甜甜身子缩了缩，随即摇摇头：“我相信你是无辜的，所以不害怕。”

“谢谢你。”陈果接过南果粥，鼻子有些酸。

—3—

14 日，深夜 11 点。

曹煌翻来覆去睡不着，总觉得有东西压在胸口，让他坐立不安。他干脆坐了起来，打开窗户，点上一根烟，倏然，他看到公寓楼下的小树林里有一个熟悉的身影。

她？

曹煌想了想，穿上外衣下了楼。

小树林里，曹煌果然看到了她：“是你，你来得正好，就算你不来找我，我也得找你问清楚。林美瑶死的那晚，你究竟做了什么。”

“我……你跟我来。”女孩柔弱地说。

曹煌跟在女孩身后，刚走两步。女孩猛地回头，脸上带上了一张可怕的假面具，手里还有一把刀。曹煌感受到刀刺进胸口的温度，竟是那样冰凉。

15 日，8 点。

如果说先前死了一个女学生还可以低调地说成是失足落水，但紧跟着在同一个地点又死了一个大学老师，这就是一则轰动新闻了。

K 市市委很重视，下令让公安局限期破案。

欧阳鸣铁青的一张脸，看着从泳池里捞出来的尸体，死者是昨天还同自己交谈过的 K 大教师曹煌。

曹煌的脖子上有一个刀口，泳池里的水被染红了一大片。欧阳鸣瞅了瞅挤在游泳馆外面的各家报纸和媒体，只觉得头大如牛。

下午，尸检出来了。

曹煌死因是锐器割断了颈动脉，导致大量流血而死，初步判定杀人凶器是一把刀。同时，在死者曹煌的咽喉里，发现了第二根弯折成九十度的火柴棒。

两根火柴棒的出现，以及相同凶案现场，几乎可以断定凶手是同一人。想到凶手仍有可能继续犯案，K 市公安局立即成立了恶性凶杀案调查组，欧阳鸣任组长。

"在案发的第一现场，也就是 K 大泳池旁没有发现血迹，也没有发现可疑的脚印，由此判断，凶手应该是先将曹煌推进泳池里，然后跳进泳池，用刀割破死者曹煌的颈动脉。"欧阳鸣分析道，"这样凶手作案后，只需清理脚印，而避免了清理血迹留下线索的可能性。"

其余人都表示赞同。接下来调查组的方向有几个：一个是从杀人凶器出发，寻找游泳馆周围的树林和人工湖，看是否可以找到杀人凶器。第二个是从现场遗留不多的脚印进行筛选。第三个是调查死者生前的人际关系，看是否有具备杀人动机的人。

几天工作后，三方面进展都比较缓慢，杀人凶器迟迟没有找到，很有可能已经被凶手带走，或丢弃到了校外。另一方面游泳馆内没有找到实质性的线索，而调查死者人际关系方面也没有什么进展。

K 大校园上空笼罩了巨大的阴霾，一场久违的大雨就要来了。欧阳鸣掐灭了烟头，来到了 K 大校医室，跟走廊上的同事打了个招呼，欧阳鸣敲响了门，走了进去。

陈果的脸色好了一些，梅甜甜看到欧阳鸣进来了，小声说："我先走了。"

陈果点了点头，梅甜甜收拾好餐具离开了。

欧阳鸣走到病床前，坐在对面的床上，望着陈果："身体怎样？"

"好多了，谢谢警官关心。"

"来找你，还是为了林美瑶的事。"欧阳鸣直截了当地说，"你应该知道曹煌的事了吧。"

陈果平静地说："我室友告诉我了。"

"杀害林美瑶和曹煌的凶手是同一个人。"欧阳鸣道，"目前我们还没有找到关于这个凶手的线索，这也就意味着，这个杀人凶手还存在继续犯案的可能性。"

"警官来找我，是觉得凶手下一个要杀我？"

欧阳鸣没说话，而是看了看陈果受伤的手。

"欧阳警官找我，想知道什么。"陈果抿了抿嘴，问道。

"不如听听，你想告诉我什么。"欧阳鸣淡淡一笑。

陈果转脸看向病床窗外阴霾的天气，许久说："我没什么可说的，如果非要说，我觉得有人一直在偷窥我，像是小偷。还有，我老做噩梦，可怕的噩梦。"

欧阳鸣没有得到有用的线索，他若有所思地起身，陈果突然又说："欧阳警官，你经历过恶作剧吗？"

"嗯？"欧阳鸣是个严肃的人，极少有人敢对他进行恶作剧，他摇了摇头。

陈果不再说话，闭上了眼。

欧阳鸣走了出来，对守在外面的同事叮嘱了两句，离开了校医室。

在校医室挂了三天水，18 日，陈果回到了寝室里。

寝室里，王丹正在发呆，发现陈果回来了，她没好脸色地走出寝室。陈果发现床铺很乱，简单整理后，就躺在床上休息了。

身体很沉，陈果躺在床上一动也不愿意动，许久，她觉得自己睡着了，整个人变得飘忽起来，像是变成了一种隐性的物质，漂浮于另外的空间中。

噩梦又来了，一片一片红色的梦境，那破碎的眼球像是无数双眼睛死死地盯着她。

呼吸突然变得急促，陈果渐渐有了知觉。有人坐在陈果身上，双手扼住了她喉咙，正慢慢用力，陈果挣扎反抗，将那人推了出去，她自己也倏然坐了起来。

寝室里没有人，又一场噩梦。

寝室储物柜属于自己的那扇柜门微微敞开了一道缝，陈果像被牵引着走了过去，拿出钥匙打开柜子，里面是自己的衣物，衣物团成一团包裹着一样东西。

陈果取出来，衣服里包着一把刀和一根棒球棍。

衣服有血，刀上和棍上也有血，陈果大脑变成了真空，寝室外这时传来了脚步声，陈果三下两下的将东西塞进储物柜里，进来的是梅甜甜。

“301 的欢欢太无聊了，拿着男朋友的照片不停地给我们瞧，臭显摆。”梅甜甜自顾地说着，回头看到陈果站在储物柜前一动不动。

“你怎么了？”梅甜甜拍了拍陈果的背，陈果猛地转身，吓了梅甜甜一跳。

“没事，我，我……出去下。”陈果锁了柜子，冲出了寝室。

脑子里空白一片，自己总会做奇怪的梦，醒来时还特别地累，她有了一个大胆而可怕的想法，难道自己梦游?

游泳馆里，自己梦游杀了林美瑶，同样，在梦游状态下杀了曹煌。

陈果捂着胸口，觉得喘不上气来。

就在陈果冲出寝室没多久，梅甜甜拨通了王丹的手机，十分钟后，王丹回到寝室。

梅甜甜咬牙看着王丹:“王丹，别再折磨陈果了，她是无辜的。”

“哼，少在这里装好人了，梅甜甜，我看够了你那假惺惺的脸。无辜，谁是无辜的，谁又不是无辜的，想想两年前的事吧。”王丹语气冰冷，梅甜甜脸色倏然变了。

王丹放缓了语气，继续说道："你放心，我不会把陈果怎样。我只是不确定，林美瑶对她讲过什么。"

"总之，我不会让你再胡闹下去了，不要逼我！"

梅甜甜转身走了，王丹看着梅甜甜的背影，摇了摇头。

晚上，陈果回来很晚，王丹和梅甜甜已经睡下了。陈果躺在床上翻来覆去无法入睡，她转过头看向林美瑶生前的床铺，床铺上空空的，林美瑶也早成了一具冰冷的尸体。

倏然，那种被窥伺的感觉又来了，像有无数的蚂蚁爬上了陈果的身体，感觉每一个细胞都在收缩，陈果的瞳孔也收缩。

她突然发现，在林美瑶的床铺下有一点光，像窥视着陈果的眸光。

陈果下了床。

– 4 –

18 日深夜 22 点 20 分，笼罩了一整日的阴雨下了起来，刺痛寒冷。一个行踪诡秘的人来到了 K 校游泳馆前，她掏出钥匙打开了游泳馆的铁锁，推开一道缝挤了进去。

幽冷的泳池倒映着一大团晃动的黑暗，她走过泳池，来到泳池后面的洗澡间。洗澡间最里面靠墙的一侧是衣物箱，每一个冰冷的铁皮箱上都有一个黑森森的锁孔，铁皮箱上有用红色油漆写着号码。

她走到 7 号衣物箱前，颤巍巍地从口袋里掏出了另外一把钥匙。

钥匙插进了锁孔里，轻轻转动。锁开了，她迅速地拉开箱门，衣物箱里有一个黑色塑料袋，里面鼓囊囊的塞着东西。

她刚想将塑胶袋扯开，突然一声清晰的落水声传了过来，她迟疑了一会儿，走出洗澡间。

幽森的泳池里有人正在奋力地挣扎，看到了走出来的人，艰难地喊：“陈果……救我！”

深夜前来游泳馆，打开衣物箱的人是陈果，而此刻在泳池里挣扎求生的竟是梅甜甜。梅甜甜脖子一侧有大片的血汩汩地涌出来，染红了池水，陈果像没有听到梅甜甜的求助，往后退：“不，不要，不要！”

梅甜甜眼里的光彩消失了，她浮浮潜潜像当初的林美瑶。

陈果面孔扭曲，她冲到泳池边缘，想要跳下去救起梅甜甜，但终究没有跳下水救人，陈果颓然瘫倒在地上。

黑色塑料袋落在地上，一把染血的刀从塑料袋里滑了出来。

十分钟后，警车呼啸的驶进了K校，欧阳鸣和手下刑警来到游泳馆。欧阳鸣先看到血水里的梅甜甜，又看到了陈果，陈果手里正紧紧握着一把染血的刀。

欧阳鸣一声叹息。半个小时前，警察局值班室接到了一起匿名报警电话，打电话的人说看到K校游泳馆里有人被杀，杀人的是一个女生。然后匿名报警者挂断了电话，二十分钟后，警察来到了K校。

“陈果，跟我走一趟。”欧阳鸣说，陈果由两名女警扶了起来，陈果全身无力，任由女警搀出去，她目光始终停留在泳池血水里梅甜甜的脸上。

突然，陈果像疯了似乎的大叫起来：“我想救她，我想救她的……我不想让梅甜甜死，不想让任何人死！”

“够了！”欧阳鸣大喝一声，制止了陈果的疯言疯语，女警将陈果拉进警车里。

很快，女生寝室楼那边有了消息，陈果的储物箱里发现了染血的棒球棍，初步判断就是袭击林美瑶头部的钝器。而在游泳馆凶案现场，陈果握在手里的刀，应该就是杀害梅甜甜的凶器。

欧阳鸣下令封锁了现场，将陈果和案件证物带回了警局，审问的过程中，陈果闭口不言，无论警方如何询问，陈果都不回答。

凶器方面得到了证实。棒球棍上的血迹经DNA检测，同林美瑶的吻合。而那柄水果刀上则有两人的DNA，也就是两人的血，梅甜甜还有曹煌。只不过梅甜甜的咽喉里没有发现被弯折成九十度的火柴棒。

19日一早，欧阳鸣见了陈果。

“你早就认定我是凶手了，认定是我杀了林美瑶，你可以否认，但从我第一眼看见你，就从你眼睛里看出来了，你是这样想的。”陈果说。

欧阳鸣笑着摇摇头：“不说废话了，我让你见一个朋友。”

门开了，走进来的是王丹。

“为什么把我带来？”王丹挣开身后女警的手，指着陈果，“陈果是凶手，她是个杀人狂，杀了林美瑶，还杀了甜甜，抓她，让她坐一辈子牢！”

陈果低下头，似乎觉得愧对王丹。陈果想起梅甜甜和林美瑶在水池里生死挣扎时，自己无能为力的画面。

“你坐下。”欧阳鸣示意王丹坐下。

王丹坐了下来，坐在距离陈果很远的地方。

“王丹，你知道凶手不是陈果。”欧阳鸣说。

王丹愣了愣：“警官，凶手就是她，这所有人都知道了。”

“先不用着急下结论，让我告诉你一点刚刚获得的线索，调查组警员在女生寝室楼下的垃圾箱里找到了一个假面具，同陈果讲述的袭击她的假面人所戴的面具很相似，而在同一个黑垃圾袋中找到了小半块断掉的指甲，以及有血迹的面巾纸。”王丹听到这里，脸色变成了死灰色。

欧阳鸣清了清嗓子，继续说：“血迹鉴定出来了，是林美瑶。而那小半块的指甲，我想你知道它属于谁，对吧。”

“我……不知道。”王丹摇头。

“无须否认，没有用。虽然你想到了丢弃物证，但在面具内侧仍然可以提取到你的DNA，当然了，还有半块指甲也可以鉴定出来它属于谁。就是你，王丹。”欧阳鸣说的铿锵有力，王丹张了张嘴，似要狡辩，但一句话也说不出来了。

“面巾纸是你用过的，说明你去过林美瑶被杀的现场。”欧阳鸣道，“还有梅甜甜案发后的匿名电话，我们比对过了，就是你，王丹！”

王丹眼里噙着泪，双手抓着牛仔裤。

“你杀了林美瑶和梅甜甜，还有曹煌，然后想方设法嫁祸给陈果。”欧阳鸣摇了摇头，“但你犯了一个很大的错误。林美瑶死时，陈果表现得很奇怪，她很恐惧，除了对林美瑶的死亡恐惧外，还有另外一种更加深刻的恐惧。后来我调取了有关她的资料。陈果上大学前，是在美国亚特兰大市上的高中，如今陈果的父母还住在亚特兰大市。欧阳鸣找到了亚特兰大当地警局，然后拜托对方调出了陈果父母的联系方式。通过跟陈果父母电话交谈，欧阳鸣知道了一个关于陈果的秘密。这个秘密陈果不经意地提起过，那就是她有恐水症，并非普通的恐水症，而是十分严重的恐水症。”

王丹慢慢抬起头，听着欧阳鸣继续道：“陈果十岁时同弟弟在亚特兰大郊外的一个湖边嬉闹，弟弟突然失足掉进了湖里，当时完全不懂水性的陈果毫不犹豫地跳进水里救弟弟，但最后还是发生了惨剧。陈果弟弟溺死，而陈果被救起时心脏因为在水里承受了巨大的压力，导致心脏急速衰竭，后来花费了昂贵的医药费进行了心脏移植手术。手术很成功，陈果身体恢复过来，但她心灵上还是受到了重大冲击，有了无法弥补的精神创伤。后来经过一年左右的心理辅导，陈果慢慢有了起色。为了避免触景生情，陈果父母这才决定将陈果送回 K 市。”

“在亚特兰大市时，陈果无法自己洗漱，甚至看到喝的水也会呕吐。”欧阳鸣缓缓说，“这样一个有心理创伤、对水极度恐惧的人，怎么可能下水，还能在水里杀人？”

王丹盯着陈果：“她是装的，是她杀了人，是她！”

-5-

K大，陈果从警察局回来，K大副校长来到寝室里安慰了陈果一番，然后系主任和新班主任都嘱咐陈果好好休息，一切都过去了，显然他们早得到了消息。

人都走了，走廊里其他几个寝室里偶尔探出好奇的脑袋，看到陈果望向她们就立刻躲进各自的寝室里。陈果心里苦得不得了，一个月不到的时间，自己寝室里四个人，两个人死了，其余两个则成了杀人嫌疑犯，多么可怕的事实啊！躺在床上，瞅着空空的寝室。月光从窗外洒进一抹光亮，陈果突然发现有人藏在寝室里，没错，就在这间寝室里。

她坐起身，那种强烈的被窥视的感让她快要疯了。

“谁，是谁？”陈果抓着被子喊，“出来，你出来，我看到你了。”

“嗬嗬……嗬嗬……”寝室里传出了诡异的笑声，陈果呼吸都停顿了，她望着黑暗中的寝室，不知道在哪个阴影里藏着怎样的人，她更加颤抖地问：“谁在哪里？是谁？”

“我吗，你见过我，在游泳池的洗澡间里，你差点就发现我了。”一个模糊的影子从林美瑶的床下闪出脸，一张痛苦而扭曲的脸，她从下往上死死瞪着陈果。

“她们都有了应得的报应。你呢。”

陈果看着那团影子走向自己，眼前一黑，没了知觉。

K大公安局。

因为凶杀案有了实质性突破，最大嫌疑犯王丹被缉拿，现在展开了猛烈的攻心战，相信只是时间的问题，王丹的心理防线很快就会被瓦解。

会议室里，所有人都兴高采烈地讨论着，只有组长欧阳鸣的脸色阴沉，他点燃了今晚的第十二根烟，桌子上摆着两根弯折成九十度的火柴棒。

“队长，怎么还愁眉不展？”下属张凤生凑过来问道。

“没，就是还想不通这东西。”欧阳鸣用一只手点着桌子。

“这可能是变态心理行为，我记得国外还有杀人犯杀人之后，把玻璃塞进死者的嘴里，以此来宣泄不满。这年头，日子越过越好，但人心却是越来越扭曲。”张凤生感慨地说，拿过欧阳鸣的烟盒子，也点了一支烟。

欧阳鸣沉默了一会儿，突然说：“你刚才说塞进嘴里。对，塞进嘴里。”欧阳鸣扔掉烟头，在桌子上摆弄两个火柴棒，“如果这不是变态行为，凶手留下火柴棒就一定想表达什么意思，或者是杀人动机。”

两根九十度弯折的火柴棒被欧阳鸣头靠尾摆成了一个十字，欧阳鸣盯着十字：“塞进嘴里，就是口。口中的十字，是个‘田’字！”

张凤生错愕地看着桌上的火柴棒，欧阳鸣思索了片刻，下命令道：“立刻调集人手，排查梅甜甜、林美瑶、王丹的同学或者朋友、家人里有没有一位姓田的人，很可能这个姓田的人遭遇过不测，或者精神受过很大冲击，有精神障碍。不，应该缩小目标，女性，年龄二十岁左右，跟上面三人同龄，还有……调查曾经发生过意外的游泳馆，尤其是校内的游泳馆，看看最近几年里发生的意外中，有没有一位姓田的女孩子。去，快！”欧阳鸣着急地喊道。

20 日早晨 11 点，经过昨晚还有今天一早的调查，结果出来了。

林美瑶、王丹、梅甜甜竟然是从初中开始就在同一班的朋友，而在她们中学时发生过一起游泳馆意外事故。意外事故里的女学生被人恶作剧故意反锁在了游泳馆中，女学生试图从游泳馆唯一开着的天窗里逃出去，但很不幸地从天窗摔了下来，后脑着地造成了严重的颅内出血，之后女学生努力爬到泳池边后，昏迷不醒。学校执勤的保安路过游泳馆时发现了女学生，然后送往医院救治，手术后，女学生虽然保住了性命，但却成了植物人。

这起意外事故起因是一桩荒唐的恶作剧，事后校方几经调查，最终无果而终。

“这女学生姓田，叫田然。”张凤生将调查的结果讲了出来。

“找到这个叫田然的女生了吗？”欧阳鸣在会议室里来回踱步。

“没有。”张凤生说，“事故发生后，田然父母带她去了外国。”

欧阳鸣一拍桌子：“找方局，我需要搞清楚一件事。”

“什么事？”张凤生问。

“田然有没有回来国内。”

几个小时后，欧阳鸣得到答案。

一年多前，田然回到国内，到目前为止没有出境记录，这说明田然还在国内，很可能回到了 K 市。

“她想报仇？”张凤生脱口说道。

“王丹呢？”

“坏了，王丹昨晚上突然发高烧，王丹父母给她办理了取保候审，现在应该是回家了。”张凤生意识到了事态严重。

“去王丹家，派遣警力在 K 市田然亲戚家、朋友家，还有宾馆里搜索田然。”

欧阳鸣自己驾车出了警局，驶向市区，嘴里不住喃喃道：“千万，千万要来得及啊。”

– 6 –

王丹努力从泳池边爬了起来，她看到一个全身套在黑色风衣里的人，身体纤细，像个女人，但脸盖在风帽下瞧不清楚长相。

“你究竟是谁，为什么要带我来这里？”王丹记得自己接了一个快递电话，出来拿快递时被神秘人在家门口袭击，醒来后竟然来到了 K 大的游泳馆里。游泳馆因为出了两起命案，从三天前就封馆了。

王丹向游泳馆门口后退。

“不要妄想逃跑，除非你愿意拿你的命来赌。”风衣女子手里多了一把闪亮的水果刀。

“你想干什么？”王丹不敢动了，“我根本就不认识你。”

“你已经忘记我了吗，王丹。”风衣女子甩了甩刀，“好，我提醒一下。还记得两年前在你初中学校的游泳馆里的事儿吗？你，还有梅甜甜、林美瑶做了什么事，记得吗？”

王丹双眼流露出无限的恐惧，用尽力气道：“你是……田然？”

“多么深刻的痛和苦啊，让我险些忘记了自己的名字。”

黑色风衣女子真是田然，她冷笑说：“深陷在生与死之间的缝隙里，无法生存也无法求救，那种苦难你们无法体会。当我醒来后，我想到的第一件事，就是找你们报仇！血债血偿。”

“不，不是这样，当年都是林美瑶的主意，她看不惯你趾高气扬的样子，所以硬拉着我和梅甜甜做那种卑劣的恶作剧。本来我打算半夜把你放出来的，但没想到你摔伤了。我跟梅甜甜后来想坦白，是林美瑶拦着我们，不让我们去告诉校长。是她，她才是出主意的人，是罪魁祸首！”

“对，所以她得到了应有的下场。”田然声音里没有一丝感情，晃了晃手里的刀，“当然还得感谢你，你省去了我很多杀她的工夫。”

王丹脸色铁青：“我不懂你在说什么。”

田然冷笑：“还想装。去骗那些笨蛋警察还可以，在我这里可行不通。忘记告诉你了，你用棒球棍袭击林美瑶的时候，我就站在洗澡间外的过廊里，亲眼看着发生的一切。”

“你，你胡说！”王丹的嘴角抽搐起来。

“我胡说，嘿。”田然从风衣口袋里抽出了一个红色日记本，在王丹面前晃了晃，“这日记是林美瑶写的，她在日记里说很后悔两年前在初中时做的事，那个恶作剧让一个女孩失去了意识，甚至失去生命。两年多来她无法睡安稳，做的最多的一个梦就是女孩满身是血，在一个空旷的游泳馆里朝她爬来，向她复仇！”

“日记本最后一页，林美瑶决心自首，向当年受伤害的女孩以及家人承认错误，并愿意接受惩罚。这就是你对她下手的动机。”田然淡淡地说。

王丹的嘴角继续抽搐，田然继续说：“你害怕承担当年的错误，而且万一当年的女孩死了，你就是间接的杀人犯。你不能让林美瑶说出这一切，于是你就杀了她。对吗？”

“是她自找的，是她活该！当年是她的主意，她是主谋，意外发生后，她只会胆小地逃避……好了，现在良心发现了，就拉我一起去自首，哈哈，笑话！我很快就大学毕业，如果陪她去自首，我就成了罪犯，我的一生就毁了，这不是我想要的。林美瑶太自私了，她只想到了自己，我不能让她毁了我。”王丹面容狰狞，“你说的没错，是我用棒球棍袭击了她。她掉进池水里，我就逃走了，然后重新锁起游泳馆的大门。”

“当时梅甜甜正在蛋糕房里等做蛋糕，她是不知道我杀了人。”王丹坦白了杀害林美瑶的罪行，沉默了一会儿，又道，“是我杀了林美瑶，但曹煌、梅甜甜不是我杀的。我曾经劝过梅甜甜不要过多插手我的计划，但我没想过杀她。”

“这个我知道，因为……他们是我杀的。”田然又是冷笑，“相信你或者林美瑶、梅甜甜都没有想到，当年受捉弄的女孩还会醒来，而且还来找你们报仇。”

“你要杀我？”王丹全身颤抖不已。

“嘿，在那之前我还要告诉你一件事。”田然逼近王丹，“其实你并没杀死林美瑶，只是重伤了她。你逃出游泳馆后，林美瑶又挣扎着想要爬出泳池，而那时我出现了。”

“是你……杀了她？”

“对。我用绳子将她勒昏后又扔进了泳池里，她溺水而亡。”田然缓缓掀开了黑色风帽，露出了她的面容，苍白色的面孔流露出残忍的神情，“现在，轮到你了。”

“为什么会这样……”凄惨的叫声荡漾在空旷幽闭的游泳馆里。

王丹突然失踪了，这急坏了她的父母，欧阳鸣一脸严肃地站在王丹家门口，张凤生着急说：“接下来怎么办？”

“一定有线索留下，不能急！对了，游泳馆！所有受害者都死在游泳馆里，游泳馆显然是田然选好的复仇地点，王丹肯定被带去了K大游泳馆，立即通知K大附近警力，包围K大，救人！”

潮湿发霉的味道，陈果醒来的时候发现自己躺在一个密闭空间里，门关着，她冲到门口，外面传来了呼救声，声音很熟，王丹！

“王丹！”陈果听到了王丹的惨叫声，她剧烈撞门，铁门竟然被撞开了。原来铁门没有从外面锁住，方才过于紧张的陈果竟没有发现。

她冲向泳池，正看到在一片血池里仰面向上，双眼流露出无尽恐惧和绝望的王丹。陈果冲到泳池边缘，呼唤着王丹，但无论如何不能再前进一步。

脑海里，多年前的水中惨案再一次横亘在陈果心里，陈果不由自主向后退，身后泳池旁的阴影里有人在冷笑：“你无法战胜自己。”

一身黑色风衣，陈果握紧了拳头：“是你杀了王丹。”

“哼，你方才应该都听到了。”田然重新戴上了黑色风帽，遮住了她大半张脸，只露出一张嘴，“我回来是为了报仇。其实你跟我一样，都是她们恶作剧的受害者。”

“我看到你，就想起了当年被恶作剧折磨的我自己。你放心，我不会伤害你。”田然扔下了一个红色日记本，还有一个袖珍的录音机，“方才王丹承认罪行的那些话，我都录好了。你把这些交给警察，就可以洗脱你的嫌疑。”

“为……为什么这样做？”

“我不是杀人狂，只是个复仇者，所以不会牵扯到无辜的人。还有，我想让当年意外事故的真相公布于众。这些死了的人是挥舞着恶作剧之棒，而变成魔鬼的人，”田然淡淡说，“我要亲自送她们回地狱！”

“你去自首吧。”陈果迟疑着说，“我一定帮你求情。”

警笛声由远及近，田然说：“要走了，再晚来不及了。”

陈果不知哪里来的勇气，突然上去抱住了田然：“你不能走，既然做错了事就要承担后果。当年的林美瑶她们就是不敢面对自己的过失，你这样一走了之，同她们有什么分别！”

田然愣住了，陈果盯着她的眼睛，田然突然亮出了沾血的水果刀……

–7–

一缕阳光进入了陈果的眸里，她睁开双眼，身边是新班主任，还有欧阳鸣。

“你们……”陈果想爬起来，却发现右手撕疼。

“不要动，你被划伤了手臂。幸好没有被刀伤到要害，伤口不深，休息几天就行了。”医生说。

“你放心，录音带和日记本我已经送回了警局，这一系列案件的始作俑者就是田然，但很可惜昨晚让她逃了。她很熟悉K大的地形，从学校的后山小路逃走了，警方目前正在全力缉拿她。”欧阳鸣说道。

“她也是受害者。”

欧阳鸣点头：“都是那些什么恶作剧闹的。”

“你好好休息，身体养好了，还需要去警局做一份笔录，不过不用着急。”欧阳鸣道，陈果也点点头。

第二天，陈果出院了。回到K大，陈果回到寝室里，仿佛还能看到林美瑶、梅甜甜、王丹出现在寝室里，她们低着头，倏然齐齐又抬起了头，满脸鲜血瞪着陈果。

陈果一次次从噩梦里惊醒，无法入眠。几番痛苦折磨后，在国外的父母决定让陈果回到美国生活。陈果收拾好了行装，最后一次看了眼无声的402 寝室，关好了门。

K 市警察局。

“有田然的消息吗？”欧阳鸣继续抽烟，室内烟雾缭绕。

“没有，就像人间蒸发了一样。”张凤生沉默了一会儿，“队长，你说她会不会再下手。”

欧阳鸣看了他一眼，说：“你指陈果？”

“对。”

“应该不会。”欧阳鸣说，“她既然肯把录音带和日记本留给陈果，应该不会再对她下手。”

“我还是有几个问题想不明白，队长。”张凤生问，“是谁把棒球棍和刀藏进了陈果的储物柜的，而这样做的目的显然是陷害陈果。”

“王丹的可能性比较大，她对于自己杀害林美瑶的事深信不疑，所以想陷害陈果。”欧阳鸣缓缓道，“但她从哪里得来的另外一件杀人凶器，那把刀呢？可惜王丹已经不在了，除非抓到田然，否则这个问题无法绕出来。”

“还有。”张凤生继续说，“田然说她的目的是报仇，不会伤害无辜，那她为什么要杀曹煌？”

“我想过，有两个可能。一个是曹煌以前认识田然，并且认出了她。第二个，就是曹煌无意间撞见了田然的秘密，田然杀人灭口。”欧阳鸣说，“我已经派人调查这方面了，再等等。”

22 日中午，得到了结论。

“曹煌女友提供了线索，曹煌在林美瑶被杀前一晚曾提及，他看到过一件很奇怪的事，女友追问，曹煌只说，在游泳馆里看到了有人偷摸游泳，但后来改口说，肯定是自己看错了，不可能是她。”调查的警员汇报完，然后将书面笔录放在欧阳鸣面前。

“偷摸游泳……看错了……”欧阳鸣摇头，曹煌叙述这件事，前后矛盾。既是亲眼看到了，为何又那么肯定说看错了。

什么样的原因让他如此笃定。

欧阳鸣接连两天失眠，下午3点，又有了新的发现，在距离K大三百米的一条荒野小路中，发现了一件被焚烧的黑色风衣。因为这几天都是细雨或者阴天有风，所以风衣没有全部烧尽，留下了领口部分，风衣的品牌商标也只烧了小半，都可以辨认。

晚上7点，当一份调查报告摆在欧阳鸣面前时，欧阳鸣脸色露出了极其惊讶的表情，足足十分钟的沉默后，他对手下道：“调出录音带和日记本，重新进行鉴定，鉴定的方向是……”

今天是周末，许多学生回家了，外地的学生则结伴去K市步行街参加一年一度的流行时尚节，学校里留下了寥寥数人，这里是陈果她们初中就读的学校。

欧阳鸣出现在一座破旧的建筑物前，这是两年前的游泳馆，因为发生了伤人意外，加之游泳馆建馆久远，且地处偏僻，所以学校已在去年建立了新的游泳馆以及配套设施，这座旧的游泳馆年底就要完全拆除了。

推开大门，泳池里的水已经放空，里面堆放了一些废纸和垃圾。欧阳鸣看了一会，走向东侧的一排房间，里面是洗澡间。

洗澡间的尽头有一扇终年敞开，无法关闭的天窗，天窗下临着最后一个洗澡间。欧阳鸣走到天窗下，敲了敲最后一扇洗澡间的小门。

门缓缓地打开，里面有一个人。

她的目光仿佛荒废游泳馆外杂生的野草，劲韧而孤独。

“我想到你在这里。”欧阳鸣说。

“我知道你会来。”她说。

欧阳鸣点头：“不知我现在应该叫你陈果呢，还是叫你……田然。”

“都可以，我是陈果，但田然也在我体内。”陈果说。

两个人走出了洗澡间，来到外面的大厅里，陈果坐在落满灰尘的泳池旁：“欧阳警官，你是怎么发现我的？”

“曹煌。”

“我想到是他了。”陈果微微笑了。

“曹煌对她女友说亲眼见到有人游泳，但很快改口否认。他宁可相信是自己亲眼看错了，也不愿意承认所看到的，不奇怪吗。”欧阳鸣也坐在了落满灰尘的地上，继续说，“只是游泳，为何曹煌无法相信所看到的。除非，他看到的是一个不可能游泳的人在游泳，比如一个患有严重恐水症的病人。”

“曹煌知晓你的恐水症？”

陈果点点头：“进入K大时，姑妈曾经找过曹煌，专门嘱咐了这事。”

“这就对了。”欧阳鸣道，“曹煌无意撞见了你在游泳馆里游泳，而后林美瑶突然被杀，他怀疑你，于是你杀他灭口。”

“是。”

“还有，将袭击林美瑶的棒球棍，以及杀害梅甜甜、曹煌的水果刀放入储物柜里的人，是你自己吧。”欧阳鸣说，“你只是想做出有人陷害你的假象。”

“至于在女生寝室楼下发现的黑色垃圾袋，确实是王丹的。”欧阳鸣缓缓道，“因为林美瑶同你十分亲密，王丹害怕林美瑶生前对你说过什么，所以戴着假面具在梳洗间里偷袭了你。她不是想杀你，只是不想让你开口乱说话。”

陈果承认：“是这样。”

“还有那件风衣。”欧阳鸣说，“根据风衣的品牌调查出K市总共有六家专卖店卖这种风衣。这种高档地方肯定有监控摄像头。经过一天两夜的排查，我们终于在三个月前K市步行街辉煌大厦B-2品牌专门店的录像里，看到了一张熟悉的面孔。”

“很不容易，恭喜你，没有白白浪费时间和精力。”陈果淡淡一笑。

“接着，我们重新核对了日记本里的笔迹。”欧阳鸣顿了顿，“重新核对分析录音带里属于田然的声音。结论是，笔迹虽然同林美瑶很像，但还是找出了瑕疵。然后找到了你的笔迹，核对后，吻合。至于声音，经过高精度测试，是你的声音。”欧阳鸣笑着摇头，“从一开始，这就是你自导自演的一场独幕剧。”

“日记是我伪造的，然后故意放在王丹容易发现的地方，她看过日记后，果然变得惴惴不安，这正是我要的效果。我不想暴露在警方怀疑的对象里，当然需要一个替罪羊，她最合适，自私、恶毒、偏执、冷漠。”

陈果转脸瞧着欧阳鸣，抱起双臂，说：“你还没有说完，继续说吧。”

欧阳鸣愣了愣，还是继续说“我询问过你父母，问出了一件让我惊讶万分的事。当年你心脏衰竭而接受了心脏移植手术，捐赠者就是在外国的脑死亡的田然。”

陈果突然大笑起来：“你说对了，所以我是陈果，但田然……”陈果指了指自己胸口，“她也在这里。”

“我通过你父母联系到了在亚特兰大的你的心理师，他告诉我，在离开亚特兰大时，虽然你的精神趋于平静，但有了部分的精神障碍前兆。具体说来，就是人格分裂，双重人格。”欧阳鸣不知为何，说出这些话时，嘴唇微微颤抖。

“你的人格里除了自己，多了一个，就是田然！”欧阳鸣道，“因为弟弟的惨死受到了巨大的精神刺激导致了精神抑郁，后来移植了田然的心脏，从田然父母那里听闻到了田然的遭遇后，一股复仇的灵魂也降生在你的体内。于是，你怂恿父母将你送回K市，而后花大钱雇人，用假田然的护照让这人回到中国，做出了田然未死，而且回到国内的假象。主导这一切的就是你另一个人格里的田然。”欧阳鸣道，“她是一个仇恨的灵魂，存在的目的就是报仇。而你之所以不再恐水，也是因为体内有了不害怕水的田然在主导你。”

“我恨这痛苦。”陈果抱紧了双臂，将头埋进臂膀里。

“陈果，你应该明白田然做的这一切是不对的。”欧阳鸣说。

“我知道，我不想让她伤害任何人，但是我无能为力，她的仇恨大过了我的怜悯，我没有办法抗拒她。”陈果抬起头，双眼含满了泪水。

“跟我走吧，相信我。”欧阳鸣伸出了手，陈果迟疑着，也伸出了手。

倏然，陈果的神情变得可怖，她跳了起来，从口袋里抽出了一把锋利的水果刀，在胸前挥舞，目光凶狠地看着欧阳鸣。

“我没有错，错的是她们，是林美瑶，是王丹，是梅甜甜……如果我不这么做，她们还会活得逍遥自在。她们是魔鬼，该死的魔鬼，魔鬼就应该下地狱里去。我就是送她们去地狱的使者！”

陈果突然用刀刺向欧阳鸣，欧阳鸣躲避间，头顶落下了一块铁板。铁板砸中了欧阳鸣后脑，耳边一阵嗡鸣，欧阳鸣无力地倒在了地上。

欧阳鸣挣扎着睁开双眼，却连动一动自己手指的力量都没有了。

陈果高举着水果刀走向欧阳鸣，欧阳鸣呜咽着想要说话，但说不清楚。刀刺了下来，半空里，却又被一股看不见的力量拦住了，陈果开始喃喃自语：“我要杀了他，没人可以说我错了，我要杀了他！”

“不，田然，不要一错再错了，你已经杀了林美瑶、梅甜甜、王丹，甚至还杀了无辜的曹煌老师，无论如何，我不会再让你继续杀人了，否则你会变成比她们都可怕的杀人恶魔！”

“不要阻止我！放开！”

“不，死也不放！”

“该死，你太懦弱了，我早知道你会是我的绊脚石，后悔不早除掉你，让你坏了我的大事！”

“是我错了，我不应该让你存在，不应该让仇恨蒙蔽了你，是我把你变成了魔鬼，我……我要……跟你同归于尽！”

欧阳鸣勉强抬头，他看到陈果面容扭曲地站在水池边缘，许久之后，陈果终于平静下来，她缓缓用水果刀割开了自己的手腕，鲜血汩汩地流淌出来，落进水池里。

“结束了。”陈果最后绽露出一抹微笑。无疑，这笑容属于陈果，而不是田然。

陈果身体坠下，倒在了自己的血水里，天地在眼中渐渐飘去……

故事八　绑架游戏

那被悬吊起来的人长发披肩，背对着雅姬。虽然没能看到那人的容貌，但雅姬认得那人身上所穿的正是妹妹清凝平时所穿的睡衣。

轩弦

绘画 140 迷魂

—1—

宇文雅姬，L 市刑警支队副队长，睿智冷静，身手敏捷，加入刑警支队至今，侦破大小案件数百宗，令歪徒闻风丧胆。

这天晚上，雅姬在办公室加班。当她把手头上的文件都处理完毕的时候，已经晚上九点多了。离开公安局，回到居住的小区，刚进入电梯，手机收到一条短信，电话号码是陌生的，内容如下。

短信暗号：20100326。

作案时间：2013 年 11 月 18 日上午 9 时 15 分。

作案地点：文兴路 JS 银行总行。

劫匪人数：7 人。

交通工具：面包车。

携带武器：AK47、M16、G3、05 式冲锋枪、99 式手榴弹等。

一看到这条短信，雅姬就知道是谁发过来的了。两年前，雅姬盯上了一个犯罪团伙，还派遣了一名卧底混入这个团伙，以获取他们的内部消息。雅姬跟那名卧底约定的暗号就是“20100326”，这条短信是那名卧底冒着生命危险所发过来的。

雅姬走出电梯，回到家门前，一边开门，一边思考：今天是 11 月 17

日 7 号，也就是说，明天上午 9 点 15 分，他们就会抢劫文兴路的 JS 银行。这一次，一定要把这个犯罪团伙一网打尽。

走进家门，却发现大厅漆黑一片。雅姬“咦”的一声，秀眉一蹙，暗道：“这段时间，清凝每晚都会在大厅看 TVB 的电视剧《掌上明珠》，风雨不改，为什么今晚却不看？事有蹊跷。”

清凝是雅姬的妹妹，L 大学的大二学生。这个房子里，就只住着她们姐妹两人。

雅姬一步一步地走到清凝的房间前，踏入房间，同时把灯打开。这开灯一看，竟让身经百战、处变不惊的雅姬也大吃一惊。因为雅姬看到有一个人被悬吊在清凝房间的天花板上！

那被悬吊起来的人长发披肩，背对着雅姬。虽然没能看到那人的容貌，但雅姬认得那人身上所穿的正是妹妹清凝平时所穿的睡衣。雅姬心里一慌，一个箭步跑到床前，还没站稳身子，忽然脖子一阵强烈麻痹，轻呼一声，瞬间失去了知觉。

–2–

一天又过去了，时间进入凌晨。夜虽已深，但慕容思炫这个性格孤僻古怪的男青年，却还在房间里玩着今天才买回来的 DIY 玩具八级云霄飞车。正玩得不亦乐乎，手机响了起来。思炫拿起手机一看，原来是好友宇文清凝打过来的。

思炫接通了电话，还没说话，已听电话另一头的清凝哭着说道：“思炫，姐姐被人捉走了，怎么办呀？”

思炫斜眉一皱，淡淡地说：“我现在过去，在此之前，你待在家，什么都别做。”

十多分钟后，思炫来到清凝的家。清凝一见到思炫，情不自禁地把他紧紧抱住，哭道："思炫，现在该怎么办呀？我好怕，我真的好怕……"思炫站在原地，一动也不动，任由清凝释放着心中的恐惧和彷徨。

过了好一会，清凝的情绪才稍微稳定下来。两人走到大厅，刚在沙发坐下，门铃又响了。思炫走到门前开门一看，原来是刑警支队的霍奇侠和沈傲天带队赶到，他们两人都是雅姬的下属。

众人都坐下以后，清凝才把事情的始末一一道来："今天晚上我独自在家看电视，到了八点多的时候，觉得有些口渴，到厨房倒水喝，怎知只喝了一口，忽然觉得很困，接着便不省人事了。等我醒来的时候，竟发现自己在衣柜里。虽然我的意识是清晰的，但却无法动弹，也不能说话。"

沈刑警听到这里打断了清凝的话："犯人在水中投了迷药，所以你被迷倒了。其后，犯人又给你注射了麻醉药，并且把你安置在衣柜中。因为药力强大，所以你醒来后，仍然无法行动。"

霍刑警瞥了沈刑警一眼："我们先听清凝把话说完吧！"他说罢，舔了舔嘴唇，望向清凝，语气焦急地问道，"清凝，你在电话里说宇文队长被人捉走了，是怎么回事？"霍刑警平日对雅姬极为敬佩，现在雅姬出事，他万分担心。

清凝听霍刑警提起姐姐，眼圈儿就红了，微微吸了口气，呜咽着声音说道："我在衣柜里待了一会儿，忽然房间的灯被打开了。我睁开眼睛，透过空隙一看，吓了一跳，因为在天花板上，悬吊着一个长发女子，那女子身上还穿着我的睡衣。我还没回过神来，只见姐姐向那个被吊起来的女子走去。就在这时候，一个男子忽然从门后闪出来，举起手，在姐姐的脖子上打了一下。姐姐叫了一声，便整个人倒在地上了。"

沈刑警又忍不住插话了："犯人所用的武器应该是电击棒。他先把清凝的睡衣穿在长发女子身上，然后把长发女子吊起来，让宇文队长误以为清凝被害。由于宇文队长关心则乱，所以被犯人有机可乘，成功偷袭！"

思炫一直默然不语，这时候冷不防冒出一句："那所谓'长发女子'是服装店的人偶模特？"

清凝“咦”的一声："你咋知道？"

"有什么是慕容思炫所不知道的？"霍刑警微微地苦笑了一下，向清凝说道，"清凝，你接着说吧，尽量不要漏掉任何细节。"

清凝点了点头，清了清嗓子，接着叙述："姐姐倒地以后，那个男人把悬吊在天花板的女子取了下来，原来那是一个人偶。接下来，男人就把姐姐和人偶一起抱走了，而我则在衣柜里待了两个多小时才能活动。走出衣柜后，我立即给思炫打电话，然后再给霍刑警打电话。"

霍刑警"嗯"了一声，心想："看来在清凝心中，慕容思炫要比我们这些刑警更值得信任呀。不过这不奇怪，在我的心中，也认为慕容思炫要比我的同僚更值得信赖。"

"你有看到犯人的样貌吗？"沈刑警向清凝问道。

"看到一些，但没看清。"清凝眼珠微转，回忆道，"那男人大概二十七八岁，黑色卷发，样子蛮好看的。"

"他没有把脸蒙住？"沈刑警问道。

"没有呀。"清凝摇了摇头。

沈刑警重重地"哼"了一声："真是个胆大包天的家伙呀，竟如此明目张胆地绑架了刑警支队的副队长？如果不把他逮住，我们刑警支队颜面何存？"

"给宇文雅姬打个电话。"思炫忽然用冰冷的语气冒出这样一句，跟沈刑警那义愤填膺的语调格格不入。

"什么？"沈刑警一时没能听清思炫的话。

思炫从口袋里掏出一个黑色的烟盒，从烟盒里倒出几颗彩色的水果糖，扔到嘴里，一边嚼着糖，一边含糊不清地说道："打宇文雅姬的手机。"

"好！"霍刑警知道思炫所做的每一件事都有理由，听他这样说，马上拿出手机，拨打雅姬的电话。电话是接通了，但却无人接听。接下来，霍刑警又连续打了几次，电话始终处于无人接听的状态。

"看来宇文队长处于无法接听电话的状态。"霍刑警推测道。

"不。"思炫摇了摇头，舔了舔手指，用丝毫没有起伏的语调说道，"宇文雅姬的手机，还在这个房子里。"

"什么？"沈刑警清了清喉咙，大声说，"你凭什么这样认为呀？"

思炫轻轻打了个哈欠，慢悠悠地说道："绑架雅姬的犯人，先使迷药让清凝昏迷，再通过人偶引雅姬上钩，最后用电击棒袭击雅姬。这一连串计划环环紧扣，如行云流水，由此可知这个犯人心思细密，智商极高。这样一个高智商罪犯，是绝不会让雅姬身上的手机处于开机状态的，因为这对他来说，是非常危险的。哪怕他是一时忘记了，但在霍奇侠连续几次拨打雅姬的电话后，发现了雅姬身上的手机的他，也必然会把手机关机。然而事实上，手机直到现在还没关机，由此可以推断，此刻手机根本不在雅姬和犯人附近。"

沈刑警瞪了思炫一眼："那么多废话干吗？那宇文队长的手机在哪呀？"

思炫瞧也没瞧沈刑警一眼，微微扭动了一下脖子，向清凝问道："雅姬是在两个多小时前被捉走的，当时是十点左右吧？"

清凝点了点头："是的。"

思炫又问："平时这个时间你在干什么？"

"在大厅里看电视剧。"清凝稍微想了想，"十点的时候，是在播《掌上明珠》。"

思炫抓了抓那杂乱不堪的头发，说道："雅姬知道你每晚九点半到十点半都会在大厅里看《掌上明珠》，但今晚回到家却没看到你在大厅看电视，当时她已经觉得事有蹊跷。于是，以防万一，她先把自己的手机藏在房子里的某一个地方，然后再进入你的房间。"

"为什么要把手机藏起来？"霍刑警不解问道。

思炫向霍刑警望了一眼："如果找到手机，就能知道雅姬现在的位置，所以，手机不能被犯人发现……"

"怎么可能？"沈刑警粗鲁地打断了思炫的话。

"安静，再打一遍。"思炫语气冰冷。

思炫的声音虽然不大，但似乎带有一股让人无法反抗的力量，话音刚落，所有人都安静下来，包括那冲动暴躁的沈刑警。霍刑警再次拨打雅姬的手机，还是无人接听。众人细心聆听，竟听到沙发底下传来手机震动的声音。沈刑警把沙发推开，果然在沙发底找到了雅姬的手机。

沈刑警把手机拿起来一看，只见手机上显示着一张平面地图。

“这是啥？”沈刑警两眉紧皱。

思炫朝手机显示屏瞥了一眼，淡然说道：“那是追踪软件。雅姬在自己身上藏了一个卫星定位追踪器，而她留下的手机则会显示她的终端坐标，即她所在的位置，定位精度在五米内。此外，通过手机还可以查询她的历史移动轨迹。”

霍刑警、沈刑警和清凝三人听得瞠目结舌。思炫趁沈刑警发呆之际，把他手上的手机拿了过来，稍微翻看了一下雅姬的历史移动轨迹，沉吟不语。

“教我用！”好一会，沈刑警总算回过神来，大声说道，“我要马上查到宇文队长此刻所在的位置！”

思炫把追踪软件的操作方法告知沈刑警。沈刑警通过调查，发现此时追踪器应该在前往 HZ 市的火车上。

从 L 市火车站乘坐火车到 HZ 市，需要二十个小时左右。跟现在最接近的班次，大概是在两个小时前开出的。沈刑警通过这些线索，推测道：“宇文队长是在两个多小时前被绑架的，而开往 HZ 市的火车是在两个小时前开出的，时间上吻合了，再根据宇文队长身上那追踪器的位置，基本可以断定此刻犯人和宇文队长都在开往 HZ 市的火车上。”

“你打算怎么办？”霍刑警望着跃跃欲试的沈刑警问道。

沈刑警吸了口气：“马上打电话回去请求支援，并且让局里准备一架直升机，我要立即乘直升机追上宇文队长所在的那列火车！”

过了一会，刑警支队来电通知沈刑警直升机已经准备好了。沈刑警带着下属匆匆离开清凝的家。霍刑警正要紧随其后，却听思炫唤道：“霍奇侠，我们留下来。”

霍刑警停住脚步，转过脑袋，一脸疑惑：“为啥？我们不一起去吗？”

思炫咬了咬食指，目无表情地说：“我留下来，我建议你也留下，只是建议，你自己决定。”

霍刑警皱了皱眉，思索了好一会，才用坚定的语气说道：“好，我也留下！”

－3－

这一夜，慕容思炫、霍刑警和宇文清凝三人就在清凝家中的大厅度过。霍刑警只迷迷糊糊地睡了几个小时。清凝担心姐姐的安危，一夜没有合眼。至于思炫，他则一直坐在窗边，一动也不动，望着夜空怔怔出神。

到了第二天清晨八点多，门铃忽然响了。霍刑警从睡梦中惊醒过来，揉了揉眼睛，只见清凝已经醒来了，而思炫则仍然坐在窗边丝毫不动。霍刑警伸展了一下四肢，走到大门前，把门打开，却不见有人。

“没人？”霍刑警搔了搔脑袋，嘟哝道，“谁按的门铃呀？恶作剧？”

思炫头也不回，冷冷地说：“看看地面。”

霍刑警“咦”的一声，低头一看，果然看到门外的地面放着一张光盘。

霍刑警捡起光盘，回到屋里，打开电脑，把光盘放进光驱，见光盘里只有一个视频文件。这时候思炫和清凝都已走到霍刑警身后。霍刑警向思炫望了一眼。思炫点了点头。于是霍刑警把视频文件打开了。

视频的背景是一个堆满了杂物的房间，房间中央有一个人，正是清凝的姐姐宇文雅姬！只见雅姬坐在一张木椅上，眼睛被黑布蒙住，手脚被紧紧地绑了起来。她嘴唇微张，双唇轻轻颤抖，似乎因为缺水而颇为难受。

在雅姬身旁，站着一个二十七八岁的男子，黑发微卷，眼眶沉陷，两眼闪烁着冰冷的光芒，鼻梁高挺，双唇渗透着一丝苍白。视频打开数秒后，只见那男子望向镜头，嘴角一翘，轻轻一笑。

思炫看到这里，冷冷地说："是司徒门一。"

霍刑警"咦"的一声，脱口问道："谁？"

思炫舔了舔手指："通缉犯活尸。"

霍刑警这才反应过来，惊呼一声："啊，是他？"

原来视频中那容貌清秀的男子，全名司徒门一，外号"活尸"，是一级通缉犯，在犯罪界中赫赫有名，足以令大部分警察闻而生畏。思炫曾跟他几度交手，虽然几乎每次都能破解他的犯罪计划，但却终究无法协助警方把他逮捕归案。正因为思炫见过他，所以此刻一眼就把他认出来了。

霍刑警话音刚落，视频中的司徒门一便已开口说话："慕容思炫，如果我的计划顺利进行，此刻你应该也在观赏我的这段视频吧？如你所见，你们的宇文队长现在落在我的手上。只要我高兴，可以在三秒内结束她的性命。"

霍刑警听到这里，两手握拳，狠狠地咬了咬牙。清凝看到姐姐性命垂危，脑袋一阵昏厥，几乎要晕死过去。只有思炫望着电脑屏幕，丝毫没有被司徒门一的话所影响。

司徒门一头部微转，只见他那钉在右耳上的黑宝石闪闪发光。他稍微顿了顿，淡淡一笑，接着说："不过，我的双手从不沾血，这次自然也不例外。慕容思炫，我们几番交手，终究胜负未分，既然如此，这一次我们的赌注就大一点——宇文雅姬的性命。"

司徒门一说到这里，视频画面一转，镜头已切换到房门前，雅姬还在房间中央的木椅上，而司徒门一则已站在门外。看来这段视频是经过剪接处理的。

只见视频中的司徒门一把房门关闭，把雅姬困在房里。与此同时，思炫、清凝和霍刑警通过视频看到房门上安装了一个炸弹。

霍刑警和清凝还没反应过来，又听视频中的司徒门一说道："我现在就把这个炸弹启动，启动以后，这个炸弹将会在十个小时后爆炸。"他说到这里，看了看手表，续道："现在是 11 月 17 日晚上 11 点 17 分，也就是说，11 月 18 日上午 9 点 17 分，炸弹就会爆炸，你们的宇文队长就会粉身碎骨。"

清凝听到这里，失声叫了出来。霍刑警也四肢微颤，满额冷汗，只有思炫依旧是一副漫不经心的模样。

"在炸弹爆炸前，你们能找到宇文雅姬所在的地方吗？"司徒门一森然冷笑一声，最后说道，"祝你们好运。"

司徒门一说完这句话，视频便结束了。清凝呆了一下，回过神来，语气彷徨："现在该怎么办呀？"

霍刑警向来处事冷静，这时却也有些慌张了，看了看手表，急道："还有一个小时左右，炸弹就会爆炸了！我们现在才收到光盘，根本就没时间把宇文队长救出来。"他稍微定了定神，掏出手机，拨打了沈刑警的电话。

电话接通了，只听电话中的沈刑警极不耐烦地说道："干吗？"

霍刑警微微地喘着气，问道："你们现在在哪儿？"

"在 HY 市。"沈刑警的语气有些敷衍。

霍刑警一听，疑惑不解："HY 市？怎么会在那儿？宇文队长不是在火车上吗？"

沈刑警似乎有些生气了，加大了声音："我现在没时间跟你废话，就这样！"

霍刑警见沈刑警要挂电话，急道："等一下！宇文队长所在的地方有炸……"

"弹"字尚未出口，沈刑警却已挂掉了电话。

"干吗呀？"

霍刑警咬了咬牙，正要再次拨打沈刑警的手机，却听思炫冷冷地说："不用再打了。"

"为什么？"霍刑警不解，"现在是千钧一发的时刻，还有一个小时，炸弹就要爆炸了！"

思炫从口袋里掏出一个巴掌大小、红黑相间的铁盒，从铁盒里倒出几颗明治果汁糖，扔到嘴里，嚼了一会儿，才慢条斯理地说道："这只是司徒门一的一个游戏，只要我们能在游戏中获胜，宇文雅姬就会安然无恙。"他稍微顿了顿，接着又说，"而这个游戏，我们必胜，所以根本不必担心。"

清凝虽然担心姐姐的安危，但听思炫这样说，微微松了口气。至于霍刑警，虽然也深信思炫的能力深不可测，但终究有些不放心，说道："可是……"

思炫打了个哈欠，微微打断了他的话："现在，把你的小车借给我，然后，你去做一件事……"

– 4 –

昨夜，沈刑警根据宇文雅姬藏在身上的卫星定位追踪器的历史移动轨迹，推测雅姬身处从 L 市前往 HZ 市的火车上，于是带队乘坐直升机追赶。

到了凌晨四点多，追踪器竟然离开火车了。沈刑警根据追踪器的轨迹推断雅姬在 HY 市中途下了火车了，于是让直升机改变方向，前往 HY 市。

来到 HY 市后，沈刑警一边联系当地的刑警支队请求支援，一边继续追踪。最后追踪器在一家小旅馆中停了下来，于是沈刑警包围了那家小旅馆，准备突袭。这时候已经是次日上午 8 点多了。

就在这时候，霍刑警来电。挂掉电话后，沈刑警骂道："白痴！"舔了舔嘴唇，向旁侧的刑警问道，"已经确定追踪器是在这家旅馆的 502 房，对吗？"

那刑警答道："确定！"

"好！"沈刑警果断地说道，"现在突击！"

一分多钟后，沈刑警带队来到 502 房前，破门而入，然而房间里只有一对一丝不挂的男女，哪有宇文雅姬？

裸男见忽然闯进十多个人，其中一些人还穿着警服，只吓得脸色苍白，颤声道："我是第一次……放我一马吧……"话没说完，忽然两眼一翻，晕了过去。裸女在刹那的惊愕后，倒是颇为镇静，看来是这样的场面见得多了。

随后，沈刑警派遣下属对这个房间进行地毯式搜索，却终究没能找到雅姬的下落，只是在裸男的行李中找到了那个卫星定位追踪器。沈刑警瞪了才刚醒来的裸男一眼，喝道："为什么这玩意儿会在你的行李里？说！"

裸男听沈刑警如此怒吼，差点又被吓晕，咽了口唾沫，结结巴巴地说："我……我不知道你说什么……"

沈刑警咬了咬牙，暗道："糟糕，中计了，看来宇文队长从来没有被带上火车，绑匪到底把她藏在哪儿了？"

九点一刻，安装在门上的炸弹即将爆炸。然而此刻，雅姬还被困于房内。就在雅姬性命攸关的时候，一个头发杂乱、神情呆滞的男青年走到炸弹前，那人正是慕容思炫！

思炫细细打量那炸弹，由两根电线和一块电路板组成，电线一红一蓝，而电路板上则安装了一面液晶显示屏，此刻显示的时间为 2 分 37 秒，并且在不停地倒数。此外，在炸弹旁侧，还挂着一把剪刀。

就在这时候，思炫的手机响了起来。思炫斜眉一皱，把手机掏出来一看，打过来的是一个陌生的号码。思炫接听了电话，还没出声，已听雅姬的声音从手机中传出来："慕容，我是宇文，你现在在门外吗？"

"是。"思炫冷冷地说道。

"这是我的备用电话，我刚解开了绳索。对了，你看到那炸弹了吧？"雅姬稍微顿了顿，"炸弹上是否有一红一蓝两根电线？"

"是。"思炫的回答仍然简洁。

"剪蓝线！"雅姬斩钉截铁地说道，"理由我稍后再告诉你，相信我！"

思炫"哦"的一声，轻轻咬了咬手指，稍微思索了几秒。这时候倒计时已到 27 秒了，还有半分钟炸弹就要爆炸了。就在这生死一线的时刻，只见思炫拿起了炸弹旁边的剪刀，毫不犹豫地剪掉了红线。

倒计时停下来了，炸弹被思炫破解了。

思炫把房门打开，雅姬果然在房里。只是，此刻的她两眼依旧被黑布蒙住，手脚都被绑在木椅上。

思炫走到雅姬跟前，先帮雅姬把黑布拿掉，再把绑在雅姬身上的绳索解开。平日冷若冰霜的雅姬这时看到思炫，淡淡一笑，说道："这次是我失手了。"

思炫还没答话，他的手机又响起来了。思炫拿出手机一看，还是刚才打过的那个陌生的号码。思炫微微扭动了一下脖子，接通了电话。这一回，从手机里传来的不再是雅姬的声音，而是罪犯司徒门一的声音。

"慕容思炫，为什么要剪红线？"司徒门一淡淡地问道。

看来附近安装了监控录像，所以司徒门一虽然不在现场，但仍然能够监视着思炫和雅姬此刻的一举一动。

思炫一边打开手机的扬声器，让雅姬也能听到通话内容，一边从口袋里掏出一筒曼妥思抛光糖，挤出两颗，扔到嘴里，咀嚼着说道："第一，我对宇文雅姬无条件信任，雅姬在电话里说剪蓝线，所以应该剪蓝线；第二，你不可能没发现雅姬身上的备用电话，且通过光盘里的视频可知雅姬身上的绳索在无人协助的情况下极难解开，还有雅姬没有说出剪蓝线的理由，通过以上三个疑点可以推断，跟我通话的雅姬是假的，是你利用电脑合成音，扮演了雅姬，跟我通电话，所以，你所扮演的雅姬说剪蓝线，事实上应该是剪红线；第三，以你对我的了解，你知道我根据疑点必能得出'跟我通电话的雅姬是冒牌货'这个推论，从而得出'剪红线'的结论，你是利用了反心理战术，所以，应该是剪蓝线。"

思炫说到这里，稍微停顿了一下，舔了舔嘴唇，续道："不过，我还认为你早就计算到'我推断出你利用反心理战术，最后决定剪蓝线'这个事情，所以你利用了双重反心理战术，拆解炸弹的正确答案，应该是剪红线。"

司徒门一听到这里，微微感慨："不愧是跟我棋逢敌手的慕容思炫呀，竟然能在数秒内想到这么多。可是……"司徒门一话锋一转，森然道，"难道你不怕我运用了三重反心理战术吗？"

思炫轻轻舔了舔手指，用毫无抑扬顿挫的语气说道："事实上，我根据炸弹的构造，早已判断拆解这个炸弹的方法是剪红线，这个推断正确的概率约为百分之九十八。刚才的推理，只是为了进一步验证这个结果。"

司徒门一吁了口气："没想到你连电子知识也精通呀。那么，你为什么知道追踪器不在宇文雅姬身上呢？"

思炫的语气依旧冰冷："雅姬被绑架的时间是昨天晚上 10 点左右，而你今早放在门外的光盘里的那个视频文件，创建时间是昨晚 11 点 47 分，也就是说，这段视频的拍摄时间在昨天晚上 10 点到 11 点 47 分。发现了雅姬留下的手机后，我查看过她藏在身上的追踪器的历史移动轨迹，发现 10 点到 11 点 47 分这段时间，追踪器一直处于高速移动状态。但那段视频却是在静止的环境中拍摄的，所以我推断追踪器根本不在雅姬身上。我想，你在绑架雅姬的时候，肯定发现了她身上的追踪器，于是把追踪器放在一个准备乘坐前往 HZ 市的火车的乘客的行李中，以分散警方的注意力。你成功了一半，沈傲天他们果然乘坐直升机追到 HZ 市去了。"

司徒门一微微一怔，呵呵一笑："观察得真仔细呀。那么，你又是如何得知宇文雅姬被我藏在这里的？"

思炫向雅姬望了一眼，淡淡地说："是宇文雅姬告诉我的，就在你面前告诉我的。"

– 5 –

司徒门一一听，稍微呆了一下，但随即回过神来，"哦"的一声，淡淡地问道："是在那段视频中？"

“是的，虽然雅姬手足被绑，眼睛也被黑布蒙住，但她还是把她所在的地点通过某种方式传递给我了。”思炫说罢，又从口袋里掏出一盒糖，倒出大半盒，全部扔到嘴里。

司徒门一“咦”的一声，随即恍然大悟：“唇语？”

到了这时候，一直沉默不语的雅姬也终于说话了：“你说得对，我是通过唇语告知慕容我所在的地点。我知道，只要慕容看到这段视频，肯定能发现我留下的暗号。”

“真了不起呀！”司徒门一由衷赞道，“竟然就在我面前把信息传递出去，而且还让我当了一回传递员！慕容思炫，宇文雅姬，如果世界上没有你们两个的存在，那我可要失去多少乐趣呀？”

没等思炫和雅姬答话，司徒门一接着又说：“可是，你自己又是如何得知这里是什么地方？”

雅姬微微地舔了舔嘴唇，有条不紊地叙述起来：“你用电击棒使我昏迷后，把我的手脚绑了起来，把我的双眼也蒙了起来，在这个过程中你发现了我藏在身上的追踪器，把它弄走了。接下来，你把我放置在车尾箱中，运载到这里。但我比你预期中要早醒来一些。我醒来后，虽然不能视物，不能动弹，但却恢复了知觉。我感觉到自己在行驶中的汽车里，道路十分崎岖不平。同时，我闻到附近有荔枝和龙眼的味道。我根据自己的身体状况判断我昏迷的时间不超过半小时，加上道路崎岖和水果味道这两条线索，我知道自己当时极有可能在L市南区郊外的开心果园附近，因为L市里只有这个果园同时种植了荔枝和龙眼两种果树，且这个果园附近的道路颇为崎岖。”

雅姬顿了顿，接着说：“此外，我闻到荔枝和龙眼的味道在行驶方向的左侧，由此基本确定了汽车所在的位置。如果我的推测是正确的，不久以后汽车会经过一个薰衣草园。果然，五分钟后，我闻到了薰衣草的味道，这便证明了我之前的推理的正确性，让我完全明确了自己所在的具体位置。接下来，我默记和分析汽车行驶的轨迹，所以，在汽车停下来的时候，我知道自己所在的地方是 L 市以南的那个已经废置的工业区。你把我从车尾箱抱出来后，我继续分析移动的位置，并且接收周围的气味信息，最后得知你把我囚禁的房间，是在工业区里的一家特钢制造厂里。”

司徒门一听到这里，稍感惊讶，由衷说道：“宇文雅姬，你比我想象中要出色得多。”

没等思炫和雅姬答话，司徒门一话锋一转，“可是，这一盘棋，终究是你们输了。你们知道吗？绑架雅姬的计划，只是这盘棋中的一颗棋子，并非主帅，现在，我要将你们一军了！”

话语甫毕，司徒门一挂了电话。

此刻，他在文兴路附近的一家酒店的商务套房里。

挂掉电话以后，他在床上拿起一个黑色的公文包，缓步离开酒店，来到附近的一座天桥上，打开公文包，里面竟然放着上百沓百元钞票。只见司徒门一拿起一沓钞票，撕开封条，往下一扔，霎时间一百张百元钞票从天而降，散落在十字路口的中央。

短短十多秒，天桥下的人们已疯狂起来，或从人行道上奔过来，或从汽车里跑出来，争先恐后地抢夺地上的钞票。司徒门一淡淡一笑，把公文包里的钞票一沓接一沓地扔下去。不到五分钟，这一带的交通完全瘫痪了。有些人被撞倒在地，不仅没人把他们扶起，甚至有的人为了争取抢钱的时间，还狠狠地踩在他们的身上。

司徒门一在天桥上看得津津有味，喃喃说道：“人类真是有趣的动物呀，动物园里的猴子把食物抢到手里，还能填填肚子，可是他们把这些伪钞抢回去，又有什么用呢？”

–6–

5 月 18 日上午 9 点 19 分，L 市刑警支队的刑警郑天威接到一项紧急任务：文兴路JS银行总行遭劫匪抢劫，立即带队前往案发地点！

郑刑警一接到任务立即带队出发，可是当他们来到JS银行总行附近的天桥时，却发现这里大堵车。要前往JS银行总行必须经过这座天桥，可是根据目前的情况，要通过是不可能的。

“可恶！”郑刑警咬牙切齿，“难道要让那群劫匪逃之夭夭？”

与此同时，抢劫JS银行总行的那伙劫匪已经抢劫成功，极速撤离银行，跑到他们停在附近的面包车前方，纷纷上车。正当他们为自己成功抢劫银行而扬扬自得的时候，数十台警车毫无先兆地从四面八方涌来，把他们的面包车死死地包围在中间。从现场的情况看来，他们是插翅难飞了，只能束手待擒了。

首先从警车上走下来的是昨晚跟思炫一起商量如何营救雅姬的霍奇侠刑警。就在劫匪们目瞪口呆、不知所措之际，霍刑警拿着扩声器，大声说道：“你们已经被重重包围了，缴械投降吧！”

藏身于附近的司徒门一看到了这一幕，秀眉轻蹙，长长的眼睫毛轻轻颤抖。就在这时候，他的手机响了起来，拿出手机一看，原来是慕容思炫回拨过来。

司徒门一接通了电话，语气在平淡中夹杂着一丝起伏：“慕容思炫！”

电话另一头的慕容思炫冷冷地说道：“我们反将了你一军，这盘棋，你输了。”

司徒门一再也没有笑意了，神情严肃：“为什么会知道这个抢劫行动？”

雅姬嫣然一笑，接过电话回答道：“十分巧合地，那个抢劫银行的犯罪团伙里有我的卧底，我不仅在昨晚已经得知他们今天的行动，还知道他们会携带什么武器。05式和AK47还好，可是M16和G3不是那么容易可以弄到的。根据我之前对这个团伙的调查，他们不具备购买M16和G3这些步枪的途径和资金，所以我怀疑有人在暗中协助他们。在我被你绑架后，那个协助他们的人是谁，以及我被绑架的目的，不就不言而喻了吗？”

司徒门一听到这里，脸色有点难看。每次他跟慕容思炫交手，两人都是不分上下的。但这次慕容思炫跟宇文雅姬联手，竟让他的计划被彻底破坏，这不禁让孤傲自负的他备受打击。

他还没答话，思炫接着说道："让警方把注意力集中在雅姬被绑架的案件上，而你就乘虚而入，协助那伙劫匪抢劫银行，这便是你的核心计划。雅姬在通过唇语把她被困的地点告诉我的同时，还把这个抢劫银行行动的信息告知于我，于是我跟霍奇侠分工合作，我用他的车去救雅姬，他则带队到 JS 银行总行附近设下十面埋伏。"

司徒门一轻轻"哼"了一声，脸色微变。但高手毕竟是高手，不到两秒，脸色已缓，微笑着说道："慕容思炫，这次你比我预想中要出色一些。宇文雅姬，我承认，之前是我低估了你的实力。这一次，是你们完胜了。既然你们获得胜利，我就给你们一个奖励吧。你们现在是在霍奇侠的那台红色的 QQ 上吗？"

"是。"回答他的是思炫。

司徒门一看了看手表，微笑道："现在是 9 点 28 分，还有两分钟，这台小车就会爆炸，赶快撤离吧。"

雅姬一听，脸色微变，向思炫望了一眼。没想到思炫却一点反应也没有，大大地打了个哈欠，漫不经心地说道："今天早上来到楼下的时候，我发现霍奇侠的汽车很脏，布满灰尘，但在车尾有一个位置却没有灰尘，而且还有一些模糊的指印，所以我怀疑有人曾经攀着车尾，钻入车底，对汽车动了手脚。于是我检查了车底，果然发现了一个炸弹。当时我就把那个炸弹拆掉了，所以两分钟后，汽车是不会爆炸的。"

司徒门一咽了口唾沫："慕容思炫，这一次，是你彻底获胜了。"

"是的，这次是彻底获胜了。"说罢，没等司徒门一答话，食指一按，把电话给挂断了。

与此同时，司徒门一身后站着一队便衣警察。

故事九　人心如墓

如果不是我知道这里发生过车祸，那么我看着这个地方，绝对不会发现和车祸有关的任何线索。乡里的人会清理得这么彻底吗？我忽然生出一种不安的感觉。

苏禅

绘画158迷魂

—1—

清晨，我坐在唐三婶的面馆里。面还没有端上来，我透过敞开的门看着外面的世界。

对面洗头房里，那个十七八岁的小丫头学徒正把洗脸盆里的水泼到大街上；老陈头赶着他的羊群慢慢沿着街边往村外走去；两个脏兮兮的小孩儿追打着抢着一个破皮球；马山的媳妇一扬手，一把玉米粒就迎着刚刚跳出来的太阳光划出一片金黄色的弧。

一切如常，从我来到这个偏僻的小山村，每一天的清晨似乎都是这样的。初见到时，你会觉得这里充满安宁而富有生机的田园气息；久了，你就会发现，其实这只是不同于城市的另一种无边无际的重复的枯燥。

我感到特别无助和乏力，我从城市里躲避到这里来，就是因为城市的喧嚣掩盖下的死气沉沉，和物质社会里的无情冷漠，让我憋闷得不堪忍受，可是现在，这里同样给了我窒息般憋闷感。

突然有一天，情况出现了变化。

先是一声凄厉的惊叫。

“死人了！死人了！”

那声音嘶哑尖利，似乎喊叫的人正处于极大的恐惧之中，听了让人莫名地感到一阵亢奋。

喊叫声撕破了宁静的一切，“呼啦啦”一下子，本来行人寥寥无几的街上很快堆满了人。唐三婶从后厨身手矫健地窜出来，甚至还先我一步窜到了街上。

喊叫着奔跑过来的，是小村里疯疯傻傻的孤儿鸭子。

“死人了！死人了！”鸭子踉踉跄跄地跑着，惊恐万状地喊着。他本来就疯疯癫癫，现在看着疯癫得越发失常了。

很快，他已经跑到了我们这些看客近前，我急切地想上前抓住他，问问他到底看到了什么，但我毕竟是个外来客，不能出头做这件事。

就在我犹豫的时候，一个高大的男人几步跨到路中间，一把抓住了跑得几乎要脱力了的鸭子。

“鬼叫什么？谁死了？”那个男人我认识，他是这小村子里的治安队长，叫王绍忠。

鸭子的腿软软地弯曲着，任由王绍忠拎着自己，他翻着白眼儿，嘴角吐出肮脏的白沫，说：“车，车翻了！人脑袋，碎了！”

他的手指着自己跑过来的方向，那边有路过小村的唯一一条公路，谁都可以听明白，他应该是看到公路上出了车祸，车里的人死了。

我很讶异，在我的印象里，那条几乎要废弃的公路，从我来到小村后，似乎就没看见任何一辆机动车经过，怎么第一次有车子出现在上面就出车祸了呢？

“呼啦啦”，所有人又一下子都朝着东边跑去了。出了这么大的事，谁都想去看看热闹。

老陈头的羊群刚刚要走出小村，一下子被人群冲的七零八落，他扯着嗓子发出愤怒的叫骂声。等我注意到自己也在随着人群奔跑的时候，我已经出了小村。

我陡然感到一阵恐惧：来到小村三个月，我已经被这里的人、这里的气场同化了吗？我怎么也抱着几百年没见过热闹一样的心思奔往车祸现场呢?

我扪心自问，丝毫没有产生看看是不是还有机会救一救车祸里遇难的人的心思。这种无形的冷漠什么时候种进入了我的灵魂了呢?

我没有时间深深反思了，虽然我的脚步被我陡然冒出来的念头拉慢了，但这个时候，我还是看到了公路上那辆整个翻到了路下道沟里的轿车。

-2-

出车祸的那辆车是一辆黑色雅阁。不知道开车的人有什么急事，把它开到那么不要命的速度，所以它在那个窄窄的公路上、那个急急的转弯处，出卖了操控它的人，自己飞出了公路，整个来了个大翻身。

它摔瘪了自己，同时也一并摔瘪了自己身体里的两男一女。

当时那么多人都围拢到了车边，看到车里的惨状，本来抱着看热闹的心的所有人都吓傻了。毕竟，一个好好的大活人竟然被整个压碎了半个脑袋的场景，不是一般人的心理可以承受的。

两男一女，其中两个死在了车里，要俯下身才可以看到他们，另外一个直接从司机的位置上半身蹿出了车子。他的头碎了，脑浆和鲜血流出来，浸泡着他肩膀上刺破身体钻出来的上臂的白骨。

我也感到胃里一阵恶心，悄悄后退，把自己隐匿在了人群里。

这时候，村长葛民生大摇大摆地来了。

人群让开了一条路，村长皱着眉捂着嘴，来到了大头朝下的车子前。他的目光绕过司机恐怖的尸体，蹲下来朝里看了看，又看见了里面那一女一男的尸体。他赶紧站起来背转过身子，冲着人群大声说:“都回家去吧，这不是什么好事儿!绍忠，你找两个人看住这里，我到乡里去报告一下。”

王绍忠吆喝了几个年轻人走出人群，围住了车子，然后轰散了围观的人。我混在人群里，摸出了自己的手机。

我来到这里是为了彻底断绝以前的生活圈子，所以当我步行四个小时，从乡间客车能到达的最后一站走到这个山村的过程里，我抠出自己手机的 SIM 卡，扔到了荒草丛里。

现在，我和这个小山村里的任何一个人都是一样的，要想联系外界，只有走出去。反正村长已经说了，他要到乡里报告，我也就放弃了由我报警的打算。

好在手机还有拍摄功能，我远远地对着车子和尸体们拍了几张照片，然后随着人群慢慢地回到了村子里。

耳边所有人都吵吵嚷嚷地议论着车祸的事儿，大多表示城里人就是狂，开车恨不得都要飞起来，所以死了活该。我听了，心里竟然有种残酷的被虐般的快感。

我忘记了唐三婶那碗面，直接回了我借宿的光棍老李家。

之后，百无聊赖的我几次晃荡到村外去看过车祸现场。王绍忠和那几个年轻人坐在一块大石头上抽着烟，死人还在等待着乡里来人把他们收拾走。

等我第四次去看的时候，天已经蒙蒙黑了。我冒出了个想法，想走过去和王绍忠聊聊。

我不知道他会不会和我聊，因为我知道虽然村里人对我都很客气，但他们始终把当我外人，大多数的事情都避着我，瞒着我。

我这么想着，慢慢地也就走到了村口。天虽然黑了，但我还是可以看清大多数的事物，我猛然发现，那辆车、那三个死人，还有王绍忠和那几个年轻人，全都不见了！

是什么时候乡里来了人把车拖走，把尸体拉走了的呢？

我快步走过去，走到了车祸发生的位置，我惊讶了：不但车子和死人不见了，连地面上的血迹和碎玻璃什么的，都完全消失不见了。

那不是简单移走了的“不见”，如果不是我知道这里发生过车祸，那么我看着这个地方，绝对不会发现和车祸有关的任何线索。乡里的人会清理得这么彻底吗？我忽然生出一种不安的感觉，似乎车子和死人被移走，是有人要彻底抹掉车祸发生的痕迹。

– 3 –

我不否认是自己多疑了，但是那晚我真的没睡好。我翻来覆去地思考着，脑子里闪过一个个杂乱的想法，但是，那所有的想法都无法驱散从我心底深处冒出来的想法：车子和尸体是被村里人藏起来了；村长根本没有去乡里，他和村民们心照不宣，他们只是刻意等到天黑，避开我这个外来人的眼睛，让车子和人彻底消失。

如果是这样，他们为什么？难道是贪图车子主人的财物，还是有其他什么企图呢？

大炕上另一边，我借宿这家的主人老李已经睡得呼噜山响，我悄悄地坐起来，穿好衣服，又脱了下来。

我放弃了半夜去勘察的想法，因为我明白那不会有什么结果。我打定主意，往耳朵里塞了两块卫生纸球，然后就睡了。

第二天，吃完了早面，我慢慢地晃荡着。我能感觉到，村子里的人看我的眼神变得偷偷摸摸。这给我一种感觉——我昨晚的猜想很可能是正确的。

避开看着我的目光，我找到了昨天随着王绍忠一起围着车祸现场的一个年轻人。他叫罗大伟，我找到他的时候，他正背着竹筐在河边割猪食草。

“大伟啊。”我招呼着他坐下来，递了一根烟给他。我知道这东西对他来说应该有很好的诱惑力，因为从我进村以来，我看到所有叼在人嘴上的烟，都是他们自己卷的土制旱烟。

他果然露出了一个不好意思的笑，但还是接过我的烟，坐在了我身边。

“找我什么事儿啊？”他问我。

“昨天……什么时候乡里来人把那翻了的车，和那三个死人拉走的？”我试探着问。

“什么车？什么死人啊？”罗大伟脸上露出诧异的表情。

我并没有很震惊，他这样的反应正好验证了我的猜想。

我没说什么，只是盯着他的眼睛笑着。我知道自己眼睛里进攻的光芒还是有些压迫力的，我希望可以看到他撒谎造成的慌张。但是他的防卫却超乎了我的预料，他一直看着我的眼睛，保持着那诧异的目光，丝毫没有睁眼说瞎话该有的掩饰和慌张。

难道他们已经不是第一次“消失”某些事物了，怎么这么训练有素？

“你有毛病啊？”

我脑子里闪着各种念头，不觉已经和他对视沉默了好半天，他忽然很不礼貌地这么说了一句，站起来叼着烟走了。

看着他的背影，我心底莫名升起一丝寒意，似乎来了这么久，我终于要见到这个荒僻的小山村淳朴背后可怕的一面了。

那天，我找到了和王绍忠一起的所有年轻人，他们都无一例外地否认了车祸的事情，而且都反问我到底在说什么梦话。他们的样子都看不出是装的，但那只是说明他们装得太像了。

于是我转而去问其他村民，得到的答案竟然也是一样的，根本没有人承认村子外出了车祸。我唯一的机会就是鸭子了，他是个疯子，就算全体村民都约定缄口，但是疯子总不会与他们同流合污吧？

可是我这唯一的机会很快也破灭了，因为鸭子不见了。

我慌了，那是我第一次体会到身陷在一场集体的表演之中的恐惧，而且这场集体表演秀的导演堵住了我所有出戏的出口。

现在的情况是，只要村民们统一口径，哪怕我叫警察过来调查，也得不到丝毫结果。

然而那还不是最可怕的，最可怕的是，问多了人，得到了很多的看起来无比真实的诧异打量和反问质询之后，我本来抱定的信念忽然动摇了。我忽然开始怀疑到底是村民在集体撒谎，还是我自己的记忆出现了差错。

这种自我怀疑远比对村民集体的怀疑更令我不安，我决定不再和任何人提车祸的事情，我要自己找到车祸发生过的证据，并把它带出去。

这不是为了简单地让车祸的死者不至于死不瞑目，也附带了我要证明自己没病没疯没幻觉的目的。

如果不是我开始找证据，后面的恐怖的事情也许就不会发生。但是证据我找了,那些事也不可避免地发生了。就像是村民利用夜色避开我一样，我也同样利用夜色避开了村民们。

光棍老李的睡眠总是那么好，所以我悄悄离开了他家，他丝毫没有发觉。

深夜，我带着手电，来到了车祸发生的地方。

今天，是车祸发生后的第三天，如果认真找，我相信总可以找到一些车祸留下来的痕迹。

但是公路下荒草虽然不深，我依然什么都没有发现。

这种彻底的清理让我深感恐惧。在村民们的齐心合力下，那三个人就像是从来没有出现在世界上一样，融化在了小村清新的空气里。

我抱着脑袋蹲在公路下的荒草里，风在微微吹拂着，我感觉似乎是那三个人的魂魄不甘心地围着我在游走。他们知道我是唯一记得他们的人，他们需要我给他们的存在找到一个依凭。如果我什么都做不到，他们的家人朋友将永远不知道他们消失到何处了。

尸体总不可能是被吃掉了，村民们能使用的方法无非也就是掩埋或者焚烧，而焚烧之后，避免不了还是要掩埋。我决定到小村的坟地去看看，也许那里会有新翻出来的土。

如果我在坟地里找到那三个人被掩埋的痕迹，那么之后的恐怖的事情也还是不会发生。遗憾的是，我什么都没找到。

于是那些事终于发生了。

-4-

从王寡妇家出来的时候，村长葛民生看了看天。天上星光暗淡，他丑而凶横的脸上露出一丝冷笑。

他紧了紧腰带，得意地往村部走去。他不想回家去听自己那个粗糙的老婆子聒噪，反正看村部的老张头一定烧好了炕，自己把他赶走就是了。

大概十分钟后，葛民生走过了罗樵山的家门口。他家里黑灯瞎火早就睡了，葛民生却突然看到一个僵直的人影站在他家的院子里。

有贼？葛民生脑子里冒出这么个想法。他缩下身子，慢慢地在黑暗里靠过去偷看。他看到了罗樵山院子的角落里有一对幽蓝色的闪光，那是老罗家的看门狗的眼睛。院子中间真的有一个人站着，而那只狗看着那个人，一声不吭。

葛民生细细地看了看那个人影，身上渐渐开始感到寒冷。那个人很奇怪，他似乎不是一个正常的人，葛民生感到一股阴森森的气场从他身上发出来。他的头歪着，竟然似乎只有半个！

本来葛民生打算看清了就跳出去抓住这个深夜站在别人家院子里的贼，但是此刻他猛地打了一个寒战之后，想的却是要在那个人没发现的情况下赶紧逃走。然而他还没动，那个人却先动了。只见他的腿似乎也断了，每一步走得都好像是螺丝生锈了的铁人，歪歪扭扭的，甚至发出“咯吱咯吱”的响声。那个“人”歪歪扭扭地走到了罗樵山家窗子外，忽然挠了挠窗玻璃，发出一种不似人类般的声音：“出来……罗大伟……你出来……”

很快，罗樵山家的灯亮了起来。

“谁？”屋子里传出来罗樵山有些惶恐的声音。

“罗大伟……你出来……你把我弄没了……我要你来做我……”那个“人”继续挠着窗子，继续发出那慢慢的没节奏没起伏的声音。

屋子里的人猛地扯开了窗帘，躲在暗处的葛民生看到罗樵山和他儿子罗大伟的脸出现在窗子里。而同时，罗樵山和罗大伟显然也看清了正在挠着他家窗户的那个“人”的脸，他们立刻露出极端惊恐的表情，发出一声惊动了小村所有狗的尖叫声。

“罗大伟……你出来……我认识你……”那个“人”继续挠着窗户，葛民生已经抖成了一团，他猫着腰，狗一样逃走了。

– 5 –

早上，王绍忠还没钻出被窝，葛民生和罗樵山就慌慌张张地闯进他的家。

王绍忠正要动怒，抬头看见是村长大人驾临了，他赶紧翻个身，趴着摆出一副笑脸：“大哥，这么一早上咋就来了呢？”

“出事了！”葛民生骂骂咧咧一把掀开他的被子，“老子问你，你把那三个死鬼埋到哪里去了？”

也就只有他这个村长敢这么掀开治安队长的被子。

“埋……”王绍忠犹豫了一下，“埋到二道岭了。”

“带我去看！”葛民生从柜子上拿起王绍忠的衣服扔给他。

王绍忠被他搞得一头雾水，但也不敢迟疑，赶紧穿衣。这时候院子里传来一声惊呼，是王绍忠老婆的声音。

王绍忠知道自己老婆起早出去到菜田里摘菜了，他喊一声：“鬼叫什么呢？”

“院子里这是谁扔进来的死……”他老婆一边慌张地问着，一边匆忙跑进屋子里来。一眼看见葛民生和罗樵山，她嗓子里的声音陡然降了一个调，“……狗啊？”

“是我家的狗。”罗樵山垂头丧气地说，“昨晚上我家闹鬼了，大黑狗也被咬死了。”

“啊？”这时候，王绍忠已经匆匆穿好衣服，听他们那么说，赶紧出门去看。只见自家院子里果然扔着一条大黑狗的尸体，那狗的眼睛死死地瞪着，但是身体却已经被撕扯得残破不堪。

“这是怎么回事？”他也惊了。

“昨晚上……”罗樵山叹了口气，心有余悸地说，“那个脑袋碎了的城里人到我家来了，挠着窗户要大伟替他偿命，还咬死了我家的大黑狗。”

葛民生在一旁阴着脸，站着一言不发，他不能暴露自己看到了昨晚老罗家院子里情形的事。

“你别胡说了！”王绍忠的脸一下子变得惨白。

“他没胡说，死狗你也看到了，别磨叽了，咱们去二道岭。”葛民生冷冷地说。

他们去了二道岭，从村里到那儿，走了一个多小时。他们叫上了几个年轻人，其中就有那天围着车看热闹的几个人。那些人拿着铁锹镐头，一直进发到山里，走到了几个新鲜的坟堆旁。

坟堆上刨下来的土块上，还带着没有完全枯死的野草。风吹着，野草轻轻摇摆。

站在坟前，葛民生阴着脸子，冷冷地下令了：“挖！”

年轻人们开始奋力地挖，很快，他们刨出来一块黑色的铁皮，那是那辆车的一部分。

看到车，所有人都似乎安心了一些，他们继续挖着，这时候葛民生突然大喊一声：“停！”

所有人都愣了一下，马上停了下来，王绍忠小心地看着葛民生的脸色：“大哥，怎么了？”

“你们听。”葛民生的脸色很不好，他这么一说，所有人本就紧张的心又都悬了起来。

他们都听到了，不远处低矮的树丛后面，有人低低地在说话。

“我的腿好疼。”是一个女人的声音。

“我也被压住了。”是一个男人的声音。

“你们别说了，我的头都碎了，我比你们惨多了。”是另一个男人的声音。

太阳在山坳的正顶上照着，但在炽烈的阳光下，所有人都忍不住打起了寒战。

“谁在那里？”葛民生使劲咽了一口唾沫，大声喊道。

“我嘴里的土好黏啊。”那个女人的声音说。

“我想翻翻身。”第一个男人的声音说。

“你碰到我的脑袋了。”第二个男人的声音说。

“村……村长，是他们，闹鬼了！”一个年轻人吓得颤抖着说。

“别胡说！”葛民生虽然极力保持着镇定，但是他的声音也还是掩饰不住地有些虚了。

“其实那时候我还没死呢。”那个女人的声音幽怨地说，“是他们活埋我的，我要报仇。”

“我也想报复！”第一个男人的声音恶毒地说。

“好，今晚我再出去，带你们一起去。”第二个男人的声音咬牙切齿地说。

“真的闹鬼了！”一个年轻人再也忍不住了，嚎叫一声，撒腿往村子的方向跑去。他的逃跑就像是一根导火线，一下子引爆了所有人的恐惧，他们争先恐后地跟着他一起狼狈逃窜了。

葛民生大声地喊着，但此时他村长的权威已经没有作用了。转眼间，坟堆旁已经就剩下了他和硬挺着没敢逃走的王绍忠了。

“走，跟我去看看！”那边树林里，那不知道什么样的三个人的说话声降低了，但是絮絮叨叨的似乎都是在说“报仇，报复。报仇，报复”！

王绍忠想退缩，但是他看到葛民生脸上一丝丝的横肉不停地抽搐着，他还是没敢退缩。

两个人慢慢地靠近那发出声音来的树丛，而树丛里的“人”似乎丝毫未察觉，或者根本不在意他们的走近，仍在絮絮叨叨地说着。葛民生和王绍忠已经走到了近前，葛民生突然大喊一声，猛地拨开了树丛。说话声戛然而止，他们什么都没有看到。

刚刚那声音分明还在说话，那可是整整三个人啊！他们怎么有这么快的速度，一瞬间就消失了？

葛民生脸上的横肉控制不住地开始颤抖，王绍忠更是连声音都颤抖得不行了：“大哥，我们走吧！”

葛民生没有回应，他还在仔细地搜寻着，试图找到仓皇躲避的人影，但是他什么都没看到。

这时候，另一边的另一堆树丛里，一个嘶哑但尖利的声音忽然响起：“不好了！死人了！死人了！”

那声音里充满了惊恐，虽然声音因为恐惧已经失去了本来的音色，但是葛民生和王绍忠都听出来了，那是村子里的疯孤儿鸭子的声音。

鸭子去了哪里，他们心知肚明。此刻听到他凄厉的喊叫，他们再也坚持不住了，撒开腿，没命一样地向着山坳外逃去。

–6–

车祸里死的那三个人闹鬼了，这个说法在小村里不受控制地传开了。

家家户户都陷入了恐慌中，因为他们都分到了那辆翻了的车子的主人的钱，他们不知道什么时候钱的主人会到自己家要回他们的钱，并顺带要走自家人的命。

夜晚，恐惧的人们都聚到了村长家找办法，让葛民生本就慌张烦躁的情绪变得愈发难以压制。他在院子里咆哮着轰走了所有人，并严厉警告，任何人都不许将他们把车祸的车和人都埋了、私吞了人家的财物的事情说出去，否则警察来了，所有人都得进去蹲牢房。

人都散了，关上门，老婆子恼人的哭叫声又在葛民生的耳朵边响了起来。

“你啊，从来就不是个好人，缺德事你做了多少啊？报应来了吧？该！你就该被鬼抓去和老罗家的死狗一样被咬死！”老婆子催命一样数落着。

“闭上你的嘴吧！”葛民生恼怒地骂道，“再咒老子，老子就把你埋到二道岭给那三个人当祭品！”

老婆子缩缩脖子，呜咽着，不敢数落了。葛民生懊恼地躺到了炕上。看着天花板，葛民生似乎透过房顶看到了天上那稀稀落落的星星。老天的眼睛这次真的睁开了吗？它看到了自己干的那些事要来惩罚自己了吗？

葛民生一股狠意升上心头，他不甘心接受任何人的惩罚，哪怕是天。

夜越来越深，天地混合成了一体。

葛民生听到老婆子的声音慢慢降低消失，她睡着了，葛民生关了灯，也躺进了黑暗里。

迷迷糊糊地，他似乎听到遥远的二道岭里，那三个人说话的声音穿透夜幕飘进了自己的耳朵。他身上一阵阵发紧，噩梦渐渐铺展开来。

忽然，一道有些凄迷的光透进了屋子里，直接打到了炕里的墙上。

葛民生陡然睁开了眼睛，看清墙上那道光，瞬间，他汗毛倒竖，出了一身冷汗。

只见那光从窗外透进来，像是放电影一样落到墙壁上，墙壁上竟然出现了那车祸现场三个人凄惨的死状！

车子里的两个人堆叠着，司机半个身子探出了车外。他的头碎了，肩膀上戳着白森森的骨头。

葛民生怪叫一声蹿了起来，他站在地上看着那道光，那光似乎是从遥远的二道岭传来的一样，发光的根源似乎就是那破碎的头颅上死不瞑目的眼睛。

“咯咯咯……”炕上，熟睡的老婆子忽然笑了一声。她一笑，墙上的画面陡然变了一下，竟然只剩下了那个破碎的头颅。葛民生发现那头颅上的眼睛竟然真的大张着，似乎正在墙上冷冷地看着自己！

“咯咯咯……”老婆子又笑了。

画面又变了，一闪就变了，这一次，画面上只剩下了一双死不瞑目、充满了怨毒的眼睛！

“咯咯咯……”老婆子一连声地笑了起来，那墙壁上的画面也开始不停地变化闪烁。

“咣当”一声脆响，葛民生家的窗子玻璃猛然被人敲碎了，一只血淋淋的手从黑暗里抓挠着伸了进来。

葛民生嚎叫一声冲出屋子，在黑夜里落荒而逃。

–7–

葛民生明白，冤魂来索命了。他们是因车祸死的，没有害死他们的怨主，所以，私吞了他们财物，埋藏了他们尸体的这些人就成了他们索命的目标。

碎头男人挠老罗家玻璃的事情是葛民生亲眼所见的，他咬死了老罗家的看门狗，葛民生无法确定他们什么时候会来咬死自己。

要想安抚怨鬼，山村里当然有古老相传的办法，那就是献祭。葛民生知道自己应该找一个替死鬼以安抚怨鬼们的灵魂。

选择谁，这是个问题，葛民生有个很好的人选——王绍忠。整件事，自己虽然是主谋，但是他也算是一个最主要的从犯，用他来献祭，应该更能安抚那些恶鬼。

当然，还有他们的财物。大头虽然被自己吞了，但是村子里家家户户也都分到了钱，自己这也算是为集体献祭避鬼，狠心一把，也不是毫无道理。

他计划得很好，但是他不知道这时候王绍忠已经趁着夜色又到了二道岭，正胆战心惊、气喘吁吁地刨着白天没有挖出来的汽车和尸体。

他的身边坐着一个人，看着他傻傻地笑着。那是他们为了不露风声，偷偷打死，和车祸里的尸体一起埋到了这个坟堆下的鸭子。

天黑的时候，他从葛民生家和村民一起被赶走之后，回到自己家里，就看到满脸都是泥土，却看不出面容的鸭子，穿着破破烂烂的衣服坐在自己家的炕上。

鸭子只说了一句："二叔，你把我挖出来吧，我憋闷得不行了。"王绍忠就整个人瘫软在了地上。

然后鸭子"咯咯"地笑着，他脸上的黑土窸窸窣窣落下来，他笑着跑出王绍忠家，跑进了黑夜里，但是他傻乎乎说的那句话，却在王绍忠家里来回冲撞，久久不散。

"二叔，把我挖出来吧，我憋闷得不行了。"

"二叔，把我挖出来吧，我憋闷得不行了！"

"……"

王绍忠变得有些呆呆傻傻，他慢慢爬起来，走进院子里，抄起铁锹和镐头，向着遥远的二道岭晃晃荡荡地走去。

王绍忠到了二道岭，漫天冷冷的星光下，他开始刨那刨了一半的坟。车子露了出来，里面塞着那三个城里人的尸体，也塞着鸭子脏兮兮的尸体。

王绍忠趴下来，把鸭子的尸体拉扯出来，然后，他对着坐在不远处，看着自己挖出的那个鸭子说："鸭子，二叔把你挖出来了。你不要再缠着二叔了，害死你的人，是葛民生！"

"二叔，你把我背到村长家里吧。"鸭子傻乎乎地笑了，他脸上的黑土窸窸窣窣地落下来，他跳起来，跑了。

天快亮的时候，王绍忠背着鸭子的尸体回到了村子里，他把鸭子背进葛民生家的时候，找了他一晚没找到的葛民生此时正在家里暴打他自己的老婆。那个老婆子一晚上神经兮兮地傻笑，已经把葛民生折磨要要疯了。

葛民生从来没见过自己的老婆子嘴这么硬过，自己那么狠地打她，她还是不停地骂着。

“报应？报应？”葛民生愤愤地骂着，“你诅咒老子遭报应，老子就在遭报应前先把你打死！”

老婆子已经被他快要打死了，这时候，他一眼看到王绍忠拖着腿，背着鸭子那浑身是土的尸体走进了自家院子里。

葛民生嚎叫一声，冲出去一拳打倒王绍忠，死死地掐住了他的脖子。

–8–

我看着村子里这几天闹腾的事，没有发表任何意见。

光棍老李也陷入了极大的恐慌，他起初还是什么都不和我说，直到葛民生掐死了王绍忠，他才终于忍不住了。他想求我带他离开村子，到城市里找一个打工的活，他想逃避。

看着他那恐惧的样子，我心里暗暗好笑。

村子里的人想隐瞒我、孤立我，他们表演得很好，一个个死不承认出了车祸，但是他们所有人都加到一起，脑子也没有我的好用。

我只不过伪装成碎头男人毒死了老罗家的狗，并撕烂了狗的尸体；只不过用我智能手机的变声功能，自己装成三个人录了一段对话，然后跟着葛民生他们一起来到二道岭，把手机藏在落叶里播放了录音；只不过浑身涂满泥土扮成鸭子吓唬了王绍忠；只不过把我拍摄下来的车祸照片用手机的幻灯功能投放到了葛民生家的墙上；只不过把偷拍了的葛民生和王寡妇睡觉的照片给他老婆看了，并告诉她，他们犯法都是要枪毙，要她配合我，我就一个人对付他们所有人。

虽然这一切都并不复杂，但是对于心里有鬼的那些人，我弄的“鬼”

已经足够了。

现在，事情不需要我去说，他们自己就暴露了，他们杀了人，他们偷了死人的东西，他们就必须要付出代价。更何况，他们还试图玩弄我。

警察很快来了，好几辆警车开到了二道岭。

我避开所有人的目光，偷偷来到了二道岭。我看到警察把那辆车和里面的死人弄了出来，三具尸体被并排平放到了一起。

之前我也只是看出了尸体的性别，还真没有机会看清尸体们的脸，而此时机会来了。

那颗头颅破碎的尸体已经看不出面容，让我心里一震的是那里面唯一一具女尸的脸。

虽然已经埋了几天，并开始肿胀腐烂，但是拂去她脸上的尘土，我还是一眼就认出来，那竟然是我几个月前分手的女友苏兰。

正是因为她背叛了我，我才躲避到了这个山村来放逐自己。这是报应吗？她竟然远远地跑来我躲避的山村出了车祸！

我心里一波波震颤着，我想起来了，那辆黑色的雅阁本来就是我情敌卢海洋的车。他是个有钱的阔少，而我只是个修车的工人，我只能眼睁睁看着自己的女友挎上了他的胳膊。

我还没有忘记，为了报复卢海洋，我还偷偷找我的朋友，找机会对他车子的刹车系统做了手脚。

那个头颅碎裂的人是他吗？

我不想看下去了，我不知道警察们通过对汽车的检查能发现多少事情，但我知道，真相总会被揭开的。

我偷偷缩进灌木丛里，远远地离开了小村。

故事十　诡异的自杀

发现死者尸体时，身体已经出现被剧毒侵蚀后的溃烂现象。可她为什么还要服下安眠药，进入昏睡状态的人还有力气跑到楼顶跳楼？

柳微襄

绘画 176 迷魂

－1－

她，黎姿，和香港一线女演员重名，长相也同黎姿相似，连作息时间也与演员一样早出晚归。整个夏天只有两件T恤轮流穿，原本在校外超市打工：奶粉柜台促销员，月薪五百，刚够每月生活费。没成想，三聚氰胺的出现不但毁灭了祖国的花朵，也砸了她的饭碗，于是改在校外米线店打工，工资不变，负责收拾砂锅和擦桌子。

米线姐称号由此诞生，百叫不厌。

舍友黎小萌，不但家庭富裕，且拥有魔鬼身材。每晚米线姐收摊回寝室，黎小萌便随手拿起一瓶香水对着空中狂喷不止，同时拨通男友的电话诉苦——只打雷不下雨。

黎小萌这样做是有原因的，她辛苦追到手的现男友焦拯，初恋女友居然是眼前的米线姐。

好在米线姐在宿舍有一知心好友苏巧巧，每当黎小萌欺人太甚时，她都会站出来替她反击。复杂的三角关系就这么平庸地出现了：两个女人死对头，再加一个变传奇。

以上所述内容直接引燃了接下来具有转折性的事态发展。

周三晚上，当米线姐拿着抹布擦桌子的时候，黎小萌和焦拯雷翻天的吵架声一时间将整个米线摊的目光全部吸收了过去。

“你再这样，我明天就走！”

黎小萌气得一脸通红，小挎包成了袭击男友的最佳武器，对准脑袋就是一阵猛砸：“你敢！必须听我的！”

原本彼此起伏的喝汤声戛然而止。

“住手！”焦拯狠狠甩开她，再一回头，却看见了正用围裙擦手的黎姿，不禁眼前一愣，“哦，打工呢？”

米线姐面无表情地点了点头。

黎小萌的声音提了高八度：“你挨她那么近干什么？米线味和穷酸劲你闻着高兴，是吧？”此话刚落，她二话不说走上前对准米线姐的马尾辫用力一拽，整个场面完全 hold 不住，女人下手就是狠，特别是对待情敌这件事上，举起挎包对准她的脑袋又是三下。

焦拯见状立马上前阻拦，三人顿时扭打成一团。

本以为这件事以焦拯强拉黎小萌离去而收场，可是因为有了万能的微博，黎小萌咆哮米线姐的视频迅速在网络走红。

米线姐火了，黎小萌一夜之间成为了众人唾弃的反面教材。

这个晚上，黎小萌破天荒没有在米线姐踏进房门后拿起手中的香水，反而对着镜子夜间护肤：眼霜第一层要用 Estee lauder，第二层 lancome 纯臻，最后才是 sisley 的眼唇霜。

黎小萌每晚进行这个步骤时，都能听见对床苏巧巧的冷嘲热讽：“钱多了烧的。”

苏巧巧的化妆技术是出了名的，连续三年获得校园彩妆师大赛冠军。素颜朝天是她的本色，所以格外厌烦黎小萌每日每夜的刻意显摆。好在米线姐和苏巧巧有着一个相同的爱好：推理谜题。平日里言语不多的米线姐在逻辑思维上有着超乎常人的天赋。

每晚，文艺广播频道都会播放一小时的推理谜题栏目。今晚，苏巧巧特意把被窝留出一个位置给她："快点，被窝都替你暖好了！"

两个女生笑嘻嘻地偎依在一起，音频中很快传出了男主播惯有的嗓音："生物学研讨会议上，崔教授迟迟未到，当同事与学生赶到他家时，却意外发现他已死在自家的阳台，后脑勺被硬器所伤，鲜血流满地面。在与凶手搏斗的过程中，阳台上的花盆与浴缸也双双摔碎，残枝的月季与橙黄色的金鱼掉落在尸体旁，浴缸里的水早已经干透了，而金鱼的尸体表面还存有明显的水迹。与此同时，警方在监控器中看到了教授的养子在清晨七点离开了死亡现场，距离目前的事发时间相距五小时。

"教授的妻子难以相信凶手会是自己的养子，而养子也有足够证据证明自己不在现场。警方陷入了迷茫之中，如果是养子所杀，金鱼早已在阳光的暴晒中成为鱼干，如今金鱼还未干透，说明凶手离去的时间在一小时内。"

男主播在这时说出了一句意味深长的话，"亲爱的听众们，凶手最终证实为养子所为，您能推断出他用的是何种方法吗？"

屋里传来了黎小萌的冷笑："神经病才会深更半夜听这种东西。"

苏巧巧望了一眼米线姐身上的伤痕，冷言回击："神经过敏的大妈才会深更半夜往脸上涂这么多精华，保护那张老皮。"

"苏巧巧，你什么意思！"黎小萌一瞬间站起，怒吼。

苏巧巧索性掀起被子站在床上："干吗？不爱听出去啊，摆一副臭架子给谁看？"然后再将广播的音量调高几倍，"脑子不灵光的人听得懂什么是推理吗？"

苏巧巧硬是将黎小萌从宿舍气走了。

"这么晚出门容易出事的。"米线姐居然还在担心刚刚才打过她的敌人。

"把你打成这样了，你还为她着想？甭管她，爱去哪儿去哪儿。来，说说这个谜题，猜出了吗？"

"嗯。"

“小女子甘拜下风，求黎美人赐教！”

“很简单，凶手事先准备了冰冻的金鱼进入教授家中将他致死，临走前再将花盆和浴缸打破，制造出凶杀现场，阳光暴晒下冰冻的金鱼逐渐融化，而水已经干了，只留有金鱼身上一层水淋淋的痕迹。”

“这样也行？”苏巧巧感叹，可转眼一望她发红的头皮，心又顿时暗淡下来，“还疼吗？”

“没事，过几天就好了。”

“她以后要是再欺负你，她揍你一下，你反攻她两下。你就是脾气太好了，她才会变本加厉的！”

米线姐笑了：“又是你爸教你的？”

“对啊！”苏巧巧苦笑又略带嘲讽道，“我妈如果在世，说不定我现在就是淑女了。”

“你后天还去上坟吗？”米线姐想起苏巧巧母亲的祭日似乎就在近几天。

“当然去。”她的分贝逐渐低下来，“我一直觉得妈妈的死和我有很大关系，反贪局去单位逮捕她的时候，她是为了见我最后一面，才借同事的车去学校接我。当时她刚刚考到驾照，听到身后的警笛便乱了阵脚，不然怎么会出车祸呢？”

眼看她的泪水在眼眶中打转，米线姐及时说：“快去洗漱吧，一会儿要熄灯了。”

11 点熄灯前，黎小萌带着一股愤怒回到了宿舍，看到米线姐放在桌下的运动鞋，便又是几句嘲讽：“把你的臭鞋仍到阳台去，还嫌米线味不够重啊？”

苏巧巧刚想回击，被米线姐拦下了。她走下床回到自己的桌前，顺手拿起了两双一模一样的鞋，这其中一双还是巧巧上个月特意买给自己替换穿的。人生在世有一好友，她早已知足。

这个夜里，米线姐不止一次听到黎小萌将自己的手机摔得啪啪作响。

-2-

第二天晚上，米线姐照例在米线摊打工，今晚的生意火爆无比。有了昨晚的微博事件，今天前来观望她的人络绎不绝。可就在米线姐闷头苦干视一切为空气时，对面小跑而来的苏巧巧从人群中将她一把拽了出去，大喘着粗气喊：“快……快点，别干了，跟我走！”

“怎么了？”

“回去就知道了！”说完就拽着她朝校门走。

“我还没到下班时间呢，不能走。”

苏巧巧的脸色大变，同时瞪大双眼：“黎小萌跳楼了！你走不走？”

米线姐吓得手中的抹布一瞬间掉落在地上。

女生宿舍转眼间成了闹市般的海洋。

“找来了吗？”警察望了望苏巧巧的身后，“你就是黎姿？”

米线姐点点头，浑身冒着冷汗，这个可怕的消息让她在来的路上崴了脚。

这时，一个年纪稍大的警察走过来，说：“今天太晚了，具体的细节明天再问。对了，特别是你们四个。”他指了指包括米线姐在内的其余三人，“明天十点，行政办公室。”

几秒钟的时间，黎小萌的尸体被蒙上白布抬上了警车，水泥灰的地面上散开一大片鲜红的血迹，她两眼无神地望着眼前不可思议的一切，问道：“什么时候的事？”

“可能一个多小时前吧。”苏巧巧捂着脸略带痛苦地说。

“你的脸过敏了啊？”苏巧巧的脸上起满了红疹，自己刚才居然没发现。她的敏感肌肤人人皆知，每天只能悲催地用自来水洗脸，连大宝 SOD 蜜都没福气享用，常年只能用绵羊油轻轻拍一层。

“是呀，真麻烦，又疼又痒。”

本想再多问几句，可眼下黄真真震撼人心的哭声将所有人的视线拉回到了现实中。她是整个事件的唯一目击证人，刚才经过警察一番严肃的询问，双腿已经吓得失去了平衡，只好被三个舍友连扛带背地朝 3 号楼走去。

随着人群的渐渐散去，刚一转身，米线姐看到了焦拯。四目相对的一瞬间，米线姐才发现自己仍然不敢直视他的双眼。

设想过独自相见的场面，功成名就的他，成家立业的他，幸福盎然的他，却独独没有预料到，是尴尬难堪的他。

“伤好些了吗，昨晚的事……很对不起。”焦拯看着她问道。

“没关系。”刚一伸脚，阵痛却瞬间袭来。

“我送你回去。”焦拯很快走过来，绕到米线姐面前。她木讷地看着他伸出了自己的右手搀扶她。也仅仅是这一瞬间，她毫不犹豫地说道：“不用了，我慢慢走回去。”

他不再勉强，跟在她的旁边。两个人默默无语，各走各的路。

不会不记得，晚自习后的夜晚，也是这样静悄悄的月光，他会在口袋里放几块巧克力，一边剥开包装纸一边递在她手里：“喏，给你。”

她淡淡地笑，好奇：“怎么不见你像其他男生一样递到我嘴边？”

“害怕把你惯坏了，你信吗？”转而大笑，“傻瓜，爱要一点点地渗透给你，你慢慢消化，才会更记得我对你的好。”

她就真的一直记得了这句话，那个夜里，她第一次主动的把自己冰冷的手伸进他的口袋里，先是两手紧握，后是十指交叉，不同的两个动作，却足以代表两种不同的情感表达……

往事一幕幕浮现，却是苦不堪言。

一直走到宿舍楼下，她一瘸一拐地向前走，没有回头与他告别的意思。

“上楼梯小心一点。”

她听到身后传来的声音，却继续木讷地走着自己的路，站在三楼的平台上，透过玻璃看见他的背影，她几乎虚脱了，斜靠在树旁，右手一直在不停地揉太阳穴。她的眼泪情不自禁地流下来，来不及擦干，就像一尊倒塌的雕塑，瘫坐在地面上，泣不成声。

那个雨后的下午，寂静的校长办公室，无声地坐着两个人。

他拿出一个厚厚的信封推给她："你的家庭情况我有所了解，收下它会让你的日子好过一些。如果想转去更好的高中就读，我会尽快帮你联系，如果执意要留在这里……"信封又推着向前，"我的意思你懂的吧？你们年纪还小，不适合谈这样没有保障的恋爱。"

她的脸时时发烫，她不是不懂，不是恋爱没保障，而是自己的经济条件与他没有保障。看着校长在一边尴尬的脸色，她也明白，如果说不，焦父很有可能一怒之下不再支付给学校几百万的赞助费；如果说好，人生最美好的十八岁，将在屈辱中度过。

她妥协了，她知道自己胆怯了，她没能耐，保不住自己的爱情。

他发疯一样地找到她，质问她："你就被这点钱收买了吗？"

"我需要这笔钱读大学……我还……"

他抓住她的手，攥的她手指生疼却抽不出来："谎话！你连说谎都学会了！为了这点散发铜臭气味的钱，你再说一遍，说！"

她恢复平静，尽量保持冷漠："哦，好吧，我只是不爱你了。"

她明显感觉到他的手猛然一抽："你说什么？"

"不爱你了。"

"你看着我的眼睛说。"他固执的样子让人害怕。

她冷漠地回应："不、爱、你、了。"

"可我还爱着你，你不能就这样莫名其妙地离开我。说好一起考大学，一起自修，一起旅游，怎么，一笔钱而已，就把这些诺言都买来了？"

她不敢再说话，害怕眼泪在那一瞬间就会掉下来。她要走，可是他的手紧紧地攥着她，无论她如何用力，那只手像上了枷锁，丝毫不动。

她没了办法，狠狠地捶他的胸脯："放开，听见了没有，放开！"

他缓缓地松开，眼眶中有一滴始终没有掉落的眼泪："你说不爱就不爱了，可我怎么办。"

这句话从他嘴里说出来，却像是一把把尖刀利剑插进了她的心口窝。不能再这样僵持下去，她终于甩开了他的手，网络上所说的泪奔，她终于知道是何种心境。

她从来都不知道，青春年少时真心爱过的一个人，就这样被自己决绝地放弃了。

抹去回忆，哭过后回到宿舍，女生宿舍几乎一夜未熄灯。宿舍已被警方封锁了现场，今晚只好暂时住进隔壁宿舍。苏巧巧刚要回宿舍拿被褥，却被崴了脚的米线姐拦住："我去吧，我还要把衣服拿出来，早晨起得早。"

"怎么了？眼睛这么红，哭了啊？"苏巧巧连忙放下被褥，"你为她哭啊？"

"没事的，你先睡，我一会儿来找你。"

再回到自己宿舍，屋里被警方画下了各种符号，米线姐在女警花的注视下将自己和苏巧巧的被褥以及洗漱用品装进了包里，苏巧巧的垃圾桶里丢了一罐面膜，虽然顿感可惜，可是一想到她刚才过敏起痘的肌肤，便瞬间理解。

夜里，两个人挤在一张床上睡觉，苏巧巧的手紧紧地握着她："你害怕吗？"

"嗯？"

她呼出一口气，说："只是吵了一架，何必要去自杀。"

米线姐没有搭话。

"你为她难受？"苏巧巧突然坐起来，"她对你那么苛刻，你现在还为她难受？"

"算了，睡觉吧。"

－3－

行政办公室离女生宿舍有一段距离，两人一路上吃着面包，吃完刚好抵达办公室。

人全齐，警长示意身旁的警花将昨晚大致的尸检报告念给大家听。最后一个字语毕，黄真真“哇”的一身就哭了出来。

原来，黎小萌跳楼自杀不假，但是在她决定跳楼前，她已经在身上使用了两种自杀办法：一是在上身涂满了剧毒农药，也就是俗称的敌敌畏，二是服下了安眠药成分，剂量虽不多，但足以让人处于中度昏迷状态。不但如此，法医还在她的体内发现了一种微量毒素，毒性虽然不会瞬间置人于死地，但是长期使用，毒素深入肌肤和细胞后，人体便会在一到三年后逐渐衰竭直至病发身亡，但是目前还未查清毒素是通过何种途径进入死者体内的，逻辑之中又牵扯出另一种疑问，究竟是她自己往体内摄入毒素，还是旁人所为？如果是后者，那这起自杀案件便涉及到了谋杀，案件就会变得更为复杂。

同时，警方还出示了黎小萌尸检后的全裸照片，隐私部位被打上了马赛克。从照片的角度看，她的胸前和手臂已深度发黑，背面和下肢并没有沾染毒药成分。

全场死一般的沉寂，大家都在思考同一个问题：平日里一向活泼外向的黎小萌怎么会在决定自杀时萌发出如此之多的自杀手段？是想死得彻底，不为自己留一丝后路，还是早已萌生了自杀的想法，于是在体内摄入微量毒素只等病发身亡呢？

令警方也感到奇怪的是，在黎小萌的宿舍里只发现了打碎的剧毒农药瓶，却没有发现安眠药。发现死者尸体时，身体已经出现被剧毒侵蚀后的溃烂现象。可她为什么还要服下安眠药，进入昏睡状态的人还有力气跑到楼顶跳楼?

眼下，只有焦拯的口述趋于理性，连细节也描述得很清楚。

“前天晚上我又和她因为出国交流的事情大吵了一架，谁知后来又遇到了黎姿。我没有想到情绪失控的黎小萌会将她当作出气筒，那一幕还被周围的同学拍下后传到了网络上。”

警长打断他：“我看过，可是死者为什么对黎姿的意见这么大，都到了不问青红皂白立即动手的程度？”

焦拯略显尴尬：“黎姿是我的初恋女友，她对这件事一直念念不忘。”

米线姐的脸在这一瞬间变得通红。

“今早她突然闯进了我们宿舍，将我的床铺和写字台彻底掀翻，我气不过，和她吵了几句后提出分手，没想到她一气之下又将我的出国资料袋烧毁了。我们的情绪都到了无法控制的局面，我让她立即在眼前消失。这之后，我们整个上午都没有联系，到了下午两点左右，我们先后断断续续地打了四五个电话吧，后来我实在是烦透了，从宿舍离开后打了出租车回家，因为要和父母商议怎么补救烧掉的资料。”

“早上在宿舍见面后就再也没有和她碰面？她自杀前你有没有接到过她的电话？”

焦拯摇摇头：“五点以后就失去联系了，因为我到家的时候正好五点，电视里正在播放省台新闻，再接到电话的时候是七点半，舍友告知我黎小萌自杀了。”

苏巧巧有些紧张，额头上不断冒出豆大的汗珠。

“早上我有晨跑的习惯，出门的时候发现黎小萌已经起床了，今早她居然没有化妆就出门了，这不太像她平时的风格……”她仔细想了想，“再遇见她的时候是下午四点半左右，我回到宿舍发现她哭得正凶，一直坐在床上撕她的床单和娃娃，鸭绒和棉花到处乱飞。说实话，我觉得她挺可怜的，身边连个可以倾诉的朋友都没有。”

“她有没有在宿舍里表现出自杀倾向？”

苏巧巧迷茫地摇了摇头："没有啊！和男朋友吵架这事儿对我们女生来说是很正常的事情。谁会想到往自杀方面想呢？"

黄真真还在哭，说："我和黎小萌根本就不怎么认识……只听说她是校花，人长得很漂亮，男朋友也很帅气。"黄真真将高度近视镜往上推了推，"昨晚我身体不舒服，我和苏巧巧一起请假回到了寝室。后来巧巧打电话让我下楼拿药，就在这时，我看到对面2号楼的平台上有一个人影正趴在边缘上，我立即意识到她或许是要跳楼，打开窗户冲她大喊不要跳。可是一会儿，她就挪动着身体从平台上掉下来了。"

"七点多天色已经完全黑了，你怎么能透过窗户一瞬间就看见她跳楼的身影？"

"她穿的衣服是白色的，很明显呀！"

"你刚才说，她是挪动到平台附近的吗？"

"对，她就趴在地上，一点一点地向平台挪，后来整个人就失衡掉下来了。"

"你多少度的眼镜？"

她不高兴地嘟起嘴，觉得警察因为在意她是近视眼而不信任她："550，可是我有眼镜啊！"

"黎姿。"警长指着电脑上正在播放的视频说，"这上面的人是你吗？"

"嗯。"

"你怎么穿着服务员的衣服？"

"我是贫困生，在校外打工，赚一点生活费。"

警长的眼中有了一丝刮目相看的神色："你为什么不还手？"

她无奈地抬起头："我不会打架。"

"从你们打架的当晚到昨晚事发，你见过她几次？"

她低头想了好久："一次。只有下午四点左右我回宿舍拿入党申请书，因为辅导员让我在下班前一定要放到她办公室。当时她正趴在床上，哭得很凶。”

站在一旁的辅导员使劲地点点头：“对的，是我让她尽快送来的。”

– 4 –

案件还没新的进展，谁想第二天一早，焦拯便给米线姐发了短信：“我在楼下。”

她透过窗户看下去，他果然站在楼下，脸色比昨天更显憔悴。

刚一见面，他顺手将一个包裹递给她：“这个你先拿着。”

“什么？”打开封口，里面是两件崭新的T恤，她的眼神顿时黯淡下来，“同情是你们家的传统美德吗？拿回去，我不要。”

“你不要那我就扔了，浪费就是美德了？”

她一向说不过他，只好默默向前走。焦拯小声地说：“我怎么想，都觉得她不会选择自杀。”

“可是黄真真亲眼看见是她自己跳下来的，这是人证，由不得你不信。”

“550的高度近视眼，她的话能全部相信吗？其他目击证人能确定一个都没有了？”

“你是想去我们宿舍吧？”

“嗯。”

她只好领着他在女寝室登记处写下她的名字后才得到放行。

苏巧巧一早就去上班了，她在校外有兼职。屋子里空荡荡的，只有两个人的呼息声。

“这是黎小萌的桌子吧？”他仔细打量着她的桌面和衣橱，专业书几乎没有几本，只有各种瓶瓶罐罐的护肤品和彩妆盒，旁边还有一面做工别致的公主梳妆镜。抽屉里就更不用说了，每一个丝绒盒子中都装有不同的首饰，与衣橱中各色新款衣服正好匹配。可是与高档化妆品相比起来，那只放在桌子正中央的蓝色哆啦A梦水杯却格外显眼。

他的心紧紧地抽搐了一下，这对情侣杯他也有一只，跟这个一模一样的。

“这个杯子她每天都用来喝水的，呵，不过你们吵架的时候她也是经常拿起这个杯子故意喝很多水发泄。”

“掉了。”米线姐提醒道。

“什么掉了？”他连忙低头，在脚下发现了一把白色的小勺，“这是什么？”

和黎小萌生活这么久，米线姐也是懂得护肤步骤和一线大牌的。她一边将小勺放回桌前，一边解释：“这是眼霜里配套的小勺，我看她每次都是用这个将眼霜和晚霜挖出来后再涂抹在脸上。”

“这么麻烦？”

“她的粉底霜里也有这样的小勺，我见过。”

“那天我在现场看到小萌时，她的胳膊青黑发亮，后来才知道是她自己往身上涂抹了剧毒农药。对了，警方也没有在你们宿舍找到她服安眠药的线索吗？”

“没有。我想她既然决定要自杀了，药瓶放在哪里，以及是不是要被人发现都已经不重要了。”她略带悲凉地说，“你可能真的不懂女孩子的心。当知道自己最在乎的人要离开她时，那打击不亚于遭受一次无形的电闪雷鸣，何况你又恶言相向地说了那么多狠话，她如果冷静平稳地不去和你计较，那结果只有一个。”

“什么？”

“她不爱你。”

焦拯看了她一眼，眼神凄凉。

“富家小姐的优越生活让她的性情一直处于唯我独尊的心态，你如今这样对她，她所做的选择或许是为了让你后悔终生。”

这些话说进了他的心里，屋内尴尬再一次出现。

“走，去天台上看看吧。”他率先打破了僵局。

刚拉开铁门，一阵大风呼啦一声便将两个人吹得向后倒退了一步。

警方画下的“圈 1”很是明显，地面上留有一串黑乌乌的人体痕迹，应该是涂抹在身上的毒药所留。再朝旁边看去，原本以为只是跳楼自杀的平台旁居然还有警方画下的“圈 2”。

难道是她留下的其余证据？

只见是两只脚印，而且是两个人的脚印！

“怎么了？”

“你知道这脚印是谁的吗？”

她一愣，蹲下来仔细打量：“好像是重叠的脚印，这一只看不清，有点像马蹄状。”

“这一只清楚的呢？”

她像木头人一样伫立在原地。

他早就知道，黎小萌不会无缘无故自杀的！

“这儿还有‘圈 3’。”她指给他看。

“圈 3”恰巧在距离“圈 1”的附近，位于焦拯的正背面。那是一个大大的躺在地面上的人形，看样子死者在跳楼前曾躺在此处许久，原本墨绿发霉的黑色地面，有了一片人体躺下的摩擦。而且黎小萌睡衣上的毛绒线团也在现场留下了足够的证据，和地面上的墨绿小草形成了鲜明的对比。这一点，警方不会看不到。

“是……是在这里待了一段时间后又爬向天台边沿的吧？”她的语序已经出现混乱状态，大眼睛忽闪忽闪地看着他。

“对了，跟我来。”米线姐说道，她发现在角落里有一颗雏菊形状的吊坠。这是黎小萌生前最爱搭配服饰的项链，可是如今项链没有了，只有这一颗吊坠，而且，由于沾染了剧毒，银色的吊坠早已发黑。

“她的吊坠怎么可能出现在这里？”焦拯疑惑道。

“你想说什么？”

“难道你不敢大胆地设想一下吗？小萌很有可能是被人在此处谋杀后再推下去的，不然怎么会有两个人的脚印，难道不能理解成是案发后，凶手已经没有时间去整理这已经无法消除的有毒液脚印了？”焦拯用力抓过米线姐的胳膊，“你想想，可能会是谁？”

米线姐不解，更不敢推断：“整层宿舍，她没有朋友。”

她没有朋友，简单的一句话却道出了最真实的脆弱。

“我先回去。”因为紧张，因为害怕，她头也不回地将他留在了原地，下楼的回音将她从幻想中拉回到现实中来。她不懂，真有人会谋杀一个活生生的女孩吗？

– 5 –

刚回到宿舍，一个身穿快递外套的陌生姑娘已经在门外等候许久。

“你好，我是X通快递的，今早有事耽搁您的取件时间了，还请见谅。”

“哦？我没有打过快递电话啊。”

“等一下。”她翻出随身携带的电子记录，“是苏小姐打来的取件电话，苏巧巧，您认识吗？”

米线姐的脸上闪过一丝宽慰：“认识，不过她现在不在宿舍。”

“那个包不是吗？我看都已经包好的样子。”她指了指苏巧巧桌下的黑色塑料袋。

米线姐犹豫许久，还是走上前拿起，封口还未缝合，凭手感可以摸出来是几件衣服。

“我来帮她包装。”女孩很客气，包装前的例行检查，她将东西从里面一一拿出。清香的衣服洗涤剂味道散发在整间屋子里，可是，米线姐的脸色顿时变得煞白如雪！

“等等！这是什么？”

“哦，可能是跳健美操穿的衣服。”女孩热情不减，稍后又拿出了地址确认单请求她在上面代替签字，收货人的地址居然是苏巧巧自家的市区地址。

她呆立在门口，苏巧巧为什么要将自己的旧衣服专程寄回家呢？刚才那身黑色的健美操衣服她又是什么时候买的呢？

当晚，每周电台又按时播出着推理猜谜的游戏。主持人的声音不断飘来，苏巧巧正坐在桌前细致地描绘眼妆配色图。听到节目开始了，她便将功放的音响关掉，并将用完的录音笔放进了抽屉里。

米线姐有意瞄了她一眼，看到她正在用紫、粉、绿搭配 COS 里的奇幻妆。

“好看吗？和这幅是配套的。”她似乎没有意识到她的异常，举起来拿给她看。

“嗯，颜色比真图还要鲜艳。”

还想再问，可是，主持人的声音将听众很快带入了角色。

“今天的猜谜游戏有些重口味，讲述的是三人组团深夜探险，不料遭遇猛兽袭击。其中一人与队伍走失，当第二天清早重回原地寻找失踪队友时，却意外发现昨晚遇险的地方，此时居然有十几只早已死去的猎狗。穷其原因，原来是喝了含有剧毒的池水，可是伙伴依旧不见，应该如何追踪他的下落呢……”

还未听完，苏巧巧苦笑一声：“剖开猎狗的肚子，看看死者在谁的胃里就知道了。”

这是她第一次比自己先猜出答案，米线姐的眼睛紧紧地盯着她的背影。

“对了，今晚你早点睡，我可能要熬个通宵了。”

躺在床上，灯没有关，白天噩梦般的一切又回到了米线姐的脑海中。她不敢相信自己的猜测，可是又不得不怀疑眼前事件的奇特之处。

令她万万没想到的是，次日清早便接到了警方的电话，要求十点必到警局。刚刚下楼，迎面而来的却是满腔怒火的焦拯。

“嗯？在……等我？”

“黎姿，我还真是小看你了！”焦拯咆哮般的怒吼。他强劲的右手像拖拽一团棉花将她猛地抓到身边，五指深深地按压到她的肉里，钻心的疼痛让她的眼泪抑制不住地扑簌而下。

“怎么了？我，我的胳膊……”

“问我怎么了？”他咬紧牙关，手中力道丝毫没有松懈，“你还好意思问我怎么了，你真是能耐，从小到大没有哪个异性能让我甘拜下风，今天你做到了！”

她强忍着肌肤之痛：“你疯了吗？我的胳膊要断了，你先松开！”

他用力甩开她的胳膊：“你以为我想碰你，恶心！事到如今，你还想撒谎骗我？是你杀了小萌对不对？你这种外表善良、内心凶狠的女人我见得多了，我居然还真心实意地爱过你，你就这么报复我吗？你冲着我来呀，你为什么……”

每一个字都像一把利剑插进了她的胸口，她全身上下剧烈地颤抖着：“你怀疑我杀了黎小萌？”

他用鄙夷的眼神看着她苦笑：“不要以为证人只有黄真真一个！”他突然发疯似的走上前，用力撕扯着她的袖口，“真是没见过你这种不要脸的女生，穿着我送给你的衣服，却在背后杀我的女朋友！”

话还未说完，一记闪亮的耳光狠狠地抽在了他的脸上：“你胡说八道！”

“好！警局见！我倒要看看你是怎么戴着手铐进去的！”

这一切突如其来的场面让米线妞无法抑制地痛哭，曾经相爱的人如今只能恶言相对！

– 6 –

一步步挪向警局，比起前日的证人，角落里又多出了两个人的身影：居然是隔壁宿舍的刘沁和于苗，而她胳膊上的片状红印也引起了在场所有人的注意。

门被女警花关上了，屋子里顿时散发出紧张的气氛。

“在黎小萌生前你看到她的异常举动了？”警察向刘沁询问道。

“对，五点十分。”

“这么确定？”

刘沁眼皮一翻，说：“当然了！她在隔壁打电话的声音震天响，五点整我回到宿舍，和男朋友打电话，却被她吵得不得不挂断电话，这么郁闷的事我能记得不清楚吗？”

“后来呢？”

“我们宿舍习惯敞着房门，又过了十几分钟，隔壁屋子突然没动静了，我刚一转头，就看见黎小萌穿着一身睡衣在门前晃过去了。”

警方一愣：“确定是和死亡现场同样的白色睡衣吗？”

“是啊！她男朋友送的那套。”她意味深长地看了一眼旁边的焦拯，“不过，我还是能闻到一股不好闻的味道，后来听说她将剧毒涂在身上，我才想起来当时确实有一股很浓重的农药味。”

“继续说。”

刘沁的手开始抚弄腰间的蝴蝶结：“又过了二十分钟吧，奇怪的事儿发生了，一股熟悉的香水味扑面而来，我心想这显然是黎小萌身上的呀！再一看，还真是她！她又换了一身出门的行头，高跟鞋、白色洋装、C 牌手袋，她从我眼前第二次走过去。”

在场所有人的眼光都投向了她。

“你说看见死者前后两次穿两套不同的衣服？二十分钟内？”

她点点头，表情肯定："错不了呀，就是她，发型一直是侧马尾盘发。"她又看向米线姐，"过了半个多小时左右，男朋友叫我下楼吃饭，黎姿却给我发了一条莫名其妙的短信，让我速到厕所，说她低血糖晕在水房了，可我找遍了厕所和水房也没有看见她！"

米线姐的脸色瞬时煞白，这是一种难以诉说的尴尬。

同时，女警花拿出了一个密封的透明塑料袋，里面装着的是死者现场身穿的那一身白色睡衣，睡衣的背部和前胸位置早已泛黄，有些部位变为深黑，整件衣服已经看不出原先的白色。

"确定是这一身衣服？"

她不得不再次点了点头。

死者将农药涂抹身体后，穿着睡衣走向天台自杀，这样看来一切都符合逻辑，可是一个剧毒缠身的人怎么还会换好衣服第二次出现在宿舍门口呢？单从体力上来说，这个逻辑就行不通。

接着于苗又讲述了她那天看到的经过："每月的第一个周三，我们学校都会开展不同主题的校会。当天刘沁悄悄和我说她要翘课回宿舍，因为晚上要和男友出去吃饭。她的话也提醒了我，大概五点半左右，我刚刚走到宿舍楼下，就看到黎小萌穿了一身白色洋装要出门的样子，不过脸色却不好看，看起来像是发烧了。我本来想和她说句话的，但是她接了一个电话后就折回去了，一看就知道心情非常不好。"

"然后呢？"警察继续询问道。

"之后我没有上楼，因为整栋楼本来就没有几个人，我有点害怕，就去校外吃饭了，不久……就听到她自杀的消息了。我平时虽然不喜欢她，可是没想到她会做这种事。"

警方突然将一叠材料放在了桌前，眼神直逼米线姐，此举再次引起了屋内众人眼光的直视。

"我们在天台'圈 2'中提取了可疑脚印，很遗憾，从脚印落地的力度、形态等分析后证明，这和你脚上穿着的鞋子不谋而合。在死者的通讯录里，最后一通电话是你在 5 点 26 分拨给她的，也就是刚才于苗同学看到她接了电话后又折回宿舍，那通电话显然是你打的。还有，安眠药的来源我们也已调查清楚，是死者桌前的饮水杯中发现的，杯面上残留了部分安定的成分。”

米线姐的身子剧烈颤抖着，此时胳膊上的肉体疼痛已经算不了什么了：“你是说……我的脚印？这不可能，我没有去过天台。电话我也没有打过，我可以发誓！”

“收回你假惺惺的面具吧！”焦拯愤恨地瞪着他。

“我们只相信证据，如果你不能解释清楚天台的脚印这个事实，我们就会把你当作第一嫌疑人暂时拘留。”警方的话一点都不含糊。

“我的鞋印你们是怎么提取到的？之前你们并没有检查我的鞋子。”

警方的脸默默地看向她的旁边，苏巧巧的双手紧紧地抓着自己的胳膊，这一次，没有再攥紧她的手。

“你怀疑我？”她的声音几乎是哭腔，“苏巧巧，是你在怀疑我吗？私下递交给警方我的鞋样？”

“如果没有苏巧巧的发现，恐怕我还把你当作好人，继续听你的一面之词。”焦拯依旧不罢休，“还记得那天你让我捡起来的小勺吗？呵呵，你恐怕没想到，我从平台下来后便拿着它递交给警方进行化验，发现有微量的毒素，跟小萌身上的是一模一样的。是不是你每天趁她洗漱的工夫涂在上面，因为知道即使她换各种护肤品，唯一不变的就是不会换这把小勺！”

“你龌龊！”这是米线姐有生以来第一次在众人面前咆哮一个男生，不是任何人，是平日里隐藏在心底的他，她的脸上早已挂满泪珠，“为什么不相信我！我说过，不是我！”

可是，没有人信她的话，屋内的眼神一致：轻蔑、鄙视、痛心。

米线姐带着泪花的脸突然笑了：“好，我承认，就是我。”

此言一出，众人皆呆住，连刚才怒吼的焦拯此时也是一脸惊讶。

“不过警长，我有一个请求，在你拘留我之前，我想在这间屋子里和苏巧巧单独说上几句话，她是我在关进牢狱前的最后一个朋友。”望着警长犹豫的眼神，她伸出双手，“我不会伤害她的，你可以把我铐起来，这样行吗？”

“我们会站在屋内，房间不会锁。”他居然答应了，女警花招呼着其余人走向隔壁的会议厅，屋里顿时安静下来。

－7－

米线姐的眼泪又一次忍不住流下来：“苏巧巧，我只想问你一句话，你为什么故意让警方怀疑我？”

对方不说话，关节却按出了响声。

“你早就应该意识到我已经知道了你的秘密，不是吗？”她顺势坐在她的旁边，“我不想当面揭穿你，他们那么痛恨地看着我，误会我是杀人犯，我都可以不在乎。知道为什么吗？在这最后的时刻，我想知道你有没有真正将我当作朋友，对我说实话。”

“我不会陷害你的，你现在还相信吗？”

“信。”米线姐坚定地点点头。

苏巧巧故意仰起头不看她：“什么事都瞒不过你的眼睛。”

“你想让我说些什么呢？”米线姐犹豫了许久，还是将手伸出来，轻轻地握着苏巧巧的手，“让我揭穿你的漏洞和谎言？呵，如果刚才没听到刘沁和于苗的证词，我是不会如此肯定这件事是你做的。我还记得，最早的证词中，你说她在宿舍里和焦拯在电话中吵得天翻地覆，可是焦拯在五点后就没有再和她通过电话，为什么五点十分刘沁却在隔壁听到了他们的吵架声？还有，我什么时候五点半给她打过电话？只有我知道，当天我匆忙去辅导员办公室，将手机忘在了桌前，根本就没有带自己的手机出门！”

她擦干眼泪，强打起精神继续说，“昨天焦拯走后，收快递的员工有事耽搁所以没有按照你在宿舍的时间抵达。在封包的时候，我看到了里面的黑色舞蹈衣和几件你故意放进去的衣服。虽然你仔细清洗过，衣服也有清淡的洗衣液味道，可是剧毒留下的片片斑点我还是可以细致看到的。这让我觉得奇怪，联想到前几日，明知自己对任何护肤品都有过敏反应，你却固执地买了一罐黑泥面膜使用，你为什么突然对黑色舞蹈衣和黑泥面膜情有独钟，但又迅速扔掉它们？你让我对你的疑问不断增加，直到昨晚你将录音笔里的内容放到电脑里用音箱放时，我终于确定了你的行动。”

苏巧巧笑眯眯地看着她："那你为什么不问我？"

"不想问。有些事你明明做了却不想告诉我，反而嫁祸在我的身上，如果想说还需要这样做吗？证词也听了，证物也看了，黎小萌死前死后是何种状态、何种遭遇也都知道了。天下所有的谎话都理应有一个漏洞，你以为别人看不见，可是我看得见。"

"不，这一次你错了，我做得天衣无缝。"她的笑容收回，坚定地抿着嘴唇。

"可能性有几种呢？要么是黎小萌一心要用这条命拴住焦拯的一生，服了安眠药，涂了剧毒，再冲到天台跳楼，这三招招招致命，可见自杀者抱着必死的决心。要么就如你计划的，我给黎小萌灌了安眠药，然后又打电话约她到天台，她突然间不想死了，可是搏斗中我还是将她推了下去，于是留下了我的脚印和来电记录。"

"显然后者更可信一些。"

"恰恰相反，你动动脑筋，自己想一想做这些事的前因后果，再嫁祸给我不是更好吗？"米线姐说这些话的时候丝毫不惊讶，"刚才我说到了漏洞吧？看你的表情，应该还不知道自己错在哪里。"

"不可能！我疯了？嫁祸给你还要留下把柄？"

"哦，那你先听我说完。"米线姐的语气很平淡，脸色苍白，"我想事情应该是这样发生的，你的计划早已在掌控之中，只欠东风。恰巧那日黎小萌与焦拯的争吵达到了顶端，这是女孩子容易轻生的最大隐患。在黎小萌与焦拯打电话的过程中，你用录音笔很好地利用了黎小萌吵架时特有的尖嗓音，同时只有你我知道黎小萌每次在和男友吵架后，会习惯性地用情侣水杯喝下一整杯水泄愤，这是她特有的方式。于是你将计就计将安定药物放进了她的水杯，只需看着口干舌燥、怨气横生的黎小萌一股脑地将它喝下去。”说到这儿，米线姐突然停下，问道，“前奏说得对吗？”

苏巧巧脸上表现出极大的兴趣，像往常解谜时的表情一模一样：“继续。”

“如于苗和刘沁所描述的那样，黎小萌开始穿衣打扮，准备去找焦拯，一番精心打扮后时间便到了五点左右。而周三的校会时间女寝室基本不会有人，除非像你们这些有特殊原因敢于翘课的人。好在你没有给她灌入太多安定，盛装打扮的黎小萌在出门前只是有晕眩症状，还未瘫倒在地。你计算着时间，琢磨着她差不多应该到楼下时，便用我的手机拨通了她的电话约她到天台见面，她接电话的场景恰巧被于苗看到，本就头晕目眩的黎小萌不得不爬了五层的楼梯来到了天台。药物的作用在此时发挥到极致，黎小萌很快便不省人事躺在了你精心策划的天台地面上。”

“那刘沁为什么看到了身穿睡衣的黎小萌呢？”苏巧巧打断她的话，又在笑。

“这是因为刘沁第一次看到身穿睡衣的人不是真正的黎小萌，而是你自己！真正的黎小萌只是按照你的计划穿着洋装去了天台，也就是刘沁第二次看到她的样子，之前你运用自己高超的化妆术突出了黎小萌的五官特征，随后穿上了黎小萌的睡衣。你心里清楚，匆匆一过的侧影刘沁不会看得太清楚，你只是在伪装她要自杀的场景而已。为了和之后的自杀手段统一，你不得不在她的睡衣上洒下了大片的剧毒农药，以此引起刘沁的注意力，但是又不能让剧毒侵害自己的身体，所以里面套了一件自己的衣服。当你先她之前来到天台时，稍后黎小萌也如你所愿地躺在了地面上，接下来你要做什么呢？”

米线姐的脸色变得异常难堪，不时袭来的胃病与低血糖她早已习惯了，可是话还是要坚持说下去，“你的时间并不多，一定要速战速决，不然稍后校会结束便会涌来大批学生，不能避免有眼尖的学生看到天台上的你，那样日后就不好逃脱嫌疑了。你身穿的睡衣上早已洒满了剧毒，你将她的外套脱下迅速为她换上睡衣。为了制造成她自己涂抹剧毒的自杀行为，你只能在她平躺着的胸前和胳膊上涂满了一层农药，这样一来，黎小萌喝了安眠药，又涂抹剧毒农药的事实就此成立了。接下来就是如何将她的尸体推到楼下，你显然不能和她一样平躺着前进，站起来将她推下去这样又太暴露行径。这一点你也做了充分准备，因为你换上了黑色的舞蹈衣，又将脸上涂满了黑泥面膜，这样一来，六点多钟的浅色夜幕中，没有人会注意到天台上的你，这简直太完美了！不但如此，如黄真真所说，你还特意给她打了电话，因为她下午胃痛后便和你一起请假回到了宿舍，而身处天台对面，又能亲眼看到黎小萌自己跳楼的最佳证人就是高度近视的黄真真，她看不到一身黑衣的你，只看到黎小萌在黑夜中穿着显眼的白色睡衣一点点挪向天台边沿，记住，她说的是挪，不是走也不是跳，是一点点挪到了天台后掉下去的。她显然不知道，这幕后的黑手明明是你在死者的身后将她当作一个木偶慢慢推到了天台边缘。无论如何，黎小萌这下是死定了，即使不死于安眠药还有剧毒缠身，命再大，从五楼坠楼也难逃一死，何况你平日还将她的护肤品小勺上每日涂一层慢性毒素，总之，今日不死，日后她也活不长。”

苏巧巧居然满意地点了点头，笑了出来：“我就说嘛，瞒不过你。不过，你之前说的漏洞，在哪儿？”

米线姐无法相信眼前的苏巧巧就是平日里善良如一的好友，在自己说出谋杀全程后，她不但承认了，居然还能如此坦然地问她漏洞。

“怎么不说？”苏巧巧还是笑，可是眼中却有了泪光，“我想听你说出来。”

“你这样做是何必呢？”米线姐已经不再懂她的心，天天在一起的好姐们儿一夜之间有了如此多的秘密。

“好，你想听那我就说。”米线姐咬紧牙关，右手在口袋里微微发颤，

“如果是对的，你要保证告诉我真相。”

苏巧巧点了点头：“我不会害你的，相信我。”

“在警方标记下的‘圈3’现场，我和焦拯都看到了黎小萌生前曾经在这里躺过许久，这应该能理解为，你在为她换下外套穿上睡衣的过程，地面上还有掉落的睡衣纤维。可是你没有注意吗，之前你为了利用刘沁当目击证人，刻意在睡衣上洒满了剧毒，警方的证据袋里显示出睡衣的前后以及衣袖早已发黑，这说明你为了制造出气味在整件衣服上洒满了农药，可是一个穿着睡衣要去自杀的人，她要涂抹的是肌肤而不是睡衣，即使自杀者要将毒药洒满全身衣服，湿透的睡衣为什么没有沾到她的后背，后背肌肤依旧白嫩？唯一能解释清楚的就是，她并没有穿着这件睡衣涂药自杀。”

“第二个漏洞，我的鞋印为什么会出现在天台上，这也是你的计划，你送我相同鞋子并嘱咐我与自己的鞋子轮流穿，你的目的是为了让我将这双鞋子穿成自己的风格，这样日后警方调取鞋样时，便会发现我的双脚着力点，以及每个人走路姿势都会磨出不同的鞋底印迹，我便自然而然地成了犯罪嫌疑人，而你只需将我留在宿舍的另一只鞋子带到天台上，蘸取毒液故意印在地面上，可是你却忘了，黎小萌与睡衣配套出现在天台上的应该是拖鞋印记，而不是她穿去的高跟鞋印。她那么体面的人，会穿着睡衣踩着高跟鞋去天台吗？

“最后就是一些小漏洞。比如你过敏的皮肤和扔掉的黑泥面膜是一致的，你特意洗了当日犯罪现场穿着的衣服和黑色舞蹈衣。为了安全起见，你准备将它们寄回家里，这样日后处理起来会方便很多。还有，黎小萌盛装打扮时常戴的那一条雏菊项链，因为沾染了剧毒而发黑变色，或许当时在拖拽时掉落在地面上。你杀了人后还要捧着死者和自己的衣服快速逃离现场，情急之中没有留意到，却没想到被我发现了。最后的最后，你担心回去的时候，路过刘沁宿舍会让她看见一身黑衣的你，所以不得不再次利用我的手机给她发了短信，在她进入厕所找我的时候，迅速跑回宿舍。”

说完这一切，两个人的眼泪不约而同地掉落下来。米线姐不想面对接下来发生的事情，亲口说出了好友的罪行，又要残忍地听她亲口承认的事实。苏巧巧深深地点了点头，笑中带泪。

“我考进这所学校选择这个专业，费尽手段搬进这间宿舍，目的都是为了杀她。我的生命，我的血液，从来没有一天是为自己而活的。我并不想在你的面前装可怜，更不想做一个胆小怕事只会嫁祸朋友的杀人犯，我只是不想让别人猜透我的想法，让别人把我抓进大牢拷问我的作案手段和动机。黎姿，我只是想把这个唯一的机会留给你。你来揭穿我，我心安。”

苏巧巧如黎姿所愿，说出了一切对的可能。可是黎小萌为什么该死？与平日里她欺压自己的事情相比，没有什么事会让她必须去死啊。

“我知道你在想什么。”苏巧巧擦干眼泪，“别问我为什么要处心积虑地杀她，她和我都没有错，我只是为妈妈的灵魂而活着。当初如果不是她当官的父亲无情无义要将贪污的罪名嫁祸给我母亲，她就不会死无全尸，活生生地被汽车齐腰斩断身体。你要是看到自己的母亲躺在血泊中，就能理解我今天的所作所为究竟是为了什么。”

“可是……”

苏巧巧伸手捂住米线姐的嘴巴，说：“别说什么可是了。这个世界上本来就没有原谅和平等，我不能杀她的父亲，但是却能杀掉他一辈子的希望和寄托，你看，现在扯平了。我把这唯一的机会留给你，让你这个最好，也是我最后的朋友送我最后一程，这比在我的墓碑前献上任何鲜花都要实际。”

“巧巧……”米线姐面对的仿佛是一具早已模糊不清的躯体，只留给她一个仓促离去的背影。她攥在右手里的录音笔将刚才的一切真实地记录下来。

9 月 12 日，法庭一审宣判。

苏巧巧的一头秀发已剪成齐耳的短发。面对法律的审判结果，她没有为自己进行任何形式的辩护。台下的父亲泣不成声，此刻，他怀中抱着其母生前三口之家的合影。

米线姐向校方提交了休学一年的手续，任由她平日如何坚强，残酷的现实仍旧不能让她恢复学习状态。

焦拯获得了校方批准，下学期赴美交流学习一年。

故事十一　捉迷藏

日记本空空的，中间的几页纸有被撕下去的痕迹，在最后一页竟然还有一串十一位的数字，像是一个电话号码。

木　水

—1—

夜已经深了，小雨还在淅淅沥沥地下着。漆黑的教室没有开灯，只有星星点点的烛光。五个人围坐在一张书桌前，身旁各放着一张被撕开的笔记纸，上面勾勒着一些类似地图的图案。地图上面不同的位置都有一个小小的叉，像极了在电视上经常看到的藏宝图。地图旁还放着一些骨头，一共五根。

书桌上一共有六根蜡烛，书桌前还有一个空着的椅子。

五个人的眼睛一直看向门口，似乎是在等什么人回来。

这时，“噔噔噔”的声音从走廊上传来，一个人出现在了教室门口。

他来到五个人的面前，右手擦着额头上的汗水，还扬了扬他左手里拿着的那样东西——一根骨头。

在场的人都惊讶地看着那个男孩，所有人都没想到他真的去了。

男孩坐到了那张空着的椅子上，把手上的骨头扔在了桌子上，说道：“没想到你们比我还快。”

坐在男孩身边的一个女孩用惊讶的眼神看着他，拿起了那根骨头，上面还带着些许的泥土，很明显是刚从地下挖出来的。

“你真的去了？”女孩用惊讶的语气问道。

“是啊！”男孩点了点头。

“按地图上的位置找过去的？”

“嗯。”男孩继续说道。

“难道你真的不害怕吗？”

“当然不怕，一个死人有什么可怕的。何况连你们这些女孩都不怕。”男孩看着桌子上另外五根骨头说道。

除了男孩外五个人中有三个人都叹了口气。

“你们看吧，我就说他胆子大嘛，这点小事根本吓不倒他。我和小倩赢了，你们三个输了。这个礼拜的午饭你们请吧。”另外一个女孩说道。

男孩一愣，根本不明白发生了什么事，最后还是刚才那个女孩又开口了，说出了所有事情的经过。

原来在场的三男三女一共六个人，是本所大学的四年级学生，平时关系比较要好，无论做什么都在一起。

最后进来的那个男孩，也就是今晚寻骨事件的男主角，叫王大勇，是六个人中自称胆子最大的那个。说话的女孩叫芳华，也是本次行动的策划者。还有两个男生，一个是学生会会长周伟，为人沉稳；另外一个被称为“包打听”的张健，什么小道消息他都知道，活生生一个人体广播电台。

三个女孩除了芳华，还有她刚才口中说的胆小鬼李倩外，还有一个平时不怎么爱说话，但凡事都能冷静处理的刘莉莉，而且这次的策划也有她一份。

事情的起因是这样的，因为平时王大勇总说自己胆子最大，没什么东西能吓住他，芳华便想了这么一个方法试试他的胆量。

芳华说这个学校曾经死过一个女孩，她的头、胳膊、腿、身子分别被藏在六个不同的地方，然后根据地图让大家去寻找。每个地方都会藏着骨头，只要拿回一根就可以证明自己去过。除了王大勇的地图是埋藏了一根骨头外，其余五个人的骨头都是事先准备好的。当然，她们这些骨头也并不是什么人骨，而是从食堂师傅那里拿来的。

大家都以为王大勇会识破这个诡计，一向足智多谋的芳华却不这么认为。王大勇这个人一向不长脑子，做事也不会详加考虑，总是横冲直撞。

不过对于王大勇的胆子能大到如此地步，她也有些意外。

“放心吧王大胆，这次我和小倩能赢全靠你了，每天的午饭也有你的份儿。这个礼拜的饭卡可以省了，你不会生气的对吧！”芳华笑盈盈地看着王大勇。

王大勇心思简单，怎么会把这点小事放在心上，连声说不会，而且听到有免费的午餐，更是笑得合不拢嘴。不过过了一会儿，他的眉头又皱了起来。

“怎么了，大勇？不高兴了？”李倩小心地问道。

“哎，不是，本以为真的有什么有趣的事呢，难得把我的胃口都吊起来了，结果竟然全是你们编造的。我就说嘛，怎么连胆子最小的李倩也敢参加。”王大勇一脸叹息地说道。”

“不是的，大勇，有一件事我们没骗你。那就是这里真的死过人。”一旁的张健说道，“在十几年前，这所学校还在盖新校舍的时候，真的有一个人失踪了。好像是个小女孩，好久都没找到。直到有一天，在这附近发现了那个女孩的衣服，才想到女孩是不是死在这儿了。但是当时大楼已经竣工，很可能是被埋在某个地方了，再想把她挖出来是不可能的，所以今天的这个寻骨事件也并非完全是凭空捏造的。

“后来呢？尸体找到了吗？”刘莉莉问道。

张健摇了摇头，说他只听到了这么多，就告诉了芳华，于是芳华就想到了这个主意来吓唬王大勇，没想到还是没唬住。

胆小的李倩听了这个故事吓得浑身直抖，猛地钻进芳华的怀里，不小心碰了一下桌子。桌子倾斜了一下，刚才王大勇放在桌子上的骨头“咕噜噜”向另一面滚了过去，就在马上要掉到地上的时候，被刘莉莉一把接住了。

细心的刘莉莉看着那根骨头，眉头皱了起来：“周伟，你从食堂拿回来的那些骨头，还记得当时有这根吗？”

周伟是学生会会长，和谁的关系都不错，从食堂师傅那里拿回几根骨头算不上什么难事。

“怎么了，有什么问题？”周伟接过骨头，仔细看了看，最后竟然摇了摇头。

周伟说，虽然当时他拿回来的骨头大小不一，但这根似乎也太大了一些。他顺手把王大勇拿回来的骨头和其他五根放在一起，竟然长出了一大截。在场的除了王大勇之外的五个人不由得浑身打了个冷颤。

“芳华，你埋骨头的时候，确定你埋的是这么大根的吗？”刘莉莉疑惑地问道。

一般女孩子细心，而且又不是真的人骨，所以当时决定埋骨的时候找了女生来做。

“莉莉，你说什么呢？那天我不是说有事，让李倩告诉你，让你去埋吗？”

“我……我忘记说了。”李倩听到对话，连忙说道。

什么？李倩忘说了，那也就是当时根本没有人去埋这根骨头？那王大勇拿回来的到底是谁的骨头？

就在大家面面相觑的时候，外面毫无征兆的一道闪电划过，让整个教室瞬间亮了起来。刘莉莉背对着窗户，她的眼角刚好瞄到教室的门口，她隐约看到那里有一个人影。她立刻抬眼看去，发现那里不知什么时候竟然站着一个五六岁的小女孩，眼睛直直看向这里，或者应该说，她是在看着桌子上王大勇最后拿回来的那根骨头。

刘莉莉不由得“啊”地一声大叫起来。

大家顺着刘莉莉的眼神看了过去，但此时闪电的光亮已经消失了，只剩下了漆黑一片。

当大家打开灯的时候，那个小女孩已经不见了。而与此同时，他们发现，桌子上的六根的骨头竟然少了一根。

丢的就是王大勇最后拿回来的那一根。

-2-

刘莉莉接到周伟的电话后几乎是跑着来到他寝室的，在场的还有王大勇和张健。

“到底是什么事，这么着急？在电话里还不能说。”刘莉莉边大口地喘着气边说道。

“怎么就你自己，芳华呢？”周伟问道。

“听你们的话，李倩我没告诉她，但是芳华在教室学习呢，刚给她打了电话，她说马上就过来。”

等了两三分钟，刘莉莉本想再催促一下芳华的，但被周伟阻止了：“张健，你先说吧。你不是马上还有事要办吗？等会儿芳华来了我们再给她讲一遍就是了。”

张健点了点头，开始讲了起来。

那已经是十八年前的事了，这个学校当时还有一些楼没有盖好，但动工到一半不知什么原因停了下来。这里的居民区比较多，周围总会有一些孩子来玩。虽然学校担心未完工的建筑可能会出事故，一再阻止，但那些调皮的孩子根本不听，学校没办法，只能放任不管了。

终于有一天出事了，一群五六岁大的孩子在这里玩捉迷藏时，有一个女孩藏得很隐秘，谁都没有找到她。最后到了回家的时间，那个女孩也有没出来，小伙伴们便各自回家了。

等报警的时候已经过了将近一个月。孩子的家长出差，所以孩子放在奶奶家。可是奶奶以为孩子的家长回来了，便没理会孩子没回家住的原因。而碰巧那时候工地又重新开始施工了。根据工地的人说只看到了一件女孩的衣服，并没有发现尸体。

这件事没有闹起来，学校赔了点钱了事，但是私底下很多人都在传，可能小女孩当时被一些未完工的建筑掉落物砸晕或者砸死了，施工队为了不承担责任，随便把那个小女孩的尸体埋在学校的某个地方。

这就是那天晚上那个故事的完整版。

张健说他这两天打听到的消息也就这么多了。

“难道昨天晚上，我在教室门口看到的那个小女孩就是她吗？”刘莉莉不由得打了个寒战。

“不一定，没准儿是你看花眼了，或者当天张健讲完了那个故事让你联想到的。”周伟安慰道。

刘莉莉不这么认为，当天晚上张健可没说对方是个五六岁的女孩，而且自己看得很清楚。

“那么那根骨头又怎么解释呢？就算它不是人骨，是谁恶作剧把它埋在那里的，而它为什么在我看到那个小女孩后就失踪了？难道是我们都花眼了吗？”刘莉莉争辩道。

张健和周伟顿时语塞。王大勇一直没什么思考能力，所以也不插话。

“那你昨天晚上看到女孩的事，没有告诉芳华和李倩吧？”周伟问道。

刘莉莉摇了摇头，她说李倩光是看到骨头丢了就已经吓得要命，再把自己看到女孩的事说出来，估计她魂都得被吓飞了。而芳华一直陪着李倩，也没机会说，所以自己只是发短信告诉了周伟。

“那你们先在这里等着，我有事想去调查一下。”张健说完就离开了。

刘莉莉问他去做什么事他也不回答，只是说去验证自己的一个想法。

芳华从刚才接到刘莉莉的电话就开始收拾东西，课本铺了一桌子，她又着急走，所以有点手忙脚乱的。

“这个丫头，什么事这么着急。”

当她刚想站起身离开的时候，她一抬头，吓了一跳，不知什么时候，自己身边站着一个小女孩。

小女孩大概有五六岁，穿着白色的上衣，只是有些脏了，下面是一个红格子的裙子，还有一双白袜子和红色的鞋，脸蛋红扑扑的，很是可爱。

“怎么了？迷路了吗？”芳华亲昵地问道，可当她想用手去摸女孩的头时，女孩灵活地躲开了，好像芳华想要伤害她似的。

芳华一愣，继续问道：“怎么了？你找谁？”

女孩这次终于开口了：“姐姐，你看到露露了吗？”

“露露？谁是露露？”芳华疑惑地问道。

“你没有看到她吗？我刚才还看到她躲在这里的？露露是我的朋友，我在和她玩捉迷藏，我一定要找到她的，要不她就回不了家了。”小女孩嘟着嘴说道。

芳华听了淡淡一笑，原来是这么回事：“小妹妹，这里就我自己，露露不在这里，你还是回家吧。天都这么晚了，家里大人该担心了。”

而那个女孩却连连摇头：“不行，我一定要把她找到。她藏的地方好黑好黑，她一个人待久了，一定会害怕的。她穿的衣服很少，她现在一定很冷的，我一定要把她找出来，只有把她找出来这个游戏才算结束。哎，要是那个时候大家也把我找出来就好了。大姐姐，如果你见到露露，一定要告诉我。还有，你一定要继续找下去，这次不可以半途而废了。”

小女孩说完便走出了教室，只剩下了芳华一个人愣愣地坐在那里。她根本没明白小女孩说的到底是什么意思。等回过神来的时候，已经又过了十几分钟。

芳华把刚才发生的事讲给了大家，听得周伟和刘莉莉的脸都白了。

“对了，你们找我什么事？”芳华问道。

王大勇刚想说话，就被刘莉莉拦了下来：“没事没事，王大勇说前几天晚上的事幸好有你做策划，虽然是假的，但也让他过了一次瘾，说晚上要请咱们吃饭呢。”

“哦，这样啊，好啊。那怎么不叫着李倩。”

“我这就给她打电话。”周伟说道。

王大勇刚想辩解，但刘莉莉瞪了他一眼，似乎在说：“难道你想把小女孩的事告诉芳华吗？难道你想让她知道，刚才她所看到的很有可能是在十几年前已经死去的那个女孩的鬼魂吗？”

– 3 –

又过了一天，除了了解一些事情的刘莉莉外，芳华和李倩早就把那天晚上的事情忘到脑后了。

芳华回到寝室，随便把手里的东西往床上一扔，便开始脱鞋换衣服。刘莉莉的眼睛比较尖，抢上一步就捡起了芳华扔在床上的小东西。那是一个毛绒玩具熊，比枕头小一些。

“哇，这又是哪个男生送的？”刘莉莉显出一脸羡慕的样子。

芳华长得不算国色天香，但还算漂亮，有很多追求者，所以，她经常会收到这样的礼物。

“不知道，你要是喜欢就拿去好了。”芳华随口答道。

“不知道？不是想故意隐瞒吧！”刘莉莉继续逼问道。

“我真的不知道。”芳华一脸严肃地说道。

事实上，芳华今天一去教室自习，就发现这个玩具熊放在自己的书桌里。这又不是第一次了，所以就拿回来了，总之过几天就会有个傻瓜主动跑过来告诉自己是他送的。到时候，芳华会看看对方条件，再决定是不是把东西还回去。

“哎，这个男生一看就不靠谱，送礼给女孩子，也不送个好的，脏不说，还是个残次品。”芳华继续说道。

刘莉莉按照芳华所指的地方看过去，果然，玩具熊的右耳朵那里少了一块，不由得担心起那个男生的前途来，看来这个男生又没啥希望了。

不过刘莉莉今天有点奇怪，平时最喜欢凑热闹的李倩怎么不说话呢，是不是睡着了?

当她转身看向李倩的时候，发现李倩正死死地盯着那个玩具熊，浑身不停地颤抖着。特别是当刘莉莉把手放在那个有缺陷的耳朵上时，李倩竟一下子钻进了被窝。

李倩这是怎么了?

周伟和王大勇慌慌张张地赶到刘莉莉的寝室时，李倩甚至连衣服都没穿好。

“喂，你们干吗?讨厌。”芳华开玩笑地说道，但并没生气，“小心要是被许亮知道了，他一定扒了你们的皮。”

许亮是学生会的副会长，他一直喜欢李倩。李倩对他印象也不错，只是关系一直没有挑明。

“别闹了，快点把电脑打开，我们寝室断网了。”周伟说道。

李倩抱怨着说为什么不去别的男寝室却跑来这里，但看到周伟满脸紧张的神情后便不再开口了。因为李倩了解他们，像周伟这样的男生根本不是鲁莽的人，一定是发生了什么大事。

“滴滴滴”的声音传了过来，是张健的QQ头像在闪烁。打开之后，是一条网页的链接。

周伟打开了网页，上面整幅的灰色背景，只有几张照片和一些文字，给人一种压抑的感觉。

网页上写的是关于十八年前一个五岁女孩失踪的事件，整个事件和张健那天讲述的差不多。

女孩的名字叫钱晓露，五岁。照片上是她失踪前穿着的衣服，白色的上衣，红色的花格裙子，还有白袜子和一双小红鞋，而且她的双手还抱着一只玩具熊。网页上说，那只熊是她最喜欢的玩具，还给它取了一个很好听的名字，叫露露。而且那个叫露露的玩具熊耳朵竟然缺了一块。

芳华看到这里“啊”的一声，跌坐在地上。原来网页上死去的女孩正是自己在教室里看到的那个女孩，而那女孩手中的玩具熊也像极了自己在书桌里发现的那个。她终于想起来，那个女孩一直在问自己，有没有看到露露，原来指的就是这个玩具熊。

刘莉莉也有些害怕，因为那天晚上在教室门口出现的那个女孩，虽然看得不是很清楚，但轮廓和这个女孩简直是一模一样。

芳华慌慌张张地从衣柜里拿出了那个玩具熊，然后狠狠地扔在了地上，但却没像想象中的毛绒玩具那样弹起来，而是发出了“哐”的一声，像是有什么硬物砸在了地上一样。

周伟小心翼翼地把那玩具熊捡了起来，用力地捏着。他发现这玩具熊里面似乎还藏着什么东西。

周伟把手从下面一个缝隙伸了进去，然后慢慢地将那个东西拿了出来。在场所有人都惊呆了，拿出来的竟然就是那天晚上丢失的那根骨头。

这次就连周伟也沉不住气了，他的手一松，玩具熊再一次落到了地上。而就在这时，一个声音从玩具熊的身体里面传了出来！

“小伙伴们？你们在哪儿？我这里好黑呀，我好害怕。我穿的衣服很少，我现在好冷。你们已经回家了吗？你们还没找到我，游戏还没结束，你们不可以回家啊！我不想就这么死去，所以求求你们，一定要把这个游戏玩完，求求你们了，一定要找到我！”

玩具熊里面的声音一遍一遍地重复着，王大勇再次把手伸了进去，从里面又拿出一样东西，是一个能播放声音的播放器。王大勇把它扔在地上，而后狠狠地将它踩碎了。

而就在这时，同样的声音又从另外一个地方传了过来。

“游戏既然已经开始了，就一定要把它玩完。千万别像上次那样半途而废了，这一次千万要找到我呦！否则的话，你们的下场将和我一样，哈哈！”

这次的声音竟然是从音响里传来的，看来是那个网站的背景音。

周伟迅速关掉了音响，这样才能让所有在场人的心理得到短暂的平复。

但就在此时，屏幕上的网页消失了，换来的是几个血红的字："游戏开始了！快来找到我！"

刘莉莉把那天晚上在教室门口看到女孩的事讲了一遍，芳华也把在教室里和那女孩的对白详细地说了一遍，女孩对芳华说的内容竟然和录音里面的完全相同。

大家都惊讶地看着两个人，难道她们真的见鬼了吗？但为什么女鬼偏偏要缠着芳华呢？

"我知道了，因为这次寻骨事件的策划者是芳华，尽管她的初衷并不是找到那个女孩，但却无意中碰触到了某个机关，让这个游戏开始了。"周伟分析道。

机关？那这个机关又是什么呢？

就在这时，大家不约而同地看向了那根骨头，难道是它吗？难道这根骨头就是那个女孩的吗？那也不对呀？骨头已经找到了，那还需要继续找什么呢？

"对了，王大勇，那天晚上你挖到几根骨头？"周伟像是想起了什么。

"只有这一根啊，怎么了？"王大勇想了想，又继续回想道，"嗯……旁边似乎还有几根小的，当时天色太晚，没太注意。"

"几根小的？"周伟皱着眉头，自言自语地说着，突然，他拿起骨头和自己的胳膊比了比，"你们觉得，五岁小孩的胳膊是不是大概这么长？"

胳膊？小骨头？大家听了周伟的想法不由得一愣。连没脑子的王大勇也明白周伟的意思，这根骨头是小女孩的胳膊？而那些小骨头则是女孩的手指？

照这么说，小女孩是被分尸的？只有找到小女孩所有的骨头才算结束。

不过这一切总归还只是猜测。

"那个网站又是怎么回事？"刘莉莉问道。

"不知道，晚上的时候我手机没电了，第二天早上只是接到了张健的一条短信，说发现了一个重大事件，让我有空上QQ看。当时我给张健打电话过去，他却已经关机了。本来刚才还想等他回来就能清楚一些事了，但他到现在一直关机，算起来已经一夜没见到他了。”周伟说道。

“什么？一夜？张健不会出什么事了吧！”芳华神情紧张地说道。

就在这时，周伟的手机响了起来，是副会长许亮打来的。

一丝不祥的预感萦绕在大家的心头。

周伟的脸色变得十分难看，放下了电话许久，才慢慢地说出来几个字：“张健死了，有人发现了他的尸体。”

–4–

张健死了，在学校后楼不远的地方，脑后是被硬物袭击致命的，身上的钱物都被拿走了，他的手里只剩下了一个日记本。警察也是费了很大的力气才从他手里拿出来的。

警方初步断定是抢劫，这里发生过几起抢劫事件，多少都有受伤，但死人还是第一次。

日记本里并没有记录特别的东西，但这个日记本的主人却让警察很吃惊，竟然是三年前在学校里失踪的男孩刘浩的。

说起刘浩，有很多人都不熟悉，因为他个性有点孤僻，喜欢一个人走动。常常玩失踪，一个礼拜不见人也是常有的事。不过后来他消失了很长一段时间，大家才觉得有些不对劲，终于决定报警。

家人说他没回来过，而寝室的人也不知道他的去向。就这样，刘浩人间蒸发了。

警察局一连查了几天都没有线索，便让张健的家人来领取遗物，但周伟希望能留下那个日记本说当纪念，张健的父母也没说什么便同意了。

日记本空空的，中间的几页纸有被撕下去的痕迹，在最后一页竟然还有一串十一位的数字，像是一个电话号码。

“喂，您好，我这里是问卷调查，可以耽误您几分钟的时间吗？”

经过一番仔细的商量，最后由足智多谋的刘莉莉拨打电话，先问清对方的情况。总不能一上来就问对方是谁吧？估计那样一定会被当成是神经病来对待。

“嗯，好的。”对方是一个女孩子的声音。

“请问您的姓名？”

“我叫吴英。”

“年龄呢？”

“26 岁。”

“现居何处？”

“XX 省 XX 市。”

“大学是在外地上的吗？”

“不，在本市上的。”

“平时喜欢用什么样的化妆品呢？”

再后面的话便是一些无关的话题了。

一旁的芳华边记录着边摇着头，看来没什么希望了。

省市都和自己的学校不在一起，和刘浩一点瓜葛都没有，年龄也不符合，看来对方不是换了电话，就是记录的并不是对方的手机号。

电话马上就要挂断了，但刘莉莉还是不死心，最后脱口而出问了一句："请问您认识一个叫刘浩的人吗？"

对方没有回答，似乎是在回忆这个名字，想了半天才说了句不认识。

看来这条线索又断了，那么张健到底为什么死死地抓住这个日记本呢？他做事一向有条不紊，绝对不会做莫名其妙的事。

周伟来回翻动着日记本，终于在那几页被撕下来的纸处停了下来。停顿了几秒钟之后，飞快地从自己的书包里拿出一张破旧的纸，放在那几页被撕得参差不齐的日记本上，虽然它们之间的裂痕没有对上，但周围的几个人明显地看出来，周伟手里的纸和笔记本上的纸竟是一模一样的。

“那天晚上我们用的寻骨图呢？快拿出来！”周伟冲着身边的几个人说道。

大家听了周伟的吩咐，连忙找了各自手里的寻骨图出来。张健的那份在寝室，王大勇说自己不会用脑子，就当一下力工吧，过去跑了个来回。

寻骨图凑齐了，刘莉莉小心翼翼地把它们拼凑在了一起，所有人的眼睛都盯着最后一幕。那张寻骨图竟然严丝合缝地贴在了日记本被撕毁的其中一页上，这让所有人都目瞪口呆。原来这张图竟然是刘浩画的。

“芳华，这张图不是你画的吗？”周伟疑惑地问道。

芳华连连摇头：“不是我！那天张健对大家说学校死过人之后，这张图就莫名其妙地在我桌子底下出现了。我本想扔掉的，但突然想到了捉弄王大勇的主意，便偷偷告诉你们了。再后来，就发生了这些事。”

原来是这样，看来第一个发现女孩骨头的并不是这些人，而是三年前就失踪的刘浩。难道他的失踪和这件事也有关系吗？刘浩就是为了找齐骨头才玩失踪的？他为什么最后人间蒸发了呢？难道是因为他也没有完成这个游戏吗！

那么张健的死呢？难道就像网站上说的一样，是那个女孩对大家的警告吗？

一个个问号萦绕在大家的脑海里。不过接下来有一件事是要做的，那就是得把女孩剩余的尸骨全部找出来，否则也许他们就会像刘浩和张健那样离奇地死亡。

不过，应该从哪开始呢？

大家的眼睛又一次不约而同地盯到了那张刘浩画的寻骨图上。

“这张寻骨图上一共有六个地方画了叉，如果按照被分尸的规律来说，两个胳膊，两条腿，头和身体，加起来一共正好六处。上次只有王大勇去了，其余的地方都没去过，所以我们现在各个地方再去一次。”周伟吩咐道。

“可是这次少了一个人。”芳华犹豫了一下。

“没关系，上次我找过的地方就不用再找了，我代替张健去。”王大勇这次反应倒是很快。

“不行！我……我不敢。”反对者是胆子最小的李倩。

“没关系，小倩，我先去找，然后我再和你一起去。”王大勇继续说道。

“时间紧迫，要不，我代替张健，王大勇和小倩一起去吧。”就在这时，一个声音从门口响了起来，进来的竟然是副会长许亮。

“许亮？你怎么来了？”芳华看着进来的许亮惊讶地问道。

“是我叫他来的。”周伟看了一眼李倩。

原来自从张健死后，许亮也是一肚子狐疑，再加上他喜欢的李倩也参与其中，更是放心不下，所以在许亮的一再追问下，周伟就把事情和盘托出，全都告诉了他。这样让他保护李倩，也更让人放心一点。

最后经过商讨，还是决定王大勇代替张健，许亮则和李倩一组。李倩听到许亮和自己一起，也就不再反对了。

有了全校正副会长两个人的加入，大家的心又放松了一些。

“那我们什么时候开始行动？”李倩轻声地问道。

“今天晚上。”周伟回答。

“干吗晚上？李倩本来就害怕，不如现在吧。”王大勇说道。

“你想死吗？大白天的满学校挖死人！”芳华忍不住骂道。

王大勇吐了吐舌头没再说话。

– 5 –

夜深了，几个人在教室焦急地等待着，最后一个回来的仍是王大勇。他的两只胳膊几乎都沾满了泥土，他告诉大家，今天他所挖的地方泥土比较松软，差点就挖到地基了，但仍一无所获。

也就是说刘浩日记本上的地图其实只有一处埋有骨头，而其他地方都是掩人耳目才做的记号吗？

“他为什么不把骨头拿出来，还要埋在那里呢？”芳华疑惑地问道。

“他不把骨头埋在地下，难道要拿回寝室放在床头上吗？”王大勇随口说道。

的确，把骨头拿回寝室，无论放在哪都是不够安全的，万一被发现，没准还会有人说他是杀人犯也说不定。

看来寻骨图这条线索又断了，要想找出女孩所有的尸骨还得再想办法。但总不能满世界地去挖吧，即便学校不管，人手也不够啊。

“算了吧，我看今天太晚了，大家回去休息吧，你说呢，周伟。”副会长许亮说道。

周伟刚想点头，不料刘莉莉奇怪地看着许亮。

“李倩呢？她不是一直和你在一起的吗？”

“哦，她胆子太小，我把她送回寝室才去的。”许亮回答道。

说到这里，刘莉莉的脸色变了：“不对！刚才我回了寝室一趟，但根本没人。”

“什么！”大家吃了一惊。

刘莉莉再给李倩打电话，但对方就是不接。一行人回到寝室，里面依旧空空的。

李倩竟然不见了！

大家两人一组分头去找。刘莉莉和王大勇找了半天，终于在学校后楼的远处看到一丝丝火焰，那里正是张健出事的地方，而一个小小的身影就在火焰的旁边。

刘莉莉连忙赶了过去，竟然看到李倩在那里烧纸钱。

“李倩，你在干吗，急死我们了！”刘莉莉拉住正在烧纸的李倩说道。

李倩转过身来，已经哭成了泪人，一脸惊恐地说道：“莉莉姐，我好害怕，如果我们找不到她，我们也会死的，我真的好害怕！”

此时别人也赶了过来。看到如此情景，大家明白了，原来是李倩希望女孩别再缠着她们，给她烧点纸钱结束这场恩怨。可这能管用吗？

芳华赶紧也上前安慰李倩："倩倩，都怪我，要不是我出这个馊主意，也不会连累大家。倩倩放心吧，我一定会好好保护你的，而且……就算她要报复的话，第一个一定是我。"

"不，芳华姐，你什么都不知道。"李倩看着芳华，哭得更厉害了，"她不是来找你的，她是来找我的。不是你连累了我们，是我连累了你们。她要来找我报仇了，下一个一定是我。"

大家感叹着，李倩一定是被吓坏了，所以有些胡言乱语了。

可就在李倩悲伤哭泣的时候，火焰的对面，一个矮小的身影出现在了那里。火焰照在她的脸上，让她的脸蛋变得更红。

"你们看到我的露露了吗？"那个矮小的身影说话了。

竟然又是那个女孩。

大家无比惊恐地看着这一幕，谁都无法开口了，小女孩一步一步向这里走来，她的嘴里不断地重复着"我待的地方好黑，我好冷，希望大家一定要早点找到我啊"这句话。

但就在她和大家只有咫尺之遥的时候，她的脚步突然停住了，脸上的表情变得惊恐起来，就像看到了什么可怕的事一样。女孩的脚步迅速向后退着，不一会儿就消失在人们的视线里。

大家都愣住了，那个女孩怎么了？本以为她想过来伤害大家的，但为什么会跑掉呢？

正在大家疑惑的时候，一个苍老的声音从他们的身后传来。

"你们这么晚还不睡觉，在这里做什么！"

大家回头一看，竟然是给学校看大门的老大爷赵安。

第二天是周六，学校没有课，几个人又坐在了一起。

昨天晚上的事大家并没对门卫说出实情，只是编了个瞎话说那天是张健的生日，所以给他烧点纸钱。

但大家却很奇怪女孩为什么会离开，难道是除了引发这起事件导火索的人外，小女孩不想让其他人看见自己吗？除此之外也没有别的解释了。

但下一步究竟要怎么进行呢？这让所有人都想破了头皮。

“实在不行的话，我们招魂吧。”刘莉莉的一句话让在场所有人都惊愕了。

什么？招魂！现在躲还躲不及呢。

“但是现在也没有别的办法了，不是吗？与其这样拖下去等死，不如把她找出来问个清楚，她到底想要我们怎么样，哪怕是给我们提示也好。”刘莉莉解释道，“不过这还得经过芳华的同意，毕竟她是这次事件的策划者，如果再出事的话，很可能第一个受伤害的就是她。”

大家的眼睛全都看向了芳华。

“我也同意。”芳华停顿了一下说道，“三年前刘浩的失踪、张健的意外，可能都和这件事有关。这样算下来，我是整件事的罪魁祸首，如果拖下去，下一个出事的也会是我。反正都是一死，如能从她那里得到一些有用的线索，让你们继续活下去也好。”

芳华不愧为很多人追求的对象，在这个时候竟然能把自己的危险说得如此坦然，就连王大勇也佩服她的胆识。

“再说，我刚才说的只是最坏的结果，也许女孩告诉了我们方法，我根本不会有什么危险。”芳华补充道。

周伟提醒，昨天晚上那个女孩又一次提到了露露，让芳华在晚上招魂的时候把那个玩具熊拿来，也许女孩只是想要她的玩具熊而已。

香烛碗筷等用具，周伟吩咐好大家各自出去准备，晚上回来集合。就在大家刚想出发的时候，一个陌生的号码打进了刘莉莉的手机。

刘莉莉觉得这个号码很熟悉，但又想不起来是谁了。

“喂，您好，请问您是？”刘莉莉小心翼翼地问着。

对方半天没有开口，似乎是在考虑着什么。当刘莉莉刚想开口问第二次的时候，对方终于说话了，刘莉莉的手机开了免提，所有人听到对方的问题都愣住了。

“请问，你认识刘浩吗？”

大家终于想起来了，这个号码就是记录在刘浩日记本上的那个电话。

– 6 –

周日，周伟和刘莉莉站在学校门口。一辆班车停下，走下来一个年纪二十六七岁的女孩。

“你好，请问你就是吴英吗？”刘莉莉走上前去问道。

那女孩点了点头。

吴英就是昨天打电话给刘莉莉的那个人，也是刘浩日记本上记录的那个电话号码的主人。

吴英在电话里告诉他们，刘浩的确给她打过电话，但那已经是三年前的事了，所以那天一时想不起来。刘莉莉问她和刘浩是什么关系的时候，吴英竟然说她根本没见过刘浩，甚至不认识这个人。就在大家都感到诧异的时候，吴英接下来的话让所有人都震惊了。

吴英告诉刘莉莉，刘浩之所以打电话给自己，是因为她的妹妹钱晓露。

吴英和钱晓露没有任何血缘关系，只是两个再婚家庭组织在一起。钱晓露死的时候，自己也还小，所以有很多事印象并不深刻。只记得父亲一个劲儿地闷头抽烟，母亲则是告诉自己，钱晓露是因为迷路了，所以不知道在某个地方睡着了。现在想起来，那应该就是死了的意思。后来，自己就和母亲搬去了别的城市。本以为事情就这样过去了，但没想到突然有一天，接到了一个陌生的电话，那就是刘浩。

刘浩一直在追问她关于自己妹妹死时的情况，但吴英当时的回答一直都是记不清了。刘浩最后还说他已经找到了妹妹的一些骨头，是否要去认领。吴英把事情告诉了母亲，结果母亲大发雷霆，说不要再管那个家庭的事。母亲这样也很正常，毕竟钱晓露的生父后来得了重病，把家里的钱几乎全花光了，最后也没能救活，而且事情隔了那么远，她也不想再提起了。刘浩从那之后就没再打电话过来。

可是昨天当吴英听说钱晓露害死了这么多人，而且她的灵魂还在到处游荡的时候，吴英也很想过来。在她的印象里，钱晓露很善良，绝对不会做出那种伤害别人的事来。

所以为了等吴英的到来，大家又把招魂的日期推迟了一天。

午夜十二点，在场一共七个人，除了一直心神不宁的李倩，其余的人都还算镇定。

吴英坐在离门最近的位置，以便发生了什么事，她可以及时阻止。毕竟她是钱晓露唯一的亲人，也是此次事件中唯一无关的人。

一切准备就绪，周伟看了其他人，点燃了最后一根香烛。

所有人的手都放在桌子的正中央，目光全都看向了教室的门口。

“滴答，滴答……”时间一分一秒地流逝着，三分钟的时间似乎有一个世纪那么长。

“哒哒哒”鞋子敲打地面的声音出现在走廊里，所有人的心都提了起来。最后，终于有一个小女孩的身影出现在了门口。

“是你们找我吗？”

没有人回答小女孩的话。

“你们有什么事吗？”

依然没有人开口。

“难道你们找到我了吗？”

“你们快来找我呀，我现在待在一个很黑很暗的地方，我穿的衣服好少，我好冷啊。你们快来找我吧，找到了我，我就可以回家了。我不想死在这里，你们一定要找到我游戏才会结束，千万不要半途而废呀！”

小女孩的话犹如利器一般句句刺入每个人的耳膜。

“不要啊！”李倩试图用手捂住自己的耳朵。

“不行，你的手别离开！”一旁的许亮说道。

“咦？你怎么在这里？你不是应该去找我的吗？你怎么还坐在那里不动呢？”小女孩听到了李倩的声音，她向这边走过来，“咦？你怎么也在？你们怎么都来了？”

小女孩继续往这边走着，突然，吴英的一只手伸了出来，将她拦住。

“晓露，你在做什么？你已经死了，你不要再伤害大家了，好不好？”

钱晓露愣住了，隔了好久她才认出了眼前的吴英。

“姐姐？你也在这里？”

“我是来找你的，她们都是无辜的人，请你放过她们好不好？求你别伤害她们好不好？”吴英近乎恳求地说道。

“姐姐，我没伤害她们，我只是希望能有人找到我而已，这样我就可以跟你一起回家了，回到妈妈那里。我知道妈妈并不喜欢我，但是我是不会怪她的。虽然不是她直接害死我的，但我不会报复她的。真的，请相信我，我没有伤害过任何人。”钱晓露说道。

“什么？你没伤害过任何人？”芳华有些意外，“那网站上那些提示，不是你做的吗？”

“是我做的，但那只是吓唬你们而已，为了让你们找到我，我从来没想过要伤害你们！”

“那你为什么要缠着我？”芳华继续问道。

“我没有缠着你，我只是想问你看到我的露露没有。”

“露露？就是那只小熊吗？”芳华突然想起了什么，幸好有周伟白天提示自己，便把那只玩具熊给钱晓露扔了过去。

钱晓露捡起了玩具熊，却又扔在了一边。

“这不是我的露露，我的露露已经丢了，我找不到她。她现在一定和我一样，在一个很黑很冷的地方，我一定要找到她。”

钱晓露的话不断重复着，而此时的李倩再也受不了了，松开了手向教室的门外跑去。

大家想阻止时却已经晚了，钱晓露也跑出了教室，消失在夜幕里了。

－7－

吴英回家了，临走前她说觉得李倩的那张脸有点眼熟。

李倩一夜未归，电话关机，大家开始担心她像刘浩那样失踪了。刘莉莉反复想着昨夜的整个过程，一切让人觉得不可思议。

如果说张健和刘浩是因为半途而废的话，那李倩为什么也会失踪？

而吴英说钱晓露是个善良的女孩，不会伤害人。钱晓露自己也说只是希望大家找到她，并没有想伤害大家的意思。但为什么还会有如此多的意外呢？难道是钱晓露在说谎吗？她有这个必要吗？

还有，她当时看到李倩的时候为什么那么意外，为什么要说那句话？

"咦？你怎么在这里，你不是应该去找我的吗？"

钱晓露的这句话到底指的是谁，是李倩吗？她为什么要这么说呢？还有之前在烧纸的时候，李倩也说过，这件事是由她引起的？吴英临走时说看李倩有点脸熟，这些有什么联系？

突然，刘莉莉像是想起了什么。

"芳华，李倩是本地人是吧？"

芳华点了点头。

"那她有没有说过她家以前住在哪儿？"

芳华说曾听李倩说过，她小的时候就住在这附近，后来拆迁才搬走了。

原来是这样！刘莉莉终于明白了，李倩和钱晓露从小就认识，那次的捉迷藏很可能她也有份。只是后来找不到钱晓露，大家就回家了。

怪不得从这件事被开启之后，李倩的状态就一直不对劲儿，她似乎一直在担心着什么，看来她担心的就是钱晓露来找她报仇。

还有芳华第一次把玩具熊拿回寝室的时候，李倩当时的表情已经证明她早就知道那是钱晓露的玩具熊了。所以说李倩的失踪和之前的刘浩、张健并不相同，这次完全可能是钱晓露的报复。

“芳华，和我出去。”

“上哪儿？”

“不知道。”

“去干吗？”

“不知道！”

刘莉莉说的没错，她连自己都不知道要出来寻找什么，或许就像发现张健尸体时那样找到李倩，但她没有说出口。

已经是晚上九点多了，两个人没吃晚饭，但并不觉得饿，一直在校园里闲逛着。

就在这时，两个人看到远处有星星点点的火焰，像是一个人在烧什么东西。两个人来到跟前，竟然是门卫赵安，他在烧着一些破烂。

两个人的心放了下来，这是常有的事。但刚想转身，刘莉莉像是又突然想起了什么，来到火焰旁边，死死地看着那堆燃烧着的物品。

赵大爷只是说了句天黑了，赶紧回去，便匆匆地离去了。和往常不同，这次赵安显得有些慌张。

刘莉莉看赵安离开，赶紧踩灭了火焰，似乎想从里面寻找什么。

“你在找什么？”

“不知道！”刘莉莉依然回答道。

就在这时，一个已经燃烧完一半的玩具熊被刘莉莉从火堆里翻了出来。那竟然是和芳华寝室中一模一样的玩具熊，只是这个看起来相当破旧。

“露露！”两个人异口同声地说道。

“是你寝室的那只玩具熊吗？”刘莉莉连忙问道。

芳华摇了摇头，说那只玩具熊还在寝室里。

那这个又是什么？

就在这时，刘莉莉的手机再次响了起来，来电人竟然是钱晓露的姐姐吴英。

吴英说有一件非常重要的事要告诉她们，那就是关于钱晓露的真正死因。

那天大家的确是在玩捉迷藏的游戏，但后来并不是因为钱晓露迷路才找不到家的，而是被人绑架了。吴英的母亲接到了绑匪的电话，但是她竟然拒绝了对方的请求，还说有本事就让对方撕票。目的很明显，她不想要钱晓露这个拖油瓶。再后来，钱晓露一直没有回来，估计是被害了，而吴英母亲一直没有告诉任何人，包括警察。那时候吴英还小，印象不深，但钱晓露的一句话提醒了她，那就是说自己的母亲间接害死了她。以前吴英的母亲一直回避这个话题，但现在吴英的母亲已经病重，将不久于人世，所以这才把事情的真相告诉了吴英。

这就是钱晓露被害真相。

刘莉莉挂了电话，看着地上烧得只剩半个的玩具熊，她突然问芳华："你还记得那天晚上吗？我们看到那个小女孩的时候，她本想过来的，结果她却转身跑了，还记得是因为谁来了吗？"

芳华想了半天才反应过来，没错，那个人正是门卫赵安。

钱晓露为什么害怕门卫呢？难道已经年近七十岁的看门人赵安和这件事有什么联系吗？

– 8 –

"李倩，你醒醒！"刘莉莉背着李倩和芳华一起向前跑去，门卫赵安在后面踉踉跄跄地追赶着。

原来刚才刘莉莉放下了电话，就想到十八年前的绑匪很可能就是赵安。

赵安家里很穷，所以一时鬼迷心窍想趁机勒索一点钱财，但没想到钱晓露的母亲根本不买账，所以后来没有办法，只能杀人灭口。为了不引人注意，他把钱晓露分尸，然后埋在学校不同的地方。不料后来被刘浩发现，所以连刘浩一起灭口，张健的死也是如法炮制。

而那个钱晓露的玩具熊是当时藏她的时候，不小心丢失在赵安看管的地下室中的，现在事情败露，他想一起烧毁，但还是差了点运气，竟然没有烧完。

所以刚才芳华假装问这问那缠住赵安，刘莉莉来到赵安的住处找到李倩。

说实话，刘莉莉以为找到的会是李倩的尸体，但没想到，李倩只是昏迷了。

为什么赵安没有灭口呢？这让刘莉莉想不通，但到了此时已经顾不了那么多了。

“你们两个等一下，事情不是你们想象的那样。”已经六十八岁的赵安明显跑不动了，只是试图用语言来阻止两个女孩。

但刘莉莉和芳华根本不听他的解释，向着赵安来的反方向校园外路跑了出去。

校外不远处有一排废弃的房屋，三个女孩躲在这里。只是李倩可能服用了过多安眠药依然昏睡不醒。

刘莉莉报了警，随后她又连续拨打了周伟和王大勇的手机，但两个人都没在学校，赶回来也需要一段时间。

“我给许亮打吧。”芳华说道。

“等等。”刘莉莉伸手拦住了她，“不要给他打。”

“为什么？”

“因为我觉得他有问题。”

芳华看了刘莉莉许久，但还是拿出了电话，准备拨打出去。

“怎么，你不相信我？”刘莉莉惊讶地看着芳华。

芳华冷笑了一声：“莉莉，本来我不想说的，但你现在还在说这种话，那我就不得不说了，我看有问题的是你吧！”

刘莉莉惊讶地看着芳华，不明白她为什么这么说。

“从一开始，我们都被你唬住了。那个小女孩出现在教室门口的那一刻，一闪就不见了。当时的骨头确实从桌子上消失了，我们当时都以为是那个小女孩拿的。但是后来，小女孩连提都没提骨头的事，这不得不让我怀疑。还有，那个玩具熊，为什么会出现在我的书桌里？一开始我也以为是钱晓露的，但后来钱晓露说那并不是她的，也就是说那个玩具熊是有人故意放在我那儿的。而且当时我把它拿回寝室时里面绝对没有东西，这个我能感觉到，那么里头的东西又是谁放进去的？小女孩吗？简直在开玩笑！所以在寝室能给它做手脚的只有你和李倩了。而现在李倩受伤了，怀疑的对象就只剩下你了，告诉我，你为什么要这么做？你的目的又是什么？”

芳华的一番话让刘莉莉无言以对。

“怎么，你没话说了？”芳华问道。

“你听我解释，你说的没错，事情是我做的，但并不是你想象的那个样子。”

“什么？真的是你做的？真没想到，你的目的是什么？难道你想看着我们都死吗？”

刘莉莉看着芳华，不知该怎么开口了。就在这时，芳华的手机响了，来电显示许亮。

“喂，你们三个在哪儿？”许亮问道。

“我们在校外的废弃的房屋里，你快来吧。”芳华回答。

刘莉莉惊恐地看着芳华，一丝不祥的预感萦绕在她的心头。

“芳华，你做了一件你最不该做的事！”刘莉莉一脸怒气地说道。

刘莉莉慌了，她想带着李倩离开，但芳华就是不同意。芳华一直说让刘莉莉告诉自己她为什么这么做，但刘莉莉没有心思理会芳华，只是看着周围的环境。刘莉莉把门锁上，把桌子椅子全都顶在门上，似乎想把死神堵在门外一样。

“你到底要做什么！”芳华冲过去，要移开桌椅，但被刘莉莉阻止了。

“芳华，你听我说，有很多事我们还都是猜测，我无法和你解释那么多，但我这么做一定有我的理由。”

“那你为什么要防着许亮！”芳华不解地问道。

“很多原因，现在不是解释的时候。”刘莉莉大声地说道。

就在这时，走廊上响起了脚步声，应该是许亮来了。

门把手被不停地转动着，但由于里面被反锁，外面的许亮就是打不开。

“开门啊，开门啊！芳华，我知道你们三个在里面，不用怕，是我，我是许亮。”

芳华刚想去开门，但刘莉莉一把拦住了她，小声地说道：“你听到许亮在说什么吗？”

“当然听得到！”

“你还记得刚才许亮是怎么问你的吗？”

“当然记得，许亮问，你们三个在里面……”芳华说到这里突然停住了，浑身不停地打着寒战。

是啊，许亮怎么知道是三个人？刚才除了看门人之外，别人都不知道这件事。除非，他和门卫是一伙的。

两个人说话的声音不大，但似乎依然被外面听到了。开门的声音停止了，脚步声越来越远了。芳华想出去看看，但刘莉莉摇了摇头，示意许亮并没走远。

果然，不一会儿的工夫，一个重金属摩擦地面的声音响了起来，最后在门口处停了下来。

“砰”的一声，一个重金属击打在门上。破旧的门被撞击得晃动了一下。

“砰砰砰”连续的击打，那扇破门再也坚持不住了，幸好有桌椅的遮挡才没倒下来。

“你要干什么！”芳华害怕地喊道。

门外没有回答，依然敲击着那扇门。

终于，那扇门被撞开了，许亮一脸狞笑着看着刘莉莉，说道：“你还真聪明，没想到我不小心的一句话，就露出了破绽。”

“哼，你太天真了，从张健死后你加入的那一刻起，我就开始怀疑你了。”刘莉莉说道。

–9–

刘莉莉说，当时张健刚死，是许亮和其他几个人一起发现的尸体。当然这并能不代表什么，但是后来的事才奇怪。如果许亮是为了保护李倩才加入的，那么他本可以一开始就要求和李倩在一组。但事实并非如此，而是他要求代替张健去挖他生前的寻骨图，很明显，他是另有目的的。虽然最后他还是选择和李倩一组，但那是看了张健的寻骨图之后的事了。

当天晚上王大勇去了张健的地方，什么都没挖到，这并不能代表什么。刘莉莉事后偷偷问了王大勇那块土地是否好挖。王大勇说那块土地很松软，很省力。王大勇没长脑子，但是刘莉莉却明白，那一定是有人之前挖过了。

而现在想想，一定是当时许亮认为张健和当年的刘浩一样发现了有用的线索，所以才杀害了他，而后又把现场伪装成了抢劫案。就像钱晓露说的那样，她根本没害过人。如果真的是钱晓露害的，那根本不用伪装。但许亮在张健的身上并未找到地图，所以只能加入，想看看张健的地图上到底隐藏着什么。

听了刘莉莉的分析，许亮大笑起来：“你在说什么，我为什么要杀张健？十八年前的分尸案和我有什么关系！”

“呵呵，你又不打自招了，你怎么知道是分尸案呢？”

“这……我是听你们分析的。”许亮连忙解释，“还有，我有什么理由要杀害张健呢？”

“当然有，这个理由不仅是你伤害张健的理由，也是你伤害李倩和刘浩的理由！”

“什么？我为什么要伤害李倩，她可是我喜欢的女孩啊！”

“对，正因为她是你喜欢的女孩，所以她也是目前为止，知道一些真相却又活下来的人。一开始我并不能确定，但直到刚才我才想通，李倩能活下来的原因。”刘莉莉分析道。

“那好，我倒真的很想听听，你为什么说是我做的。”

“你们还记得那天晚上钱晓露说过什么吗？她说‘你为什么会在这里，你不是应该去找我的吗’，她当时明显冲着李倩说的，而且种种迹象表明，李倩是当年和钱晓露玩捉迷藏，而没玩到最后却回家的其中一个孩子。但是，钱晓露当天晚上同样的话却说了两次，而且第二次加了个‘也’字，明显是对另外一个人说的。那么在场的七个人中还有谁可能是和她一起玩过捉迷藏的呢？那个人，很可能就是这个事件的凶手。而那个人就只能是你了，许亮！”

“你这是血口喷人，除了我以外，很多人都有可能。”

“不，我用了排除法。”刘莉莉继续说道，“首先李倩已经是其中的一个，所以她被排除。我当然也会把自己排除。接下来是钱晓露的姐姐吴英排除，还剩下芳华、周伟、王大勇，还有你许亮。”

“我们先说王大勇，如果他是凶手，想阻止查下去，那么从一开始他就可以不拿出那根骨头来。所以他被排除。再说芳华，如果她见过那个女孩，那么她也一定见过那个玩具熊，她一定早就知道是人在捣鬼，更何况她可是一手策划的这个事件，所以芳华也排除。”

“那么还有周伟呢？”许亮在做最后的抵抗。

“周伟？周伟是最不可能是的了，张健临死前最后一条信息是发给他的。如果是他的话，他完全可以自己看，有必要让大家全看到吗？”

“最后，你担心李倩会认出你来，你才一直在她的身边。不过你看事情快要败露了，就把她囚禁起来，这也是为什么只有李倩还活着的原因。”

刘莉莉的分析丝丝入扣，但是还有一件事让芳华不了解，那就是十八年前的许亮还是个孩子，不可能杀人吧？况且刚才两个人已经看到了门卫赵安的表现，明显凶手是他，许亮为什么要保护他呢？

“也许，他就是赵安的私生子或者亲戚之类的吧。”刘莉莉说道。

“哈哈，刘莉莉，你猜对了很多，但是最后一样你却猜错了，我才不是他的私生子。不过我没时间和你废话了，想知道真相的话，去地府问阎王吧！”说着，许亮便一步步向两个人逼了过来。

结束了，刘莉莉心里想着。尽管她刚才试图拖延时间，但也仅仅是过了十分钟。

面对许亮的紧逼，两个人毫无办法。就在这时，两个人发现许亮的动作停止了，一些红色的液体从他的头上流了下来。

许亮转过身看向自己的背后，一个老头站在那里，拿着一把铁锹，正向他的头部砸去。

“砰”又一铁锹，许亮再也支持不住了，倒了下去。

刘莉莉和芳华看着那个老人，惊讶得说不出话来，那个人竟然是门卫赵安！

“他不是我的儿子，他只是看到了我犯罪的整个过程。”门卫赵安说道。

十八年前，赵安就是这里的门卫。当时总有一些孩子跑到这里来玩，他大多都认识。突然有一天，一些小孩子在这里玩捉迷藏的时候，有个小女孩竟然睡着了。赵安独身一人无依无靠，只有一处破旧的房子，生活十分贫苦。他突然起了歹心，想绑架那个女孩，然后敲诈她的家人。但没想到女孩的家人竟然不理他，还说让他撕票。赵安是个老实人，他没有那么做，他想把女孩放了，然后希望女孩的家人能原谅他。但不料女孩被他藏在地下室，由于空气污浊，女孩又患有哮喘，就这样死了。赵安十分害怕，他如果和警察解释一定不会有人相信，于是他便决定把女孩分尸，然后藏在校园的各个角落。不料这一幕却被当天和那女孩一起玩捉迷藏，却没回家的另外一个男孩看到了，他的名字就是许亮。

赵安不想杀人，他给许亮买了一些糖果，让他答应别说出去，但祸根就这样埋下了。

许亮长大了，开始每个月都从赵安这里拿走他为数不多的工资，剩下的刚够赵安勉强度日。赵安感叹自己在赎罪，反正就他自己，就当给儿女花了。

但就在三年前，刚上大学的许亮得知赵安有一处破旧的房子，而且那处房子拆迁后能得到一大笔钱，所以许亮就威胁赵安，让他必须把房子产权转给自己。

赵安觉得无所谓，反正也要入土了，就答应了他。

可就在这时出事了，刘浩无意中得知此事，开始调查。许亮担心赵安一旦被抓，房子的事根本落不到自己的头上，如果赵安被抓之前把房子给了毫无血缘关系的自己，一定会引起警察的怀疑，到时候自己一定脱不了关系。后来许亮干脆杀了刘浩，学赵安那样把尸体埋在了学校的角落。

再后来，就和刘莉莉推测的一样了。

赵安最后说，他已经快入土的人了，他不想再因以前犯下的过错再杀人了，所以他才跟在许亮的后面来救刘莉莉和芳华。

他并没有想杀李倩，李倩是许亮迷晕后送来的。赵安一直想找个机会和李倩说清楚，然后一起去警察局。但就在这时，刘莉莉和芳华找上门来了。

– 10 –

警车带走了门卫赵安，还有血流不止的许亮。

后来听说许亮在警察局供认了所有罪行，但是不久后由于脑部出现异常而突然死亡。门卫赵安由于年龄大了，在监狱里度过了一个晚上，第二天竟然也无疾而终了。

李倩醒了，她在口袋里发现一张地图，上面有着标记。大家按那个标记寻找，结果挖到了很多骨头，看来那应该就是钱晓露的。

但芳华始终都不明白，为什么刘莉莉要做那么多事。

刘莉莉说，她和刘浩在高中就认识，而且，他们已经相处了两年了，那个日记本就是刘浩失踪前给自己的。

但刘莉莉觉得自己一个人什么都做不了，根本无法查出刘浩失踪的真相，只能找大家帮忙。但如果直接说出来的话，恐怕没有人会相信她，她只能勾起大家的好奇心，只是没想到后来会发生这么多的事来。

芳华问如果当时自己并没有看到那张地图该怎么办。

刘莉莉说，当时日记本有好几张纸被撕下来，那是因为她把同样的地图画了好几份。如果引起不了别人的注意，就只能自己来策划了。当时地图上只有一个点，其余的全是自己画上去的。而且芳华在策划的时候，刘莉莉一直在旁边，而最后就是刘莉莉出的主意，让王大勇去找那个点的。

那个鬼魂钱晓露是刘莉莉请的童星，因为长相酷似当年的钱晓露。而网站那些事，也都是刘莉莉那电脑高手的表哥弄的。其实刘莉莉跟吴英通电话后，就大概知道了钱晓露失踪的真相，所以叫吴英配合她。

后来，钱晓露的姐姐吴英也赶了回来，她拿着一个新的玩具熊和那些骨头一起烧给了钱晓露。到此为止，所有的谜题都解开了，所有的一切都有了结局。

但似乎大家都把一个人给遗忘掉了，那就是三年前失踪的刘浩，他的尸体又在哪儿呢?

故事十二　误盖弥彰

丈夫张开的双手上满是鲜血，他的米色睡衣睡裤上，用鲜血写满了扭曲的字。赵紫怡定睛一看，发现丈夫衣裤上写的居然就是她的名字。

王稼骏

— 1 —

她叫赵紫怡，一个不折不扣的阔家少妇，她的先生是红星娱乐公司的总裁，在一次选秀现场，她结识了比自己年长足足三十岁的他。

几乎没有男人能够抗拒她的美艳，一个媚眼就足以令男人们神魂颠倒，她的先生也不例外。他们第一次见面后，她的先生就答应同前妻离婚。两个月后，她得偿所愿，他们结婚了。

一场场面奢华的婚礼并不能掩盖这段婚姻的畸形，婚后的生活没有浪漫，没有温柔，没有爱情，对于一个如花似玉的女人来说，就像提早变成了黄脸婆。

只有花钱的时候，才能将这种空虚感抛于脑后。今天"血洗"了 LV 旗舰店之后，她回到了家，却不知一件从天而降的灾难正等着她……

她家地处南城市中心，是栋沿街的独立老洋房，除了洋房，附近都是服装店和酒吧，鲜有居民。如此外型复古、内饰奢华的建筑，没有上亿的身价是养护不起的。

她提着大包小包，打开门。她刚想把钥匙放进门旁的盘子时，发现盘子又被人放到了高处，嘟哝着把盘子放回原处："这个小保姆，每次打扫完卫生，都不把盘子放回原处。"而后，随手将钥匙丢了进去。

脱了鞋，她往二楼的卧室走去。

咦，奇怪？平时这个时候，丈夫早就回卧室休息了，可今天书房的灯却亮着。

她看了一眼过道上的时钟，时针和分针正慢慢形成一条直线，显示着9点15分。

她将手里的名牌衣物和包包全扔在了床上，轻声来到书房门前，敲了敲门："老公，这么晚了，你还没睡觉吗？"

屋里没有任何回应，她的声音仿佛被面前的门吸收了一样。

"我进来咯！"她边说，边转动把手。

她的脚尖刚踏入书房，高跟鞋就沾到了黏滑液体，几乎滑倒。

她勉强扶住墙，可映入眼帘的景象，如同一条鲜红的火舌，直刺她的双眼。

书房正中，他先生俯卧在地板上，后背上插着一把锋利的刀，反射着刺眼的光芒。赵紫怡认得，那是她家厨房里的切菜刀。一滩鲜血从他身下一直流淌到了门边，就像章鱼的触角般爬满整个房间。发腻的血腥味令人头皮发麻，流了这么多血，人应该早就断气了。

就在她打算高声呼救的时候，她突然看见，丈夫张开的双手上满是鲜血，他米色睡衣睡裤上，用鲜血写满了扭曲的字。赵紫怡定睛一看，发现丈夫衣裤上写的居然就是她的名字。

"为什么？为什么他临死时会写我的名字呢？难道他发现了我的事情吗？"

她瞬间恢复了冷静，小心地退出了书房，关上门。

她调整了一下急促的呼吸，急忙地回到了卧室。她打消了报警的念头，拿起手机，拨通了另一个电话。

那是她经纪人的电话，这个城市里唯一值得她信任的朋友。

耳边传来了经纪人的手机铃声，当铃声响起的一瞬间，赵紫怡愣在了原地，整张脸惨白得如同窗外的月光。

她鬼使神差般地迈步朝书房走去，每走一步，熟悉的手机铃声都会听得更清楚。重新回到书房门口，欢快的铃声已经清晰可辨。

门，好似有千斤重。门后的惨象，赵紫怡实在不愿再看一眼。

她合上手机，门内的铃声也戛然而止。

经纪人的手机，丢在了丈夫被杀的现场，这只有一种可能性。

当这可怕的念头闪过她的脑海时，门铃响了。

赵紫怡顿时乱了方寸，不知所措。

越发急促的门铃声，把赵紫怡的心挠得几乎抓狂。

“谁……谁呀！”她心虚地喊了两嗓子。

“是我。”门外男子声音低沉而有力。

听到这个熟悉的声音，赵紫怡几乎站不稳脚，手机从手心滑落，屏幕跌了个粉碎。

他就是刚刚响着铃声的手机的主人。

– 2 –

他叫苏周，赵紫怡的经纪人，红星娱乐公司最炙手可热的演艺经纪，他一手策划了赵紫怡麻雀变凤凰的这出戏，让她成为了红星集团的老板娘。

苏周常说：一个成功的经纪人，捧红的女星并跟他好上的女星应该是成正比的。

赵紫怡也不例外。当丈夫不能满足她的时候，年富力强的苏周自然上位。苏周享受着偷情时的那种刺激，在老板的房子里占有着老板的女人，让他的虚荣心得到了极大的满足。

可惜，在上周的一次偷情中，他大意地将一只烟头留在了老板书房的烟灰缸里。于是，他和赵紫怡的秘密勾当暴露了。

今天，老板找他来家里，就是想劝他辞职，给彼此一个台阶下。这样的丑闻如果被曝光，他们两个人在娱乐圈里都将颜面扫地。

可苏周不愿接受这样的失败，他要求老板补偿他一笔钱，让他能够自立门户。他的老板断然拒绝了他的提议，苏周掌握了公司绝大多数的资源，他如果有意挖墙脚，红星娱乐公司一半的业务会被他拉走。

其实苏周只是在虚张声势，他只想敲上老板一笔，一走了之。到时候赵紫怡被老板一脚踹开，孤立无助，肯定会来纠缠他，到时候麻烦就大了。

老板答应给钱，但他让苏周把手机里的业务电话号码全部删除，让他以后再也不准出现在他的视线中。

有了钱，一切都好说。苏周爽快地把手机递给了老板，舔着手指，数起成叠的现金来。

直到他离开，都没想起手机忘拿了。

按了半天门铃，赵紫怡才来开门。

“干什么呢？这么慢！”苏周望了眼赵紫怡，惊讶地发现她脸色极差。是不是老板已经和她摊牌了？

“你来干什么？”赵紫怡用训斥的口气问道。

“我手机丢在你老公的书房了。”苏周熟门熟路地往二楼的书房走去。

赵紫怡不禁感到奇怪，哪有凶手会这样大摇大摆地回来拿手机的？

“你今天来找过我丈夫？”赵紫怡一路跟着苏周上楼。

“是你丈夫让我来的。不过跟你没关系，是我被解雇了。”苏周扭头笑了笑说。

“你们吵架了吗？”

“没有。”

“你走的时候，他还活着？”

苏周踏上最后一级台阶，转过身来：“为什么这么问？”

赵紫怡皱了皱眉头，一字一顿地说：“他被人杀了。”

苏周咧着嘴，他观察着赵紫怡的表情不像是在撒谎，他勉强挤出一个微笑，问道：“你不是在开玩笑吧？”

“你不信，去书房看看。”

苏周缓缓地来到书房前，手搭在把手上，又回头看了眼赵紫怡，怯怯地打开房门。

看见血流遍地的尸体，场面惨不忍睹，苏周都不禁叹息了一声。他下意识地扫了眼书桌，他的手机原封不动地放在那儿。

“你怎么还不报警？”

“他把我的名字写在身上。”

苏周仔细一看，果然不错，尸体身上的字虽然歪歪扭扭，可还是很容易辨别出是哪几个字，而且不止写了一遍。

“人不会就是你杀的吧！”苏周半开着玩笑。

赵紫怡狠狠瞪了他一眼：“我看人可能就是你杀的，你的手机就在书房里，你以为警察会相信你的解释吗？”

“警察不相信我，同样也不会相信你。”

两个人就像那具尸体一样，一动不动地对峙着，他们都在考虑同一个问题：“我究竟应该相信眼前这个人，还是立刻报警告发对方？”

苏周深吸了一口气，率先打破了沉默：“如果报警，我们两个人都难逃干系，警察真要查起来，我们的事情迟早会被发现，不如我们把老板的尸体处理一下……”

“你是说伪造现场？”赵紫怡的头摇得跟拨浪鼓似的，“这种事情我不干。”

“我一个人没法干，你必须要帮我，否则我们两个都要被枪毙。”苏周抓住她的肩膀，用力晃了晃。

“做完之后，我们会没事吗？”

“放心，等这事过去，我会永远和你在一起的。”苏周松开了她的肩膀，挽住她的秀发，紧紧贴在了自己的胸膛上。

–3–

他叫黄维德，现在，应该称之为“它”。

这位红星娱乐公司的总裁狼狈不堪地被害于自己的书房里，十几亿的家产成为了过眼云烟。如果他还能听见，苏周和赵紫怡这对奸夫淫妇在密谋如何伪装他的尸体，说不定他会被气活过来。

苏周向赵紫怡交代了整个计划，赵紫怡似懂非懂地点着头。

“家里不会有人来了吧？”苏周问。

“保姆明天早上来，他儿子不超过十二点是不会回来的。”

黄维德有个独子，一个性格孤僻的年轻人，哪怕黄维德在书房里待上一年，他也不会进去问候父亲一句。对于他，苏周没有了丝毫的顾虑。

苏周朝书房的窗外张望了一下，确认没有人注意到这边，他关上了窗，合上窗帘。

接下来，他脱了自己的衣服，露出并不壮硕的胸肌，光着膀子架起身板比他大一圈的黄维德：“快来搭一把手。”将将抬起黄维德的上身，苏周就备感吃力。

赵紫怡小心绕过地上的鲜血，抬起黄维德的两只脚，他们两个人合力把黄维德的尸体抬进了卧室旁的浴室里，轻轻摆在了冲淋房的地上。

“这里交给我来处理，你去清理一下书房里的血。”

苏周朝赵紫怡挥挥手，赵紫怡拿了毛巾和脸盆，从浴室里走了出来。

书房地板上的血已经开始凝固，黏糊糊的手感十分恶心，一个连烧水都不会的美女，干这样的脏活累活，对她来说，几乎就跟上台不化妆一样无法忍受。抱怨归抱怨，这种性命攸关的事情还是马虎不得。

赵紫怡擦得很认真，地上、墙上、深色的写字台上，一丁点的血迹她都没有放过。就像患上了强迫症，她竟将整个书房打扫了一遍，直到一尘不染。

全部清理完毕，赵紫怡以为花了很多时间，其实只用了半个多小时。

她用手肘擦了擦额头上渗出的汗水，心满意足地返回浴室，去看看苏周在搞什么鬼。

她嘴角微微上翘，在她的裤袋里，已悄悄藏起苏周的那部手机。

苏周把尸体脱了个精光，血衣血裤堆在了角落里。那把刀仍触目惊心地插在松弛的皮肤上，伤口并没有想象中可怕。

他小心地摆弄着尸体的姿势，刻意将黄维德的额头磕在坚硬的地砖上，看起来就像被刺后摔倒造成的伤口。

“把毛巾给我，你再去拿一套他换洗的衣服来。”苏周打开冲淋花洒，埋头对着黄维德的尸体冲洗起来。

赵紫怡突然对苏周有种莫名的厌恶感，他就像对待被宰杀的牲口一样，洗刷着自己丈夫尸体上的血迹，难道他没有感情吗？今后，他会不会为了他自己，而背叛出卖她呢？

“你还愣着干吗？赶紧去拿衣服啊！”苏周凶巴巴地说。

赵紫怡“哦”了一声，手紧紧地握在了裤袋的手机上。

“叮铃铃……叮铃铃……”屋子里猛然间响起了电话铃声。

“这么晚了，会是谁？”苏周关了水，低声问赵紫怡，生怕被电话那头的人听见他声音似的。

“我也不知道。”赵紫怡摇摇头，“很少会有人这么晚打电话来。”

没人去接电话，电话转到了自动答录机上。

“喂！我钥匙没带，开下大门。”

简短的留言后，是一记清脆的挂断声。

“他……他是谁？”苏周显出了一丝慌乱。

赵紫怡面若死灰地望着卫生间地上的黄维德，缓缓地答道：“是他儿子。”

－4－

他名叫黄杨，是黄维德与前妻的儿子。

当他父亲和他母亲离婚的时候，他觉得父亲为了娱乐圈的一个风尘女子，抛弃了结发妻子，实在可耻。而当他第一次看见年轻的后妈时，便臣服于她的美貌之下，在那一刻，他的内心对自己也产生了深深的厌恶。

我怎么能够爱上父亲的女人？黄杨时时提醒着自己，他刻意回避着赵紫怡，年龄相仿的他们，很少交流，黄杨都不知应该如何称呼赵紫怡。每次赵紫怡主动去和他说话时，黄杨都会脸红心跳，说话结巴，完全像个面对漂亮女老师的腼腆小男孩。

今天，黄杨无意中听到了父亲在和苏周的谈话，他知道父亲不会原谅一个红杏出墙的女人，他会亲手毁了这个女人，让她在这个行业乃至在这座城市里再也混不下去。他有这样的能力，更有这样强的报复心。

男人对待绝美女人的感情，无外乎珍爱和摧毁，要么爱之深，要么恨之切，很少有男人可以从容面对。

整个晚上，黄杨都在喝酒，他为赵紫怡的将来担忧，也为再也见不到她而抓狂。这种熟悉的感受，和当初母亲被扫地出门时如出一辙。

在酒精作用下，黄杨想去找父亲为赵紫怡求情，希望她能留下，不要让这个家庭一次又一次地让人看笑话。

忘带钥匙的黄杨，按了几下门铃，安静地等着人来开门。

可大门依然紧闭，刚才的电话也是答录机，黄杨担心家里是不是没人。他退后两步，朝二楼的窗户望去。

看见有人关了浴室的灯，他以为父亲是在洗澡，所以没接听电话和门铃。

他又重新按了门铃，不一会儿，赵紫怡一脸睡意地开了门。

“这么晚回来，怎么钥匙都不带？”赵紫怡嗔怪道。

“对不起。”

黄杨低头与她擦身而过，一股酒气逼得赵紫怡直捂鼻子：“你怎么喝成这个样子？”

黄杨谦卑地又说了句“对不起”，他在门旁的盘子里找到了自己的钥匙，揣进口袋，摇摇晃晃地打算上楼去找父亲。

他突然想起已经是深夜了，问道：“我爸睡了吗？”

“他啊，还没睡，还没睡！”

赵紫怡的一惊一乍，让黄杨觉得反常，他从她的脸上找到了一丝慌乱的神色。联想起方才看见熄灭的浴室灯光，黄杨脑海中浮现出男欢女爱的场景。

“我现在上去找他方便吗？”黄杨生怕打扰了父亲。

“现在？”赵紫怡往无人的楼梯上看着，漫不经心地问道，“这么晚了你找他有什么重要的事吗？”

黄杨犹豫了一下，答道：“说实话，是为了你的事。”

“我？”赵紫怡猛然直视着黄杨，发现自己失态后，她口气转而平和下来，“我能有什么事啊？”

“你和苏周的事。”黄杨说得很小声，但足以让她听清楚了。

“你别道听途说了谁的谣言，就信以为真了，这事传出去，是要坏我名声的，你知不知道？”赵紫怡做贼心虚地大喊大叫起来。

“我是听苏周亲口说的。”黄杨平静地说。

赵紫怡的锐气顿时被挫败，立刻换上了假惺惺的态度：“你是想去揭发我吗？我告诉你，你老爸都已经知道了……”

“够了！”黄杨暗暗打消了为她求情的念头，“你好自为之吧！”说完，他改变方向，回自己房间去了。

赵紫怡长吁一口气，靠在门上擦了擦额头上的冷汗。

“没事吧！”苏周从楼梯上探出脑袋，低声地问。

愁眉不展的赵紫怡打了个 OK 的手势，问道：“接下来我们该怎么办？”

苏周瞟了眼黄杨的房门，露出一个阴险的笑容，反问道："我这里有个机会，就看你想一夜贫穷，还是一夜暴富？"

他用极为小心的步伐走下楼梯，熟络地搂起了赵紫怡的肩膀，继续说："你想想，黄总死了的话，你能分到多少遗产？他的遗嘱上几乎不可能留什么给你，他一死，你就等于被扫地出门了。但如果他唯一的法定继承人就是杀了他的人，你猜你能拿到多少遗产？"

"你的意思是……"

"轻点！"苏周捂住了赵紫怡惊呼的嘴，正色道，"现在，你去找点黄杨的小东西放到浴室里去，我去书房转转。"

"我要找些什么小东西？"赵紫怡不是很明白。

"类似领带夹、挂件的东西，要不容易被找到，但又能证明是属于黄杨的东西。"

苏周把赵紫怡推上了楼梯，自己蹲下身子，拿起一双黄杨的耐克鞋，端详一番后，套在了自己的脚上。

他拿起黄杨丢下的那串房门钥匙，出了门，他转到了洋房背后书房的窗户下，在泥地上留下了半个清晰的脚印。

他抬头发现书房的窗户关着，他撇了一下嘴，书房紧闭的窗户将会是他计划的破绽，他快步走回洋房，用钥匙打开门，直奔书房。

书房虽然清理干净，可封闭的空间中仍弥漫着淡淡的血腥味。

苏周细心检阅着赵紫怡的工作，确定万无一失后，他撩开被赵紫怡拉上的窗帘，打开了书房的窗户。一来让窗外清新的空气稀释一下血腥味；二来，不打开窗户，刚才他在泥地上留下的半个脚印，就毫无意义了。

他审视了一番窗外夜晚的城市，街道旁的店铺都已打烊歇业，往来埋头的赶路人都不会注意这栋洋房里正进行着的阴谋。

苏周安心地垂下了窗帘。

– 5 –

他叫左庶。就在一分钟前，也就是赵紫怡拨打报警电话 110 的时候，他还只是个无足轻重的路人甲。而现在，他站在老洋房的门口，一个劲地按着门铃。

他来的非常不合时宜，必须在警方赶来之前离开洋房的苏周，被堵在了房子里。

“他是谁？”苏周站在猫眼前，用大拇指晃了两下门外。

赵紫怡看了看猫眼后，摇头道“我不认识他。”

“不认识？那这么晚了，他来找谁？”

苏周生怕门铃声把黄杨吵起来，不得已，只能让赵紫怡开门，快点打发了这个男人。

门口是位三十多岁的男人，蓬松的头型和他的西装很不搭调，赵紫怡努力回忆在哪儿见过他，最后得出的结论是确实不认识这个男人。

“你找谁？”赵紫怡的态度十分不友善。

男人彬彬有礼地和赵紫怡打起了招呼：“太太，真不好意思这么晚还来打扰你，不过我真的有非常重要的事情来找你家的一位先生……”

左庶一边说，一边往赵紫怡的身后张望着。

“你干吗？你干吗？”赵紫怡用身子挡在他的面前，怒道，“你别在我家门口鬼鬼祟祟的，否则等会儿警察来了，小心让你坐牢。”

“警察？你家出了什么事吗？为什么警察会来？”左庶收起目光，一双惺忪的睡眼盯住了赵紫怡的脸。

“神经病！”赵紫怡用力地关了门。

“等等！”左庶一只手抵住了门，半个身子顺势挤在了门和门框之间，满脸诚恳地请求道，“太太，我是真的有事要你帮忙。”

躲在门后的苏周，抄起了门旁摆放钥匙的盘子，如果那个男人胆敢走进来，那么苏周将毫不犹豫地砸碎他的颅骨。

“你到底有什么事？快说啊！”赵紫怡被男人逼得很无奈。

“你家有男人吗？”左庶说完，生怕赵紫怡误会，又补充道，“我没别的意思，只是我的这件事，只有一个男人才能帮我。”

赵紫怡故作健忘地回头看了一眼，说：“真不巧，现在家里有事，我老公没办法帮你了，你去对面找找看吧！”

“那就奇怪了。”左庶喃喃自语道，一副百思不得其解的模样。

“怎么啦？”赵紫怡有些紧张，不知这个男人察觉到了什么异常。

“没什么！可能我搞错了，我再到附近试试找人帮忙。打扰了！”

左庶礼貌地替赵紫怡合上了门，转身离开。苏周甩了甩领口，庆幸这个小插曲只是虚惊一场。

苏周看了下时间，对赵紫怡说：“我得走了，警察快来了。记住，你只要过了这一关，我们就会有花不完的钱了。”

苏周把“我们”两个字说得很重，意味深长。

有些事，冥冥中早已注定。

苏周还没出门，警灯就在楼前闪动起来。

“怎么办？怎么办？警察来得太快了。”赵紫怡看了猫眼后，惊慌失措。

“你冷静点。”苏周脑子飞快地转起来，想着应对的策略，“我到客厅里等着，你就说发现尸体后，先打电话给我，而后才报的警。”

门铃响起，苏周将赵紫怡的头发揉乱，把她弄出丈夫被杀后六神无主的样子，让她开门。

打开门，一位高大威武的警察对她行了个礼，问道：“是你报的警吗？”

赵紫怡抿起嘴唇，低头将眼睛移出警察的视线，语调悲戚地说道：“我的丈夫死了，被人杀死在家里。”

“现场在哪里？”

警察边掏出对讲机，边让赵紫怡在前带路。

“警察同志，请跟我来吧！她一个女人，我实在不忍心让她再看一眼丈夫的尸体了。”苏周如鬼魅般，从客厅里走了出来。

“你是？”警察疑问道。

“我是被杀的人黄维德公司的职员，也是这位夫人的经纪人，这是我的名片……”苏周的职业病又犯了。

“咦？这位夫人刚才不是说，家里没有男的吗？”刚才神经兮兮的男人突然又出现在苏周和赵紫怡的面前。

赵紫怡无比的尴尬，求助般地看了眼苏周，苏周却故意掩面挠痒，刻意回避她的求助。

警察见到这个男人十分恭敬：“左庶先生，你要不要和我一起看看现场？”

苏周和赵紫怡的一举一动都没有逃过左庶的眼睛，于是他欣然应允了警察的邀请。

“警察同志，死者是红星娱乐公司的总裁，事关整个行业的机密，能不能别让闲杂人等涉及此事？”苏周态度严厉地说。

警察向他介绍起左庶来：“这位是赫赫有名的侦探左庶先生，他可是我们头儿诸葛警官的高级顾问。只要有他在，你们的案子很快就能破了，放心吧！”

生怕警察起疑，苏周不再争辩，领着他们两个上了楼。

精心布置过的浴室，呈现出凶杀案所具备的所有要素。

黄维德赤裸的尸体趴在地砖上，凶器插在背部的正中，极其显眼。尸体周身旁的地上，不少鲜血积聚成小水流，缓缓淌向地漏。浴室墙上的金属架，整齐地叠放着死者干净的替换衣服。

“应该能够确认死亡了。”警察看见尸体后，向总台汇报现场情况，请求支援。也许信号不好，警察往走廊踱了两步。

左庶蹲在浴室门口，似乎发现了什么问题，可他只是紧锁眉头，一语不发。

苏周探出身子，从左庶头顶上搜索着浴室。

连他都不知道，赵紫怡在浴室里藏了黄杨的哪件东西。

终于，在座便器的旁边，他找到了那件东西——一粒指甲大小的透明纽扣。

“看！那里是不是有什么东西？”苏周激动地大声叫了出来，人几乎要跨过左庶的身子了。

“小心，现场不能进去，以免被破坏。”左庶一把拦住了他，转身注视着那枚纽扣。

“刑侦队十五分钟后赶到。”警察把对讲机别在腰际，又回到了浴室门口，“是发现什么了吗？”

“没什么。”左庶抢着回答道，“苏先生，能带这位警官在房子里到处转转吗？”

“这个没问题。”苏周反问道，“那你呢？”

“我想和客厅里的那位太太聊聊。”左庶笑眯眯地说。

苏周勉强回敬了一个笑容，可他心里对这个枯发蓬松的男人已是恨之入骨了。

– 6 –

“太太，你是模特吗？”左庶将细长的手指插入浓密的头发中，微笑着问赵紫怡。

“这跟我丈夫的死有关吗？”赵紫怡很不配合。

“哈！没有关系，只是我个人比较欣赏模特这个职业。”左庶丝毫没有受到赵紫怡态度的影响，温文尔雅地问，“这幢房子除了你和你的丈夫之外，还有其他人有大门的钥匙吗？”

“还有我丈夫的儿子。”赵紫怡的回答从不浪费一个字。

左庶露出惊愕的表情："你们已经有儿子了？"

"不是我生的，是他前妻的儿子。"谈起黄杨，赵紫怡露出不屑的神情。

"如果是这样的话，我倒觉得他儿子的嫌疑非常大。"左庶挑了个便于交谈的沙发，坐了下来。

"左庶先生，你是不是发现了什么线索？"赵紫怡的态度来了个一百八十度的大转弯。

"在现场，发现了属于他儿子的东西。"

赵紫怡为自己处心积虑摆放的纽扣，暗自得意。

"不过呢……"左庶故弄玄虚地说，"证据还不够确凿，我正伤着脑筋呢。"

"是什么事情？我可以帮忙吗？"

左庶搔搔了头发，突然调转话头："请问，刚才你为什么要骗我？"

"骗你什么？"赵紫怡的心扑扑地狂跳不已。

"你家里明明有个男人在，却跟我说没有，害得我这么晚了，还要留在这里破案。"

"哦……啊……这个呀！"赵紫怡巴巴地胡编乱造起来，"我是不想让人知道家里出了事，你知道我老公也是个有影响力的人物，所以……你应该知道我的苦衷。"

"原来如此！我完全明白。"左庶恍然大悟般地猛点着头，而后又陷入了思考中。

"左庶先生，你在想什么呢？"赵紫怡的语气完全变成了个撒娇的女孩。

左庶稍作犹豫，起身在客厅里转了一圈，最后目光落在门旁的钥匙盘上，随口问道："住这么大的房子，还有好几辆车，你的钥匙圈一定很重吧！"

"是啊。钥匙重死了，你面前的那个盘子就是用来放我们全家钥匙的。"赵紫怡突然发现，盘子里居然空无一物。可她回家的时候，明明就把钥匙放在盘子里的。

还好，左庶背对着她，正聚精会神地看着盘子，没有察觉到她脸上的震惊。

左庶不紧不慢地从大门口穿过客厅，到厨房里转了一圈后，终于决定告诉赵紫怡他的一些想法。

“你是死者的夫人，所以有权知道事实真相。不过，接下来我跟你讲的事情都是我的推理，在没有任何证据的情况下，你可要替我保密啊！”左庶正经地提醒道。

得到赵紫怡的首肯后，左庶说道：“我假设凶手是死者的儿子，那他应该是从正门进来的，他的钥匙应该会在钥匙盘里才对，可现在钥匙盘里，一把钥匙都没有。如果他真的是凶手，应该会和平时一样将钥匙放在盘子里，因为他的钥匙不在盘子里的话，就会引起警察的怀疑。他钥匙的去向有三个可能，他进门后忘记放进餐盘了；他在杀人时弄丢了钥匙；钥匙被其他人拿走了。如果能在现场找到他的钥匙，就可以定罪结案了。”

“他丢在浴室里的那颗纽扣，就不能定罪吗？”赵紫怡问。

左庶的眉毛微微挑动，露齿一笑：“纽扣可能是其他人趁死者儿子不在家的时候，为了嫁祸才放在尸体旁边的。但如果是钥匙的话，就能证明死者是在他儿子在家的时候被杀的。”

钥匙会在哪儿呢？赵紫怡托着下巴苦思冥想起来。

“你是怎么知道浴室里有死者儿子的纽扣？”左庶冷不丁问道。

“不是你刚才说的吗？”赵紫怡反问道，

“可我只是说‘属于他儿子的东西’，你真厉害，一下子就猜出了东西就是纽扣，看来你有成为侦探的潜质。”左庶恭维道。

楼梯上响起脚步声，打断了他们的交谈，三个男人从楼梯上走了下来，黄杨走在了苏周和警察的后面。

“左庶先生，在书房的窗台以及窗外的泥地上，发现可疑脚印。”

“我们一起去看一下。”左庶不忘提醒其他人，“在刑侦队来之前，大家千万别乱动任何东西。”

失魂落魄的黄杨目光呆滞，就像没听见左庶的话一样，去厨房给自己倒了杯水，默默地坐在了角落里。

趁着左庶和警察去院子的时候，赵紫怡把苏周拉到一旁，将钥匙的事情说了一遍。

“你的钥匙我一直没看见，可我刚才还明明看见盘子里有两串钥匙的。”

“那会是谁拿走了钥匙？”赵紫怡不经意地看了眼垂头丧气的黄杨。

苏周脸上诡异地闪过一丝得意的笑，当赵紫怡转过头时，他又恢复了豪无表情的神态。

现在，距离刑侦组到来，还有五分钟。

左庶和警察两人从院子里回来后，警察就翻查起门口的鞋子来。他突然提起一双鞋：“这双鞋是谁的？”

没人回答。苏周和赵紫怡都冲着警察摇头。

警察又问了一遍，这次基本是冲着黄杨去的：“这双鞋子是谁的？”

“我的。”黄杨答完，头又低了下去。

“黄先生，你现在是本案的嫌疑人，请你站起来，转过身去……”警察掏出腰带上的手铐，朝黄杨走去。

“等等。”左庶阻止道，“钥匙还没找到，就不能断定是他。”

“侦探先生，警察先生。”苏周突然插话道，“关于这个案件，我有点想法，不知能不能讲？”

左庶搓着两只手，饶有兴致地表示想听一听苏周的见解。

“你们跟我到书房来。”

所有人来到了书房，一字排开，苏周站在窗边，说道：“我只是客观地的分析案子，所以如果得罪了黄少爷，请你多多谅解！”

话虽然很客气，可苏周话锋一转，就赤裸裸地冲着黄杨去了：“黄少爷，我的推测是以你杀了董事长为前提的。蓄谋已久的你一直潜伏在书房下的院子里，待董事长离开书房回卧室的时候，你攀着墙沿和爬山虎，很容易就能爬进二楼的书房。听到董事长开水洗澡的声音，你就冲进浴室，迅速刺杀了他，又从原路返回。之后假装没带钥匙，让人帮你开门，做出喝醉归来的假象。这样一来，侦探先生关于钥匙的事情，也可以顺理成章的解释，因为凶手并不是从正门进来的。院子里的脚印，浴室里的纽扣，都属于黄少爷，警察先生，你难道觉得这些证据还不够吗？”

黄杨没有任何反应，他听完这席话，只是换了个站的姿势，冷静地说："我在酒吧里有证人。"

“这个社会，三条腿的蛤蟆难找，两条腿的证人容易找。”苏周冷笑道。

“但我身上真的没有钥匙，因为有人拿走了我的钥匙。”

“左庶先生，你怎么看？”警察被搞得有点逻辑混乱了。

左庶小动作不停，他搔着头皮说："苏先生的推理非常完美，可仍然有几点疑问我实在弄不明白。第一，如果凶手是从二楼书房潜入，为什么他还要大费周折地跑去一楼的厨房取凶器？第二，从我们看到的死者情况来看，死者被杀时很可能是在洗澡，那么请问，为什么冲淋的龙头是关着的？试想一下，死者是背部中刀，一击毙命，他遇袭时一定是背对着凶手，浴室里也没发现其他人的脚印。照常理来说，凶手行完凶后应该立即逃离现场，否则很容易被卧室里的黄太太发现，而死者又是当场死亡。所以说，凶手和死者都不可能去关这个冲淋龙头，是谁关的呢？”

左庶说到这，故意停了几秒钟的时间，接着说："我觉得唯一的答案是，浴室根本不是第一现场，是伪造的现场。命案就发生在我们现在所站的这个地方。"

“就算董事长是在书房被杀，也很有可能是黄少爷移尸去的浴室，那颗纽扣就是证据。”苏周还在狡辩。

“纽扣是个好证据，可惜太太你……”左庶转向赵紫怡，“你放错了纽扣。那是颗衬衫领口的纽扣，上面还留着线头，像是被人硬从衣服上扯下来的。一个背部遇刺的人，怎么可能扯到身后凶手领口上的纽扣呢？”

苏周和赵紫怡精心准备的欺骗大餐，被逐一消灭了。赵紫怡花容失色，只能板着脸来掩饰自己事迹败露后的茫然。

“看来凶手是你们两个啊！”警察恍然大悟道。

“不是，不是，绝对不是。”苏周夸张地摇着手掌，矢口否认。他的手不知是故意还是不小心，挨到了窗帘，一阵短促的金属声后，一串钥匙掉在了地上。

“啊！钥匙找到了。”苏周转悲为喜，兴奋地拾起钥匙，他指着黄杨对左庶说，“这串就是他的钥匙，这下警察应该有证据了吧！”

不知为什么，赵紫怡和黄杨都有出人意料的表现。

黄杨对苏周的指证无动于衷，他只是忧郁地看着赵紫怡，就像欠了她很多钱却还不上似的。而赵紫怡脸上写满了“吃惊”和“愤怒”两个字。

左庶接过钥匙，拿到苏周的面前说：“你没有发现，这串钥匙有什么问题吗？”

苏周仔细一看，顿时面如土灰。

他从盘子里取出黄杨的钥匙，并栽赃藏于书房时，就打算在危急关头使出这招杀手锏。可匪夷所思的事情发生了：他藏在窗帘里黄杨的钥匙，此时却变成了赵紫怡的钥匙。

“你这个混蛋，居然出卖我！”赵紫怡哭丧着脸骂道，她掏出了苏周的手机，“是他杀了董事长，这是我在书房里找到的他的手机。”

苏周听到了自己万全之策破裂的声音。

窗外警笛声伴随着一声声笨重的车门关闭声，刑侦队已经赶到了。

左庶拍拍手，让大家将注意力放到这个房间里，他说：“我们节约时间解决这个案件。其实苏周、赵紫怡、黄杨你们都不是凶手，可你们所做的一切，都使得案情变得更复杂了。苏周和赵紫怡你们两个人的嫁祸计划，差一点就骗过了我。事实上，盘子里最后一串夫人的钥匙是我拿的，我和警察先生去院子的时候，我爬上了二楼的书房，我在窗帘的褶皱里找到了苏周藏下的黄杨的钥匙，于是我将夫人和黄杨的钥匙掉包了。”

左庶从口袋里，拿出了黄杨的钥匙。

“事实上，我要找的证据，是这个东西。”左庶从另一个口袋里，又取出了一串钥匙，“我从另一边的窗帘褶皱里找到的。”

“那是董事长的钥匙。”

“那是我老公的钥匙。”

苏周和赵紫怡异口同声地说。

“没错！”左庶惺忪的双眼一下子焕发出凌厉的光芒，“今晚有一个人，杀死了死者后，将这串钥匙从楼下院子里丢进了书房。”

－7－

她叫莫沫，这幢老洋房里年轻的女保姆。

今天当她在书房外，听见黄维德和苏周的谈话时，知道赵紫怡在老洋房的日子不多了，她默默爱着的少爷黄杨一定会为此而发疯的。她看见黄杨自暴自弃地摔门而去，连钥匙都忘了带。她斗胆去向黄维德求情，却被正在气头上的黄维德恶意羞辱了一番。借着心中的怒气和对黄杨的爱，她回到厨房拿了凶器，折返书房刺死了毫无戒备的黄维德。

她甘心为少爷做任何的事情，她知道苏周和赵紫怡有一腿，黄维德一死，老洋房里很可能就只剩少爷一个人了，她能够和少爷单独地朝夕相处，这是她最大的心愿。

她记起少爷没带钥匙出门，她想：如果她将大门反锁起来的话，没有钥匙的少爷没办法进来，自然不会成为嫌疑犯。而有钥匙打开门的赵紫怡将会成为头号嫌疑犯。于是她从盘子里拿了黄维德的钥匙，临走前打开了书房的窗户，她用黄维德的钥匙反锁了大门，最后将钥匙丢进了书房。

而奄奄一息的黄维德误以为是自己的妻子雇佣莫沫谋杀自己，才会蘸着自己的血在身上写下妻子的名字。

莫沫在回家的路上，她幻想着明天一早，只有她和黄杨两个，一起吃着早餐的情景。

可不料她的美梦还没有等到天亮，警察敲开了她的房门。

所有的罪恶，都不可能结出美丽的果实。

苏周和赵紫怡也因为涉及伪证罪，被依法批准逮捕。

这一场戏剧性十足的凶案，令苏周唯一不解的事情是，左庶究竟是如何发现洋房里不对劲的事情的。

左庶给他的答案，令他捶胸顿足。

左庶来敲门求助的原因是苏周停车的位置，恰巧挡住了左庶的车位，左庶从车内的外套判断出车主是男性，又从停车的时间推算出，车主并不是来光顾洋房对面的酒吧和服装店。于是当左庶问赵紫怡，房子里有没有男人的时候，得到了否定的回答后，点燃了他的好奇心。

所有刻意布置的线索，全毁在了不刻意的停车位置上，苏周和赵紫怡的发财梦就破灭在一条不起眼的黄色停车线上。

左庶并没有告诉苏周，他的车其实只是辆两轮轻骑，否则，说不定苏周会吐血身亡的。

故事十三　死亡绘画

苏北慢慢低下头望着自己颤抖的双手，难道自己这双手已经成为死神之手？被死亡诅咒的，并不是画笔，而是自己因为任性，故意绘画死物的双手吗？

观海之鱼

— 1 —

苏北有些吃力地往肩上提了提肩膀上的画架，迎着耀眼的阳光望去，红绿灯不断变化着，汽车或飞驰或停止。撞在一起的汽车旁，司机争吵得面红耳赤，后面堵塞的车辆响起令人焦躁的喇叭声。白色人行道上点点的红色血迹，是昨天车祸受害人留下的痕迹，新闻上报道一闪而过的画面却在苏北脑海里久久消抹不去。

一身素白裙装的女孩躺倒在血泊中，鲜红的血液在她衣裙上如朵朵含苞待放的花蕾，瞬间绽放成为永恒的美丽。苏北用了一夜的时间把脑海中的画面描绘下来，今天出门前把画也带在身上了，要是放在家里被父亲发现，一定会被骂个狗血淋头。

世界在呼吸、生活着，美好与丑陋瞬息万变，互相渗透。父亲说要观察事物的变化，但苏北每天用画笔记录下来，却是前一天绚烂绽放的花朵，渐渐衰败腐烂，丑陋不堪的模样。

走近生存着的事物，就会看到他们走向死亡的过程，那是最可怕的。

父亲总是自信地说他的画能得到学界高度赞同，是因为画面的动感生机，所以他不愿意为死去的母亲画最后一张肖像。

那是苏北第一次画人物像，对象是停止呼吸的母亲。死去的母亲异常美丽，永远不会改变，苏北察觉了和父亲完全不同的艺术，那是死亡的美。

通过马路，走下地铁站，阳光消失在身后，一股阴寒的气息迎面而来。对着空荡荡的地铁轨道，苏北抬头看看时间，看来今天的采风活动也要迟到了。列车进站的声音传来，口袋里的手机同时响起，苏北匆匆跑进地铁，找到位置坐下才掏出倔强地响个不停的手机。

“苏北，你在哪儿？今天再迟到，女魔头肯定不放过你。”夏萤的声音从电话那头传来，混杂着生气、着急和恐吓。

苏北忍不住轻轻笑起来：“在我看来，你这个小魔女就很可怕了，但我也控制不了地铁的速度啊。”

夏萤又一次夸张地尖叫起来：“你还在地铁上？”

负责今天带班外出采风的美术指导老师一定听到了，嘀嘀咕咕的声音隐约可以听见。

“帮我跟老师解释一下，今天采风的地方离家太远，才会迟到的。”苏北好不容易想出一个新的理由，说服夏萤帮自己求情。叹了口气收起手机，侧脸望向地铁外面，一片漆黑中孤单伫立着广告牌，广告牌上代言人的灿烂微笑，在苏北看来却是一张张冰冷可怕的脸。

眼前慢慢明亮起来，苏北回过神来，发现地铁车厢里竟然只剩下自己一人，地铁大门打开，冷风阵阵窜进来。站点负责打扫卫生的阿姨面无表情地走进车厢，用奇怪的目光看一眼苏北，苏北忙背起画架离开车厢。

找到距离采风的小树林最近的地铁出口，收到夏萤的短信提醒：“女魔头脸色越来越难看，快！”

苏北也不禁有些紧张起来，对于必须选择美术专项考试的苏北来说，得罪了指导老师可是件糟糕的事情。

大步跑在通往小树林的路上，脚下踩到发出奇怪声音的东西，苏北好奇地停下脚步，抬起脚，一只肥大的蝉被自己踩个正着，它痛苦地低声鸣叫着。大概是从树上掉下来的时候身体翻转了，没来得转过身来，才会被自己踩到。苏北索性蹲下身，歪着脑袋仔细看着渐渐失去力气，沉默下来，只能偶尔动一动的蝉。

被苏北握在手里的蝉一动不动，仿佛连夏天都消失了，小树林的森冷气息越来越浓重。

“苏北，你知道自己迟到了多久吗？要整个兴趣小组的同学等你一个人，难道不觉得惭愧？别以为你父亲是出名的画家，你就比别人优越。”苏北可以想象等待自己到来的时间里，女魔头心里的怒火一定烧得旺盛。她一见到苏北从树林前方跑出来，远远地就开始连珠炮似的发威。

兴趣小组的其他成员沉默着，只是顺着女魔头的声音和目光，用同样鄙夷的目光望着跑向他们的苏北，在女魔头的带领下，各自背起画架开始朝树林深处走去，开始寻找今天的风景。

只有夏萤伫立在原地，但苏北的目光转移到她身上时，分明察觉她嘴角一抹来不及消散的冷漠嘲讽。是刺眼的光线产生的错觉吧？因为夏萤很快跑到苏北面前笑了笑，突然发现苏北手里死去的蝉，皱皱眉头道：“看，肠子都流出来了，真脏，快扔掉吧。”

夏萤说完也背起画架准备跟上大家，发现苏北还没跟上，回头正想催促，只见苏北还不舍地望着掌心的蝉，只好劝说道：“树林里一定还有很多美丽的死亡，等着你去描画，为它们举行一场画中的葬礼。”苏北终于露出笑容，扔掉手里的蝉，小步跑来到夏萤身边。

刚参加美术兴趣小组的时候，因为苏北总是画着角落里死掉的老鼠，玻璃窗边死掉的苍蝇这些东西，大家都对他敬而远之，把他当成怪人看待。只有夏萤在那个静谧的午后，指着画中安详死去的蝉说道：“苏北是在画中为这些死物进行艺术葬礼吗？虽然都是死物，看起来却那么美好。”

夏萤是第一个称赞自己的人，苏北一直认为只有夏萤走进了自己的死亡艺术世界。

－2－

阳光透过树叶缝隙，犹如金黄色萤火虫闪烁，点缀苏北素白的衬衫。苏北看起来就像天使一样，他躲藏在阴暗树荫里，连影子都显得异常灰暗。

第一次在空荡荡的美术教室遇见苏北，他专注地描绘着窗台上那只死去的蝉，当时，夏萤就以为看到了天使。

拥有优越的家世，所以苏北可以任意描绘他所喜欢的东西，就算只描画死亡的事物，单凭他那位画家父亲的名气，“苏北”这个名字也会被画界所认可。

在苏北笔下，连死亡都能变得美丽。夏萤第一次看到苏北的画就知道他拥有自己无法超越的才能，无论自己拼命往画面上填满多少绚丽的色彩，刻意把画面上的人物笑脸描画得多灿烂，内心的阴霾却久久不散。

到了树林中心湖附近，指导老师叮嘱大家不要到太远太偏僻的地方，定好了回到中心湖集中的时间，她就宣布解散。

女生们手挽手谈笑着走向树木茂盛、传来蝉鸣鸟叫声音的地方。苏北望着消失在阳光里的女孩们，又望一眼独自走向另一方向的夏萤。和一般的女孩不同，夏萤不喜欢讨论明星、时尚装扮，她的世界里仿佛只有绘画。

在苏北眼里，拿起画笔全神绘画的夏萤是最美丽的，美好得让人无法转移目光。苏北慢慢走向已经在画板上铺开画纸，手中铅笔慢慢定格画面轮廓的夏萤，笑说道:“如果有一天我想画真人肖像，夏萤可以当模特吗？”

夏萤手中的铅笔掉落在地，大眼睛惊恐地望着苏北，冰冷的声音完全不像平时的夏萤:“苏北你是特别的，没必要为了世俗改变自己的风格！”

面对不高兴的夏萤，苏北忙笑说着“开玩笑而已”，俯身伸手在野草丛里帮夏萤寻找掉落的铅笔。干枯的野茎刺破手指，苏北忍着痛摸索到了铅笔。沾染着血迹的铅笔递到夏萤手中时，夏萤清亮的眼底分明闪过一丝诡异的神色。

“苏北可以画下枯萎的树木，或者找找角落里的动物尸体。”夏萤掏出随身的手帕帮苏北手指止血包扎，重新握起沾着苏北血液的铅笔开始绘画。

铅笔碰触到雪白画纸，点点的腥红在白纸上格外抢眼。夏萤却毫不在意，反而比平时更加专注地急速勾画着，近乎疯魔的沉迷表情让苏北产生了莫名的不安。

在夏萤心里，苏北之所以是特别的，也许只因为他从来不画活物，总是描绘死亡的画面。然而夏萤不知道，他的特别不过是刻意为了让自己和父亲不同。只要画着和父亲处于两个极端的死亡风格，就再也听不到“苏北将来一定和您一样擅长描绘生机勃发的事物”这样的话。这种特别之处让苏北远离喧嚣，却也变得孤单，连画面都变得越来越灰暗，真实的自我仿佛迷失在那片被死亡笼罩的丛林中。

是夏萤闯进了他的世界，把更多色彩带到他面前，仿佛连死去的画面都活起来。一旦拥有了渴望阳光和色彩的心，就会忍不住想画那些鲜活的事物。没想到苏北的试探，夏萤反应那么大，难道夏萤只喜欢绘画死亡事物的自己？

苏北犹豫了一会，还是打开背包，把昨晚通宵绘出的死亡少女画像递到夏萤面前：“似乎是傍晚发生的车祸，因为画面在脑海中一直抹不掉，不把她画出来不行。”

夏萤停下画笔，眼里先是惊叹的光彩，突然又覆上恐惧的森冷，紧盯着苏北压低声音说道：“但是，苏北你画中的少女还活着。”夏萤的话让苏北倒吸一口凉气，心脏慌乱加速。

白色轿车挡风玻璃上还溅着血珠，少女一身衣服都被染红，怎么可能没死？苏北努力回想那则新闻，女主播到底说了什么，躺在血泊中的女孩死了，还是重伤？如果真的如夏萤所说，女孩还没死，那自己岂不是画了活人肖像？

夏萤收起森冷的目光，淡淡笑着把画还给发呆的苏北，打趣道：“希望这女孩别被你咒死了。”

苏北装出生气的表情抢回画，反驳道："怎么可能！"

指导老师在不远处提醒只顾着谈笑的夏萤和苏北："你们俩抓紧了，天黑前一定要回去的。"

苏北找了半天，好不容易确定景物，却发现从树干分叉的地方望去，刚好是一位女生的背影。苏北迅速勾画轮廓的时候，在空白的地方停了停，也许是为刚才夏萤的玩笑赌气，苏北把微小的人物背影简单勾画出来。

灰色调的简单图画很快完成，回到夏萤身边时，夏萤刚开始上颜色。苏北在一旁歪着脑袋好奇地看着，总觉得夏萤每次为图画上色都使出全身力气，带着焦躁、悲愤拼命涂抹各种绚丽色彩，完全不在意手上身上喷染上各种颜色。

当夏萤咬紧嘴唇，使劲往画面涂抹鲜红颜色时，苏北心里的不安越来越强烈。在夏萤画中片片浓郁的色彩下，到底隐藏着怎样的秘密。全神绘画的夏萤总让苏北觉得陌生。

夕阳渐渐沉落西山，指导老师催促学生们回到中心湖集合，清点人数。苏北往肩上提了提肩膀上的画架，摸着发出"咕咕"叫声的肚子，心里嘀咕着：天都快黑了，怎么还有人拖拖拉拉的。

"好像还少了一个人吧。"

夏萤蹙蹙眉头，大家互相看了看身边的同学，突然有女生喊起来："啊，安小晴不见了。"

总是沉默寡语的安小晴，偶尔会和同样不合群的苏北在美术教室里各自静静画画。所以刚才的自由时间里，她如往日那样选择一个人独自寻景绘画。

– 3 –

天色渐渐灰暗，树林上空回响着大家因为紧张担心而发抖的声音。女生们更是紧紧依偎在一起，低声议论着："她到底跑哪去了，平时不合群就算了，这种时候还要给大家添麻烦。"

他们的紧张和担忧，最终还是为了自己。苏北不想像他们一样只为自己而活，所以只要是夏萤所希望的，苏北都愿意去做。哪怕为了让夏萤高兴，为了在她眼中是最特别的存在，要画一辈子的死物。

"再找不到人，天就彻底黑下来了，树林里该不会有野兽吧？"夏萤的声音低低地从旁边传来。苏北鼓起勇气拉住夏萤的手，"我会保护你"这种俗套的话已经不需要说出来。

"小晴，你在哪儿啊？"

"安小晴！"

回答的只有一声声回音，指导老师刚掏出手机想报警，前方一位女生尖叫起来。

"是安小晴吗？"大家顺着已经害怕得说不出话的女生手指方向望去。一个少女的面容被垂落的长发遮掩，看不清面容。只见她怀里紧紧抱着画板，画板上的图画显然还没来得及上色，却已经被她的鲜血染成一片腥红。

大胆地走到一身鲜红的女孩面前，颤抖着手拨开她脸上发丝确认的男生一下子跌坐在地上，半晌才朝指导老师喊道："是安小晴！老师，安小晴死了。"

所有人都惊慌尖叫着往后退，指导老师也久久迈不开脚步，她不敢上前去看看她的学生。

苏北感觉到手被人牵拉着向前，一脸淡漠的夏萤正径直大步朝安小晴走去。两人的手紧牵在一起，苏北也只好跟上夏萤脚步来到安小晴面前。

安小晴倚靠在一块大石头上，血液从她发丝中流淌出来，看起来像是撞在石头上造成的。血液顺着她的发丝脸庞流淌下来，染红衣服，渗到她怀里的画板和图画上。

指导老师和其他学生已经退到较远的地方，正打电话报案。夏萤拉了拉苏北的手，正想提议到大家那边去，苏北却突然松开了夏萤的手，摸出手机，借着屏幕的光仔细端详安小晴怀里的画。

画中的风景很熟悉，苏北脑海里浮现自己写生时确定的景物，通过树木分叉的空白处望去的远景，正是安小晴画中的风景！

苏北脚一软跌坐在地上，压倒细小树枝，发出清脆声响：“被自己画进去的少女，就是安小晴？”夏萤搀扶起苏北，温柔为苏北拭去额头的冷汗，她问道：“你怎么了？晕血吗？”

“其实，今天的枯木画里，我还画了远景中的女孩背影。”苏北边说边小心观察夏萤的表情。

夏萤脸色有些难看，她担忧地望一眼安小晴的尸体，对苏北说道：“这件事你先别说出去，免得引起不必要的误会，毕竟有点邪门。”夏萤森冷的语调让苏北脸色更加惨白，难道是自己害死安小晴的？

夜色降临的树林变得更加森冷，被覆上白布送上车的安小晴身上的血迹已经变成暗红色，被警方作为物证取走的图画画面也变得更难分辨了。

望着远去的警车，夜空不知何时布满红色的浓云，血红一片，月亮也消失不见了。指导老师回过神来，忙催促道：“大家快点回家吧！”

从恐惧中反应过来的学生们匆匆逃离被死亡阴霾笼罩的树林，向附近的地铁站和公车站跑去。

“初步怀疑是自杀吧。”夏萤回头望一眼被封锁现场的树林，被红云渲染的月光洒落血红光芒，把夏萤白皙的脸映衬得异常诡异。

苏北觉得风有些森冷，缩了缩脖子朝地铁走去，脑海里一直消抹不去安小晴死去的景象，还有被自己画下的安小晴那娴静的背影。

生存和死亡，到底哪个才是最美好的，手中的画笔到底该用来描绘死亡还是生存。

“别再想安小晴的事情了，剩下的调查就交给警方吧。”夏萤推了推望着空空的地铁轨道发呆的苏北。

反方向的列车先进站，从阴暗的隧道口急速飞驰过来，一阵冷风拂过苏北的脸。恍惚之间，地铁轨道的另一边，一身血红衣服的女孩黑发飞扬起来，嘴角动了动，声音被再次启动、急速离开的地铁击碎。

“昨夜送院的女孩莫星于凌晨抢救无效……”

地铁新闻里传来冷冷的声音，苏北抬头望去，新闻重复着女孩躺倒在人行道血泊中的影像。那身衣服，正是刚才出现在地铁那头的女孩，正是那个被他误以为在车祸中死去而为她画下肖像的女孩。

“结果还是死了呢，真可怜。”夏萤嘴角分明闪过一抹笑意。苏北使劲摇晃脑袋让自己清醒，不能被幻觉迷惑，但心脏还是狂乱不安地跳。

第二个了，安小晴，莫星，她们都在被自己画下后死去。

自己手中的画笔是否就像受了诅咒一样，只要绘下有生命的事物，诅咒之锁就被打开，随即夺取他们的生命。

苏北慢慢低下头，望着自己颤抖的双手，难道自己这双手已经成为死神之手？被死亡诅咒的，并不是画笔，而是自己因为任性，故意绘画死物的双手吗？鲜红的血液不断从指间流淌出来，滴落在光滑的地铁大厅地板上。

苏北突然跑向洗手间。夏萤在门外等了半天，苏北才浑身湿透、滴着水地走出来。在人们怪异的目光中进入地铁车厢，苏北还不停使劲搓着自己的手，直到双手发红。

– 4 –

在分开的路口，夏萤伫立在幽暗的街头拐角，低声喊了喊神情恍惚的苏北："如果安小晴和莫星的死不是单纯的巧合，真的和苏北你的画有关吗？"

苏北感到脑子里一阵轰鸣，使劲拍拍脑袋，拼命摇头，望着转身离开的夏萤，咬了咬嘴唇，还是喊住夏萤："如果我的手已经受到了诅咒，这辈子就再也不能为你画肖像了吧？"

路灯把夏萤的影子拉得长长，黑压压的影子散发冷冷的气息。夏萤许久没有回头也没有说话，只是低声说了一句苏北听不清楚的话，就快步跑开了。

夏萤也感到害怕吧？说什么只画关于死亡主题的自己是特别的，创造着与众不同的艺术世界。一旦艺术变成残酷的现实，甚至被诅咒了，就会被人讨厌。

“别搞自己的另类艺术了，好好继承我的风格，不费吹灰之力就能出名”，这是父亲最常说的话。这样的话语对苏北而言，其实也是种诅咒，杀死了苏北憧憬的未来。

人行道上如睡美人似的莫星、望着美丽景色专注绘画的安小晴、死去的蝉，被折断翅膀的蜻蜓、枯死的花、母亲再也睁不开的眼睛的面容……苏北把这些关于死亡的画一张张烧毁。如果死亡的诅咒能随之被烧毁，自己双手的鲜血是否也可以清洗干净？苏北使劲握住还不断涌出“鲜血”的手指，只有他自己看得见，这些可怕的“血液”，是被他的死亡绘画害死的人的“血液”。

火光和烟雾引来急促的敲门声，女人故作温柔的声音从门外传来：“小北你在干什么呢？快开门让阿姨进来。”

苏北望着火盆里母亲渐渐被烧毁的面容，拒绝为死去的母亲画遗像的父亲却为门外这个浓妆的女人画了无数肖像。

分不清眼里溢出的泪水是为被遗忘的母亲，还是因为自己内心的恐慌。门外传来父亲不满的声音劝说道：“我们吃饭去，别管他了。”

继母叹口气，放弃敲门。脚步声渐渐消失，恢复一片死寂，书包里的手机突然响起。

夏萤的声音从电话那头传来：“为了解开你的疑虑和心结，不如实验一下。你不是说过吗，如果想画人物肖像，希望我作为模特。”

苏北惊恐的眼睛越睁越大，只能拼命摇头朝电话那头喊道：“绝对不行！”

双方久久的沉默后，夏萤叹口气呢喃着："虽然我喜欢你的死亡绘画，但也希望喜欢的人能亲手为我画肖像。但你那么善良，是不会随便以某个人作为实验对象的吧？哪怕心里多憎恨那个人。"夏萤的话触动了苏北一直努力压抑的心情。

正如夏萤所说，不做个实验证实一下，心里总是不安，幻觉也不会消失。苏北平复下情绪，努力装出轻松的语调安慰夏萤："我确实不该自己吓自己，安小晴和莫星的事情都是巧合罢了。"

放下电话，苏北冲进洗刷间，用冰冷的水洗去悲伤和恐惧的神情，镜子中苍白的脸竟然不知不觉浮现出狰狞的笑容。

带着画板来到正在享用晚饭的父亲和继母面前，继母忙挤出一脸灿烂的笑容拉着苏北坐下："今晚做了小北最喜欢的菜呢。"

苏北把画板放到桌面上对父亲说道："我想帮阿姨画一幅人物像。"

父亲惊讶地望着苏北，继母笑得更加灿烂，在苏北眼里，她就像画着鲜红色大笑脸的小丑一样。泛白的光落在继母脸上，苏北抬起自己"鲜红色"的手，"血液"无法停止，染红整张画纸。继母的面容在血红色中慢慢凸现出来，只有自己能够看到的死亡的血红色。父亲满意地伫立在苏北身后，为儿子能够接受新母亲，能够重新描绘有生命的事物感到欣慰。

不知从什么时候开始，继母鲜艳的嘴唇裂开似的不断向脸颊拉伸，血液开始从继母的眼睛、鼻子、嘴巴流溢出来。继母死在父亲怀里，染红了他的西装。父亲指着自己骂道："凶手，你这个杀人凶手，是你咒杀继母的。"

继母慢慢从父亲怀里仰起脸，滴血的手努力伸向自己喊着："小北，小北。"

苏北猛然睁大眼睛，刺眼的阳光从窗口照射进来，苏北抬起手挡了挡阳光。噩梦醒来，幻觉消失了，双手白皙干净，不再有鲜血流淌出来，门外传来继母夸张的尖锐声音："小北，到时候起床了，赶紧收拾好出来用早餐。"

苏北长长舒展口气，望着镜中自己苍白的脸，额头还有密密的冷汗汗珠，不知不觉轻松地笑了笑。虽然在为继母绘画肖像时，内心充满敌意仇视，甚至诅咒这个取代母亲地位的女人，但她还好好地活着，自己并没有用绘画咒杀别人的能力。苏北望着被冷水冲洗着的双手，这双手并不是死神之手。

阳光满满落在窗台，一只机灵的小鸟轻轻落下又迅速飞向远空，苏北想学着欣赏和珍惜生命的美，不再因为任性而故意违背自己的心，以致让自己陷入死亡诅咒的恐慌。

–5–

学校的气氛和美好的天气截然不同，早读课开始前，安小晴在树林中离奇死亡的传闻已经遍布学校每个角落。

“偏偏选择到那种树林采风写生，美术指导教师这次该倒霉了。”

“美术社团里有专画死亡主题的怪家伙，我早猜到迟早要出人命的。”不堪入耳的话语犹如支离破碎的尖锐玻璃刺入心脏，想辩驳的话语却哽咽在喉，发不出声音。苏北抱起画板离开教室，远远逃离那些怀疑和厌恶的目光。

美术教室空荡荡的，安小晴常常待的角落里还放着她未完成的画。苏北好奇地走向画板，安小晴的画板总是背对着自己，映入她眼中的风景到底是什么？苏北伫立在安小晴留下的画板前，眼睛慢慢睁大，忧伤弥漫。

洁白的画纸上，少年呆望着窗外，手中的画笔停在半空，无从下笔的模样连苏北自己都感到意外。原来，苦闷着不知道该画什么的时候，自己是这副表情。

“看来安小晴很喜欢你啊，所以才常常和你一起待在美术教室里吧？”夏萤不知何时进了美术教室，也正盯着安小晴的画看，嘴角挂着一丝让苏北惊讶的嘲讽。

“可她甚至没和我说过话。”

在她生命的最后时光，自己偶然地画下她的背影，也许是命运的牵引吧。

苏北突然想起安小晴死前怀里紧抱着的画，目光还是停留在安小晴为自己绘画的肖像上自言自语：“不知道她死前怀中的画是否也藏匿着重要的东西，那么紧张地抱着，怎么看也不像有意自杀。”

夏萤一把拉住苏北，目光闪烁着不可拒绝的神采：“苏北帮我画一幅肖像吧。”

苏北轻轻点头笑道：“我早就想为夏萤画这幅肖像，因为我想在喜欢的人还活着的时候好好珍惜，好好为她画画。”

虽然安小晴对自己有意，苏北就算知道也不会接受，但安小晴默默隐藏心情，死去时一定带着满心遗憾。苏北不想和母亲、安小晴一样，带着来不及说出口的话死去。

“你愿意为我画肖像？”主动提出的夏萤反而一脸惊讶，察觉苏北的疑惑，才慌忙笑了笑，“昨晚打电话的时候，你不是坚决地拒绝了吗，今天怎么那么爽快地答应？”

苏北从包里抽出昨晚为继母绘画的肖像，表情复杂地坦白：“我承认很讨厌继母，选择她作为实验对象。”

苏北还想继续解释自己并没有真心想害死继母，夏萤已经走向窗边，倚靠在窗旁，微笑着催促：“那赶紧为我画肖像吧，这节课是自修，下节课可不能翘了。”

金黄的阳光勾勒出夏萤清秀的面容，她嘴角的笑容与其说是幸福的笑意，倒不如说是胜利者的微笑。苏北手中的笔在纸上飞舞，这一刻的夏萤是最美好的。

停下笔时，望着目光飘向远方的夏萤，苏北心里的不安再次涌现上来，仿佛夏萤远眺的是她即将独自前往的地方。

苏北想伸出手触碰，尘埃却被惊扰，纷纷扬扬离散而去。他的手指轻轻落在夏萤肩上，夏萤转身问道："完成了吗？"

苏北点点头，指着画架上已经完成铅笔稿的肖像："今天我就把色彩添上去。"

当苏北说到"色彩"时，夏萤脸上浮现出浅浅的惨淡神情。下课铃声清脆响起，夏萤的肩膀从苏北手指间脱离，独自向美术教室外走去。关上美术教室大门时，苏北分明听到她轻声说着"再见苏北"。

望着夏萤肖像的黑白铅笔稿，苏北咬了咬嘴唇，决定把上午的课都翘了，专心上颜色。

窗外的太阳变得越来越炙热，苏北不记得走廊上响了多少次钟声。走廊上来来往往的脚步声越来越多，又渐渐消失。午间时间也过去了，难怪肚子也打起鼓来。

打开书包翻找钱包，手机却突然震动起来，是父亲的号码。苏北疑惑地按下接听键，电话那头传来父亲焦急的声音："苏北你见到你阿姨了吗？她说给你送午饭，到现在还没回来。"

刚沾染了红色颜料的画笔掉落在地，苏北心里的不安越来越强烈。

– 6 –

马路对面红灯下的夏萤，被阳光笼罩着，黑色的影子紧跟在她脚下，她美丽的脸上溅着红色血迹。那些也许还温热的血液属于被撞倒的继母。

"为什么？为什么？"苏北使出全身力气喊着，声音却被一片杂乱的汽车喇叭声，人们惊恐的议论声冲散。

夏萤的嘴唇张合着，朝苏北挥挥手，朝地铁入口跑去。

"苏北，记住，你的画是受到诅咒的，你的手是死神之手，她们都是因为你的画而死的！"

夏萤歇斯底里地笑着，尖锐的笑声回响在冰冷的地铁站大厅里。夏萤微微收起猖獗的笑，站在阴暗的彼方对苏北露出胜利的笑容。

一切都是夏萤的阴谋，到树林写生那天上午，莫星抢救无效的新闻已经在网上报道，夏萤看到苏北居然不知情地画下车祸现场还没死的莫星的肖像，就萌生了让苏北的画变成真正的死亡绘画。

“是你把继母推出马路的吗？”午后的地铁站里空荡荡的，冷冷的风沿着铁轨吹来，苏北说出的话语微微颤抖。

夏萤笑着点头：“还有安小晴，归根到底，是你害死她们的，如果你没有把她们画进去，我也不会杀她们。真正的死神是你，苏北。”

苏北望着渐渐模糊的夏萤，冰凉的泪水滑过脸颊，悲痛吞噬着心脏。一直以为带着阳光和色彩来到自己身边的夏萤，和自己拥有同样的心情，结果竟是截然相反的。

夏萤惨淡地笑着，回想起她那个没有美术才华却执着顽固的父亲，最终因为在美术大赛中自己的参赛作品屡屡落选而自杀，担任大赛评委的正是苏北的父亲。遇见苏北，知道苏北是著名画家的儿子时，怨恨和忌妒就开始疯狂啃噬着夏萤的心。

看着苏北的画，不仅让夏萤明白父亲为什么会失败，也让夏萤看到了自己的命运，和父亲一样没有天赋的自己注定会失败。所以夏萤希望苏北一直陷落在对死亡艺术追求的漩涡中，不被大家认同，受人排挤。

但是苏北却开始想改变，甚至提出想为自己画肖像。夏萤无法忍受苏北灰暗的画面再次拥有绚丽的色彩，那些绚丽的色彩只能属于她。只是夏萤不知道，努力想从死亡的漩涡中挣脱开的苏北，是因为想追赶上一直沐浴在美好阳光下的夏萤。

“苏北，我终于明白了，为什么无论怎么涂抹鲜艳的色彩，我的画面都无法鲜活起来。”夏萤望着传来地铁进站鸣笛声的轨道尽头，强烈的光芒照得苏北满是泪水的眼睛更加酸疼。

夏萤向前迈一步，完全融入强光中，在最强烈的光芒中，黑暗的影子就会消失不见。

苏北使劲擦拭模糊视线的泪水，夏萤最后的笑容一如初次进入美术教室时对自己展露的那般纯净美好。

地铁摩擦着铁轨发出悲鸣般的声音，苏北哭喊的声音久久回荡在空寂的地铁站里。夏萤对色彩的偏执是因为在她心里，只有绚丽鲜艳的色彩才能让画面富有生机，却从未察觉她用一颗冷漠的心绘出的画面本来就是地狱。夏萤用自己的鲜血染红她追求的画面，同时也完成了对苏北死亡绘画的诅咒。

夕阳如血般落照在苏北还没完成的夏萤肖像画上，把画面渲染得一片鲜红。